W0068144

H. P. Karr (Hg.)
Endstation Ostsee

In der Reihe »Mordlandschaften« sind bisher bei KBV erschienen:
OWL kriminell (2009)
Tatort Salzkammergut (2009)

H. P. Karr lebt im Ruhrgebiet. Er veröffentlichte rund ein Dutzend Thriller, darunter – gemeinsam mit Walter Wehner – die »Gonzo«-Romane, von denen *Rattensommer* 1996 als bester Krimi das Jahres mit dem Friedrich-Glauser-Preis ausgezeichnet wurde. Er schrieb mit anderen Krimiautoren den Hotelroman *Hotel Terminus* (2005) und gab zuletzt die Anthologien *Mord am Hellweg III* (2006) und *Mord am Hellweg IV* (2008) heraus.

www.hpkarr.de

H. P. Karr (Hg.)

Endstation Ostsee

Krimis von Rostock bis Heringsdorf

KBV KRIMI

Originalausgabe
© 2009 KBV Verlags- und Mediengesellschaft mbH, Hillesheim
www.kbv-verlag.de
E-Mail: info@kbv-verlag.de
Telefon: 0 65 93 - 99 86 68
Fax: 0 65 93 - 99 87 01
Umschlagillustration: Ralf Kramp
Satz: Volker Maria Neumann, Köln
Druck: Aalexx Buchproduktion GmbH, Großburgwedel
Printed in Germany
ISBN 978-3-940077-54-7

Inhalt

Romeo kam nur bis Bad Boltenhagen

von ANNE CHAPLET

Katia war gegen neun Uhr aus Lübeck losgefahren. Hinter Lüdersdorf fing es an zu schneien, sanft, verträumt, sodaß sie nicht weiter darauf achtete. Sie achtete auch nicht auf den Weg, folgte der Beschilderung wie ein braves Mädchen. Berlin. Früher hieß das mal »Hauptstadt der DDR«.

Daß sie auf der neuen Autobahn fuhr, fiel ihr erst auf, als sie die Hörbuch-CD wechselte. Der Übergang von hier zu dort, von Gegenwart zu Vergangenheit, war getilgt – ganz wie der Todesstreifen an der Zonengrenze, wo noch vor zwanzig Jahren die Welt endete.

Kurze Zeit später mußte man eine von den schweren LKW bis auf die Fundamente zuschandengefahrene Straße durch den Wald nehmen, bevor man bei Schlutup in einer langen Schlange vor der Grenze endete. Also vor dem, was bald darauf die längste Zeit eine Grenze gewesen war. Früher. Damals. 1990. Vor fast zwanzig Jahren.

Man wird nicht jünger, dachte sie und drehte die Heizung hoch.

Die Schneeflocken waren größer geworden und fielen dichter. Katia fühlte sich wie im Nebel auf hoher See, rechts und links sah man nichts, keinen Baum, keinen Strauch, kein erleuchtetes Haus. War die A 20 nicht umstritten gewesen? Weil sie ein angestammtes Habitat von Gelbbauchunke oder Hufeisennase störte?

So sentimental waren nur die Wessis, darauf wettete sie. Alle anderen waren gewiß froh, sich nicht mehr durch all die Käffer hinter Grevesmühlen und Wismar quälen zu müssen, bevor man bei Rostock die Autobahn nach Berlin erreichte.

Ein Schild. Abfahrt Schönberg. Wieso Schönberg? Wo um Himmels willen war sie hier? Sie versuchte verzweifelt, sich auf ihrer inneren Landkarte zurechtzufinden, auf der Schönberg keinen guten Namen hatte. Mit Schönberg verband man damals die verrufenste Müllkippe der DDR. Es sei gefährlich, auch nur in ihre Nähe zu kommen, flüsterten die Freunde von der Umweltschutzbewegung. Hier werde all der Sondermüll gelagert, den man im Westen nicht haben wolle – weil er zu gefährlich sei.

An all das erinnerte sie sich gut. Vorbei.

Draußen war wieder Niemandsland. Sie hörte der Stimme von der CD schon lange nicht mehr zu, die ihr etwas erzählte von einem jungen Mädchen im 19. Jahrhundert, das nicht heiratete, wen es wollte, sondern wen es sollte. Außerordentlich vernünftig, dachte Katia, die sich mit dem, was sie wollte, schon oft vertan hatte.

Mit einem Mal fiel ihr auf, daß sie seit längerem kein Auto mehr überholt hatte – und auch von keinem überholt worden war. Dabei schlich sie mit mutlosen 110 km/h durch die Landschaft. Sie war allein, ganz und gar, wirklich und wahrhaftig allein. Vor ihr nichts, hinter ihr nichts, nur ein weißer Vorhang, der sie einließ und sich wieder um sie schloß.

Sie tastete nach dem Mobiltelefon auf dem Beifahrersitz, als ob es ihr das Gefühl nehmen könnte, sich im Schneetreiben zu verlieren. Die Autobahn mochte sonstwohin führen. Nach Ost, nach West, ins Meer. Ins Nirgendwo. Als sie in der Ferne endlich wieder ein Schild entdeckte, das auf eine Autobahnabfahrt hinwies, atmete sie hörbar auf. Hatte sie etwa Angst, nachts, allein, auf der Straße? Das wäre neu. Wahrscheinlich wieder so ein Zeichen dafür, daß man nicht jünger wurde.

Und dann spürte sie ihr Herz klopfen. Das Schild. Die Autobahnabfahrt. Da, stand es, weiß auf blau: Grevesmühlen. Darüber: Bad Boltenhagen.

Der Weg führte mitten hinein ins Herz der Finsternis.

Und plötzlich war sie wieder dort, wo sie nie mehr hinwollte. In den vermüllten Hinterhöfen des Damals, vor einstürzenden Häusern, auf aufgerissenen Straßen. Hatte den Geruch in der Nase, diesen einmaligen Duft nach Lysol und Braunkohleverfeuerung. Fühlte sich klamm wie in den kalten Gästezimmern mit Jugendherbergseinrichtung, die sich später als ehemalige Stasi-Unterkünfte entpuppten. Erinnerte sich an all die Menschen, deren Freude über das Ende der DDR immer mürber wurde.

Aus den Lautsprechern rauschte es. Das Hörbuch war an sein Ende gekommen. Jetzt wußte sie, daß sie sich in einer Art Vorhölle befand, weder hier noch dort, in die kein Signal aus der Gegenwart hineindrang, auch keine Radiowellen. Das Autoradio suchte vergeblich die Frequenzen ab. Sie blickte auf das Display ihres Mobiltelefons. Kein Empfang. Wie damals, als es ihr auch mit einem kiloschweren klobigen Autotelefon nicht geglückt war, aus der untergehenden DDR Kontakt mit der Welt aufzunehmen.

Bad Boltenhagen, 500 Meter. Sollte sie dem Schild folgen? Wie weit war es von der Autobahnabfahrt bis zum Ort? Bad Boltenhagen lag an der Ostsee. Zu DDR-Zeiten hatte sich von der Boltenhagenbucht aus manch tapferer Schwimmer gen Westen nach Travemünde aufgemacht.

Die meisten waren von der Grenzbrigade der Volksmarine erwischt worden. Einige waren ertrunken. Wenige hatten es geschafft.

Bad Boltenhagen war kein guter Ort gewesen. Aber das hatte sie damals nicht gewußt.

Für sie war alles schön gewesen – seit es Leo gab. Die Schlaglöcher auf der Strandpromenade? Abenteuerlich. Die geheimnisvollen Grundstücke, die Bungalows, in denen sich Stasi und NVA eingeigelt hatten? Geheimnisvoll. Und das Hotel, in einer Villa direkt am Meer? Romantisch.

Wem es wohl heute gehörte? Den Alteigentümern aus der Zeit vor der DDR? Den Nutzern zu DDR-Zeiten? Der ehemaligen Treuhand, den alten Bonzen, einer internationalen Hotelkette? Ganz bestimmt nicht mehr dem Paar, das damals, im Frühjahr 1990, mit seiner frisch aufgeputzten Villa Romeike den Schritt in die Welt des Kapitalismus tun wollte.

Die Frau, die sie im Flur an der kleinen Rezeption empfing, wo es nach frischer Farbe roch, wirkte angestrengt. Wahrscheinlich fürchtete sie, nicht alles so zu machen, wie es sich für »Weltklasseniveau« gehörte. Aber das hatte schon zu DDR-Zeiten nicht geklappt, die Sache mit der Weltklasse. Und die Grenze war erst seit einem knappen halben Jahr gefallen, für zahlungskräftige Weltklasse-Touristen war die Ostsee noch zu unbekannt und das Frühjahr noch zu kalt.

»Ist das nicht wahnsinnig!«, hatte Katia auf dem Weg in den ersten Stock gesagt. »Wahnsinn« war damals einfach alles, sie hatte den Begriff übernommen, war im Nullkommanichts vom Wessi zum Zoni mutiert. Leo hatte den Schlüssel in der Hand, »zu unserem Hochzeitszimmer«, wie Frau Romeike schelmisch verkündet hatte.

Und dann öffnete er die Tür zu einem großen Raum. Der Blick aufs Meer – ein Traum. Rechts führte eine Tür ins Schlafzimmer mit zwei schmalen Internatsbetten. Weniger traumhaft.

Er legte die Arme von hinten um sie, zog sie an sich, preßte sich an sie und flüsterte: »Ich werde dich durch das ganze Zimmer vögeln.«

»Gleich oder später?«, hatte sie zurückgefragt.

Später hatte sie wunde Knie und blaue Flecken, war der Couchtisch umgekippt und die Lampe von der Anrichte gefallen. Wie Frau Romeike wohl gucken würde?

Leo war der heißeste Kerl, mit dem sie je ins Bett gegangen war. Ein Ossi. Ausgerechnet. »Wir hatten ja sonst nüscht zu tun«, hatte er lachend geantwortet, als sie ihn fragte, woher er wußte, wie man eine Frau zur Raserei bringt.

Kennengelernt hatte sie ihn Ende November 1989, als sie zum ersten Mal an die Grenze gefahren war, nach Ratzeburg, um die Menschen zu sehen, die mit ihren seltsamen Autos ins Land strömten. Noch schenkten weinende Wessis – »Wahnsinn!« – den Ankömmlingen Geld oder Bananen, später würden sich die Ratzeburger darüber beklagen, daß die Ossis ihnen ihre Geschäfte leerkauften.

Er stand neben ihr, in einem verschlissenen Bundeswehrparka, er weinte nicht, und er lachte auch nicht. Und schließlich sprach sie ihn an. Immerhin war sie Journalistin. Und sie gehörte zu den wenigen westdeutschen Kollegen, die sich wirklich für das interessierten, was da aus dem Osten auf den Westen zurollte. Nicht nur für die Tränen, die Trabis und die Bananen. Sondern für – die Geschichten dahinter. Sie brauchte den besonderen Zugang, wenn sie weiterkommen wollte in der Redaktion des Blattes in Hamburg. Und Leo ...

Ja, Mädel, dachte Katia. Damals warst du noch ehrgeizig. Plötzlich war ihr das erste Mal seit siebzehn Jahren wieder nach einer Zigarette zwischen den Fingern. Eine selbstgedrehte ohne Filter, halfzwarer Tabak, und dann tiefe Züge, bis die Magenwände flatterten.

Sie hatte Leo gebraucht. Denn bis zum 24. Dezember war die Grenze nur in eine Richtung geöffnet – von Ost nach West. Während die Ossis in den Westen strömten, mußten wir draußen bleiben, dachte Katia. Wir hätten ihnen ja was weggucken können.

Sie fuhr jetzt nicht mehr als 40. Sie sah ja auch kaum noch etwas. Der Schnee stob über die Fahrbahn, ihre Scheinwerfer erfaßten gerade noch die Reflektoren der Begrenzungspfähle rechts und links. Eine Mittellinie auf der schmalen Landstraße war längst nicht mehr zu erkennen. Und wenn jemand entgegenkam? Sie lachte in sich hinein. Na und! Dann würde es wenigstens für kurze Zeit ein bißchen heller sein.

Etwas gelbes am rechten Straßenrand schob sich in ihr Blickfeld. Kein Ortsschild. Dabei hätte sie schon längst in Bad Boltenhagen sein müssen. Sie fuhr noch langsamer, bis sie das Schild endlich lesen konnte. Wahrstorf. 12 Kilometer. Das war nie und nimmer der Weg nach Bad Boltenhagen. Sie fuhr rechts heran und brachte das Auto zum Stehen. Dann atmete sie tief ein und wieder aus.

Bad Boltenhagen – was wollte sie da auch? Sehen, ob die »Villa Romeike« noch stand? An Leo denken?

Wann sie sich in ihn verguckt hatte, wußte sie nicht mehr genau, es hatte jedenfalls nicht lange gedauert. Leo Matern war groß, schlank, hatte lange, blonde Haare, *keinen* Bart, rauchte Kette wie sie und war jedes Mal kindisch begeistert, wenn sie eine Flasche schottischen Whisky mitbrachte. Und er erzählte. Am Stück.

Von der Hoffnung auf eine bessere Welt. Von der Chance, jetzt endlich den demokratischen Sozialismus aufbauen zu können. Von der Dekadenz des Westens, mit der er sich verblüffend gut auskannte. Und was sie sonst noch so erzählten, die Leute damals, die auf eine friedliche Revolution in der DDR hofften. Leo nannte sich Bürgerrechtler und Friedenskämpfer. Wieso hätte sie daran zweifeln sollen?

Sie schrieb alles auf, schrieb Reportagen über einen Molkereibetrieb, der die Konkurrenz aus dem Westen nicht überlebte, über die Begegnung zwischen Alteigentümern und Neubesitzern, brachte sogar eine Geschichte über die Emanzipation der Frauen in der DDR ins Blatt, die Leo irritierenderweise »unsere Muttis« nannte.

Und dann kam der Clou: Bürgerrechtler hatten eine Wochenzeitung gegründet, Leo war natürlich dabei, mit glühenden Augen, weil man jetzt endlich selbst »die Wahrheit« schreiben konnte, was man, glaubte er, nicht den Wessis überlassen durfte.

Hilfe allerdings – Hilfe konnte man schon gebrauchen.

Katias Hilfe.

»Das ist *die* Story«, hatte sie ihrem Chefreakteur vorgeschwärmt und ihm sein Okay für ihren Plan abgeschwatzt. Katia Seegers sollte in der Redaktion des *Demokratischen Aufbruchs* in Wismar mitarbeiten und darüber jede Woche im *Blick* einen Erfahrungsbericht schreiben – darüber, was es hieß, als Westdeutsche unter Ostdeutschen Journalismus zu betreiben.

»Das ist aber ein recht ambitioniertes Vorhaben, liebe Katia!«

Natürlich! Wie für sie gemacht.

Keiner der ostdeutschen Bürgerrechtler, die »dem Widerstand eine Stimme geben« und zugleich verhindern wollten, daß die DDR von der BRD »geschluckt« wurde, verstand etwas vom Zeitungmachen. Allen fehlte es an Disziplin, niemand wußte, wie man recherchierte, Fax gab es nicht, auf den altersschwachen Telefonen mußte man stundenlang wählen, bis man endlich durchkam oder auch nicht, und das riesige Autotelefon, das der *Blick* ihr zur Verfügung gestellt hatte, hatte nur direkt an der Grenze Empfang.

Was für Zeiten!

Wann sie gemerkt hatte, wer Leo wirklich war?

Gar nicht. Sie hatte nichts gemerkt. Nichts.

Sie hatten gearbeitet und sich geliebt und waren immer mal für ein verstohlenes Wochenende nach Bad Boltenhagen gefahren – ins »Hochzeitszimmer« der Villa Romeike.

Aber irgendwann hatte sich etwas geändert. Sein Tonfall. Es war der Tonfall des Siegers geworden.

»Soviel Mühe! Und das ganz umsonst!«, hatte Leo lachend gesagt, als sie den frisch aufgestellten Schildern zum Hotel folgten.

»Nicht *umsonst*, höchstens *vergebens*«, hatte sie automatisch gemurmelt, daran erinnerte sie sich noch. Vielleicht hatte sie sich bereits da ein bißchen gestört an seinem Ossi-Slang, den sie zuerst so charmant gefunden hatte? Vielleicht hatte sie sein bestätigendes »Das ist korrekt« ebenso genervt wie sein »Das entscheiden wir am besten operativ«? Vielleicht hatte sie sich auch einfach nur darüber geärgert, daß er den Romeikes ihr neues Hotel nicht zu gönnen schien?

Später hatte sie natürlich erfahren, was er damals schon zu wissen schien: Dem Traum der Romeikes stand die Treuhand im Wege – und die vielen Geschäfte, die die alten Kader mit jener Organisation einfädelten, die doch eigentlich dafür sorgen sollte, daß das »Volksvermögen« der DDR endlich auch in Volkeshand überging.

Leo kannte sich aus, das war gewiß. Er hatte sich zum Herausgeber ihrer kleinen Zeitung erklärt, irgendjemand mußte sich ja um die Formalitäten kümmern. Er hatte den Verlag gegründet, den Mietvertrag mit dem Kulturbund unterschrieben, dem das alte Gebäude an der Rosa-Luxemburg-Straße gehörte. Niemand, auch sie nicht, hatte sich um die Geschichte des Gebäudes gekümmert. Und niemand

16

hatte geglaubt, daß sie irgendwann alle wieder aus den Löchern kriechen würden, die alten Genossen. Erst recht nicht die von »Horch und Guck«.

»Irgendwo werden sie schon geblieben sein.« Werner, ihr Chef vom Dienst in Wismar. Sie hatte seine heisere Stimme noch im Ohr, nachts um halb drei, beim Wein, in seiner Bude in einem heruntergekommenen Bürgerhaus. »Ich sag's dir, Katia: So eine Organisation löst sich nicht gleich in Nichts auf.«

Natürlich nicht. Aber sie konnten ihnen nichts mehr antun, die alten Kader, oder?

Natürlich konnten sie.

Katia legte den Gang ein, rollte wieder auf die Fahrbahn und nahm den Abzweig Richtung Wahrstorf. Keine Ahnung, wo das hinführte. Einen Straßenatlas gab es in diesem Auto nicht mehr, seit sie ein Navi besaß, aber dessen Ladegerät hatte sie in Lübeck liegengelassen. Egal. Irgendwo in dieser gottverlassenen Gegend mußte es doch einen Baumarkt geben, ein Discount-Center, eine Tankstelle oder zumindest ein Straßenschild, das sie zurück zur Autobahn führte.

Auf Bad Boltenhagen hatte sie keine Lust mehr.

Definitiv nicht.

Sie hatte damals nicht sofort begriffen, was es hieß, als man in der Zeitung tuschelte: »Werner hat seine Akte.« Damals gab es einen Überfluß an Dokumenten und »Vorgängen«, mit denen man sich in diesem Land herumschlagen mußte, das nun nicht mehr DDR, aber auch noch nicht richtig Deutschland war. Welche Akte also?

Werner war in Berlin gewesen. In der Gauck-Behörde. Hatte sich zeigen lassen, wo man seine »Akte« gefunden hatte: im Keller von Haus 8, in dem alles stand, was das MfS nicht mehr durch die Reißwölfe hatte jagen können.

Hatte die Akte mitgenommen an einen der Tische im Leseraum in Haus 7. Hatte sie gelesen. Hatte vielleicht geweint oder sich die Haare gerauft oder geflucht. Darüber schwieg er sich aus, als er zurückgekehrt war.

Katia spürte nur, dass sich die Stimmung beim »Aufbruch« änderte. Sie fühlte sich nicht mehr willkommen. Gespräche brachen ab, wenn sie einen Raum betrat. Niemand ging mehr mit ihr ein Bier trinken. Werner senkte den Blick, wenn er ihr begegnete.

»Was ist los mit euch? Ich bin nicht schuld an der Wiedervereinigung!«, sagte sie zu Monika, eines Tages, wollte einen Scherz draus machen und hatte doch Tränen in den Augen.

Monika sah sie an. Und schüttelte dann langsam den Kopf.

»Ich habe nichts gegen die Wiedervereinigung, wie du weißt. Ich habe auch nichts gegen dich. Aber du hast den falschen Umgang, Katia.« Drehte sich um. Ging.

Leo lachte, als sie ihm davon erzählte. Reine Eifersucht, sagte er. Du weißt doch, wie manche über euch Besserwessis denken. Für eine Weile war sie getröstet.

Bei ihrem nächsten Besuch in Bad Boltenhagen war die Villa Romeike geschlossen. *Wegen ungeklärter Eigentumsverhältnisse*, stand auf einem Zettel an der Tür.

»Hab ich's dir nicht gesagt?« Leo klang selbstgefällig.

Ja, das hatte er. Aber warum schien er sich darüber zu freuen?

Ein paar Wochen später, der heiße August war auf seinem Höhepunkt, erzählte ihr Werner dann doch, was und wen er in seiner Akte gefunden hatte. Leo Matern, Deckname Caruso, hatte ihn und seine Freunde jahrelang ausspioniert. Für die Stasi.

Sie glaubte es nicht. Sie verstand es nicht. Sie wollte ihn fragen, es von ihm selbst hören, und wunderte sich, warum sie zögerte.

Bei ihrem nächsten Telefongespräch mit dem Chefredakteur vom *Blick*, für das sie bis an die Grenze hatte fahren müssen, bat man sie, zurückzukommen. War sehr angetan von ihrer Arbeit. Hatte einen neuen Job für sie. Reporterin. Sie sollte durch Osteuropa reisen, Eindrücke sammeln, alles aufschreiben.

Leo verzog keine Miene, als sie ihm aufgeregt davon erzählte, sagte nur lapidar: »Na, das hier geht ja schließlich auch bald zuende.«

Beim *Aufbruch* erntete sie weiter eisiges Schweigen, man sah sie nicht an, sprach nicht mit ihr. Auch gut, hatte sie gedacht, beflügelt von den Worten ihres Chefredakteurs: »Wir überlegen, mit dir unseren Korrespondentenposten in Prag zu besetzen.«

Der Abschied von Leo fiel ihr nicht weiter schwer. Nur eines würde sie vermissen. Den Sex.

Und deshalb willigte sie ein, als er einen letzten Besuch in Bad Boltenhagen vorschlug.

Das Hotel war wieder geöffnet, es hieß jetzt Haus Seeblick und hatte einen neuen Besitzer, der Leo wie einen alten Bekannten begrüßte. Das störte sie. Auch, daß er unaufmerksam war im Bett. Und daß er abends im Restaurant darauf bestand, Soljanka zu essen. Und daß er soviel rauchte.

Wieder fühlte Katia diese schier unbezwingbare Lust auf eine Zigarette. An der nächsten Tankstelle würde sie ein Päckchen kaufen, die Schachtel aufreißen, sich eine anstecken, tief inhalieren. Und jetzt, endlich, traf die Straße auf eine größere Straße. Die Kreuzung war sogar beleuchtet, rechts ging es nach Wismar, links nach Bad Boltenhagen. Sie fuhr geradeaus, in ein Örtchen namens Wohlenberg, auf der Suche nach einer Kneipe oder einem Restaurant oder wenigstens einer Tankstelle. Fehlanzeige. Das Dörfchen, ein Ferienort, lag dunkel und finster da.

Fünf Minuten später stand sie am Strand, vor sich die graue Ostsee, um sie herum der Schnee.

Sie wußte noch, dass sie nach dem Essen Wodka getrunken hatten. Guten, polnischen, eine ganze Flasche Wyborowa, auf der Terrasse des Hotels, an diesem warmen Augustabend. Und dann hatte er ihr alles erzählt. Daß er seine, ihre, *unsere* Zeitung »abgewickelt« hatte, wie er sich ausdrückte. Daß ihm das Redaktionsgebäude in der Rosa-Luxemburg-Straße gehörte – und nicht nur dieses Haus. Daß er für die Stasi gearbeitet hatte – endlich fragte sie danach – ja, schon, doch, aber nur »um meine Freunde zu schützen, verstehst du?«

Sie verstand. Sie tranken weiter, sie rauchten, sie sprachen nicht mehr viel. Wer von beiden spät abends auf die Idee kam, nochmal in die Ostsee zu steigen, um sich »abzukühlen« – sie wußte es nicht mehr.

Sie war zuerst im Wasser. Er planschte am Ufer herum, sie lockte ihn. Schmiegte sich an ihn, nahm ihn auf die Arme, wie leicht er war. Und ging langsam vor, hinein ins Meer. Er gab ihr nasse Küsse, lehnte sich selig zurück und wehrte sich auch nicht, als sie ihn auf den Rücken legte und in den Rettungsschwimmergriff nahm. Im Mondlicht zog sie ihn hinter sich her, hinaus, ins Tiefe.

Irgendwann merkte er, wie weit sie hinausgeraten waren, begann zu strampeln und zu prusten, protestierte, wollte zurück. Und dann ließ sie ihn los.

Er war zu betrunken gewesen, um nach ihr zu greifen. »Es ist nicht weit von hier nach Travemünde«, hörte sie sich rufen, schon ein ganzes Stück von ihm entfernt. »Niemand wird auf dich schießen. Du kannst es schaffen.«

Vielleicht. Wenn er hätte schwimmen können.

Das war der letzte Beweis. In der DDR konnte jeder schwimmen, der seine Freiheit suchte. Sie ließ ihn strampeln und schreien und schwamm ans Ufer zurück. Gut möglich, daß er sich in diesem Moment den Schießbefehl zurückwünschte.

Es gab, mit anderen Worten, auch gute Erinnerungen an Bad Boltenhagen

Was blieb? Das. Und daß sie nach seinem Tod nie wieder geraucht hatte.

Um drei Uhr früh erreichte sie Berlin. Es hatte aufgehört zu schneien.

Wismar Calzone

von Birgit Lohmeyer

Zwei Pizza Calzone und einmal Insalata Mista.«
Das war Carlos Stichwort. Er notierte die Lieferadresse
und beendete das Gespräch mit einem Druck auf die rote
Taste seines Mobiltelefons. Des Apparats, auf dem alle
Bestellungen eingingen. Sei es Pizza, Spaghetti Napoli oder
eben die Calzone – die allerdings nicht auf der offiziellen
Karte des *Da Carlo* zu finden war.

Ohne Umweg über die Küche verließ er sein Restaurant
unweit des Wismarer Hafens, meldete sich nur kurz bei
Maria, seiner Serviererin, ab und griff sich im Gang zur
Hintertür einen leeren Pizzakarton vom mannshohen Stapel.
Die Ware lagerte im Kofferraum. Er lenkte den Fiat mit der
auffälligen Aufschrift *Pizza-Jet* durch die engen, mittelalterlichen Gassen der Altstadt. Es war früher Abend, doch zu
dieser Jahreszeit – im November – war es bereits stockfinster,
und die historische Straßenbeleuchtung kam gegen die
nebelverhangene Dunkelheit kaum an.

In der Nähe des Marktplatzes fuhr er im Schritttempo an
einer Gruppe Menschen vorbei, die ein kostümierter Kerl mit
Laterne und Hellebarde anführte. Einer dieser Nacht-
wächterstadtrundgänge, bei denen die Touristen mit mehr
oder weniger interessanten Geschichten aus der Historie der
Hansestadt unterhalten wurden. Nun, jeder hatte seine eigene Art von Vergnügen. Carlo war unterwegs, um seinen
Kunden ihr Vergnügen zu verschaffen.

Sein Handy bimmelte schon wieder: Dreimal Pizza und
eine Flasche Wein nach Wendorf. Er gab die Bestellung per

Telefon weiter an seine Crew im Restaurant. Das war nichts, womit sich der Chef persönlich beschäftigte.

* * *

Freitagabends war Stoßzeit. Kaum zurück an seinem Stammplatz am Tresen des *Da Carlo*, da klingelte es wieder. Zweimal Calzone zur Philipp-Müller-Straße. Aha, die Hochschulbohème feierte. Carlo war zu Diensten. Er kam an seiner vorherigen Lieferadresse vorbei und wunderte sich kurz über den Rettungswagen vor dem Hauseingang der Stadtvilla.

Im zweiten Stock des Architektenturms nahm der Hochschultyp mit dem für sein Alter zu modischen Bärtchen den Pizzakarton entgegen und drückte Carlo zwei Fünfziger in die Hand. Stimmt so. Durch die offenstehende Bürotür hinter ihm drangen Partygeschnatter und leise Musik. Carlo drehte sich wortlos um und trabte durch das menschenleere Betontreppenhaus hinunter. Der nächste Kunde wartete bereits. Alter Holzhafen, Multimediaport – die New Economy-Schnösel brauchten anscheinend ein wenig Aufmunterung.

Am nächsten Morgen – der erste Cappuccino stand dampfend vor ihm auf dem Tresen – blätterte Carlo in der *Ostsee-Zeitung. Wildschweine stoppten Autos – DGB warnt vor Altersarmut im Osten – Das große Lotto-ABC – Mysteriöse Todesfälle in Wismar.*

Er überflog den Artikel. Zwei nicht geklärte Todesfälle in einer Nacht waren im überschaubaren Wismar mehr als ungewöhnlich.

Peter B., 34, Immobilienmakler, war während einer privaten Feier plötzlich zusammengebrochen. Alle Wiederbelebungsversuche waren erfolglos geblieben. Der herbeigerufene Notarzt konnte, im Beisein der Ehefrau und mehrerer Partygäste, nur noch den Tod des Gastgebers feststellen.

Falk S., 29, Diplomand der Wismarer Hochschule und angehender Architekt, war Gast bei einer Fachbereichsfeier auf dem Hochschulgelände gewesen, als er aus noch ungeklärter Ursache einen Herzstillstand erlitt. Die Kriminalpolizei ermittelte in beiden Fällen, und zur Klärung der genauen Todesumstände waren die Toten zur Obduktion in das Schweriner Institut für Rechtsmedizin gebracht worden.

Carlo ließ seinen Cappuccino stehen, griff sich seinen Mantel vom Haken und trat hinaus auf die Straße. Er wanderte an der Frischen Grube, dem durch die Altstadt fließenden, mittelalterlichen Kanal entlang.

Muss ich mir Sorgen machen? Diesen Falk S. kenne ich gar nicht. Der Bärtchentyp aus der Hochschule, der bei mir bestellt, heißt Wagner und ist außerdem deutlich älter als 29. Und dem Immobilienfritzen mit der Stadtvilla bin ich von Gerry, dem Wirt vom *Wikinger*, empfohlen worden. Hat erst zwei Mal bei mir bestellt.

Carlo überschlug im Geist die weiteren Kunden, die er gestern und an den Abenden davor beliefert hatte: Banker, Hochschullehrer, Manager und den einen oder anderen Lokalpolitiker. Alle diskret, niveauvoll und vertrauenswürdig. Er belieferte nicht jeden. Freaks und andere Loser akzeptierte er nicht als Kunden. Kam ihm ein Kunde beim ersten Kennenlernen nicht koscher vor, sah der ihn nicht wieder. So blieb sein Kundenstamm überschaubar, das Risiko kalkulierbar.

Im Schatten der hoch aufragenden Nikolaikirche traf er auf den dicken Göricke, der seinen Rottweiler ausführte. Sie nickten sich zu. Göricke war das lokale »Mädchen für alles« für das Filmteam, das mehrere Male im Jahr in Wismar einfiel, um die Außenaufnahmen für die hier spielende Krimiserie zu drehen. Zu seinen Aufgaben gehörte die Versorgung der Filmcrew mit allem Notwendigen. Also auch mit Carlos Calzone.

Carlo mochte keine Fernsehkrimis, aber diese Serie war gut für sein Geschäft. Nicht nur der um das Doppelte gesteigerte Calzoneabsatz, sondern auch die verstärkte Nutzung seines dahinsiechenden Restaurants durch die Filmleute retteten das *Da Carlo* – immerhin der zweitälteste Italiener der Stadt.

Carlo umrundete gerade das massige Kirchenschiff, da dudelte sein Handy *Auf in den Kampf, Torero*. Er hob es ans Ohr und meldete sich mit »Pizza Jet«.

»Wagner.« Carlos Hand zitterte. Der Hochschultyp. »Sind Sie völlig wahnsinnig, so etwas unter die Leute zu bringen? Was war da drin?« Ein für einen erwachsenen Mann überraschend hysterisches Lachen drang aus dem Telefon. »Sind Sie verrückt? So geht das nicht, verdammt noch mal! Hören Sie sofort damit auf, dieses Zeug zu verkaufen. Verstehen Sie? Es ist jemand tot!« Es klang, als hätte der Anrufer einen Schluckauf. »Verstehen Sie?«

Carlo hatte noch kein Wort gesagt, da legte der andere bereits wieder auf. Obwohl er das Rauchen schon vor zwei Jahren aufgegeben hatte, besorgte er sich im Bahnhof eine Schachtel Zigaretten und zog heftig paffend einige einsame Runden durch den menschenleeren Lindengarten.

Vielleicht sollte ich den Laden für eine Weile dichtmachen. Nur noch Pizza und Spaghetti, bis sich die Wogen geglättet haben.

Er zog fröstelnd die Schultern hoch. Doch wie lange würde er das finanziell durchstehen? Sein Steuerberater verzog jedes Mal das Gesicht, als bisse er in eine Zitrone, wenn er die Umsätze des *Da Carlo* sah. Selbstredend ohne die des Calzone-Services.

Carlo schrak auf, als drei Jungs auf Rädern mit lautem Klingeln an ihm vorbeiflitzten.

Vielleicht übertreibe ich es mit meiner Besorgnis, sagte er sich. Noch ist nicht viel mehr passiert, als dass zwei Leute tot sind und einer meiner Kunden ein wenig nervös geworden ist. Das muss gar nichts bedeuten.

Er steckte sich eine neue Zigarette an. Trotzdem war er in Gefahr. Wenn so einer wie Wagner umkippte, würden die Bullen ihm früher oder später auf die Schliche kommen, ihm und seinen Abnehmern. Und ausgerechnet jetzt hatte er in diese neue Lieferung investiert. Er konnte das Zeug doch nicht einfach ins Klo schütten.

Ruhig, Carlo, sagte er sich und resümierte: Zehn Leute beliefert, zwei tot. Irgendetwas war in dem Stoff der neuen Lieferung, was zwei der Kunden nicht vertragen hatten. Er griff zum Handy. »Dominik? Hier Rohrspatz.« Carlo hatte diesen Code, den sich sein Lieferant ausgedacht hatte, schon immer verabscheut. Er ahnte: Der andere wollte ihn damit klein halten, lächerlich machen.

»Ich höre, Rohrspatz.«

»Es gibt Probleme.« Carlos Handfläche war schweißnass. Das Telefon glitschte ihm fast aus der Hand. »Wir müssen reden. Sofort.«

Am anderen Ende war es einen Moment lang still. »Morgen Abend. Zehn vor acht. Gewohnte Stelle.« Die Verbindung wurde unterbrochen.

An diesem Samstag vertröstete Carlo alle Calzone-Besteller, gab Lieferschwierigkeiten vor. Er blieb den ganzen Abend an seinem Platz am Tresen hocken, spielte unablässig mit dem Christophorusanhänger an seinem Autoschlüssel und rauchte, zum Erstaunen seiner Angestellten, eine Zigarette nach der anderen.

Am Sonntagabend lenkte er schließlich seinen Wagen nach Rostock. Auf dem leeren Parkplatz eines Einkaufszentrums an der Ausfallstraße wartete Dominiks dunkle Limousine, entließ einen vornehm dünnen Strahl Abgase in die kalte Luft. Carlo stieg ein, hockte sich auf den Beifahrersitz.

»Was gibt es so Dringendes?«, wollte der dunkel gekleidete Fahrer wissen. »Hast du etwa schon alles abgesetzt?« Der große, schlanke Mann, der kaum älter, vielleicht sogar jünger als Carlo war, also irgendwo zwischen dreißig und fünfundvierzig, grinste unfroh. »Komm mir bloß nicht mit irgendeiner Scheiße.«

»Es ist ...« Carlo stotterte. »Es hat zwei Tote gegeben.«

»Ja und, was habe ich damit zu tun?« Der Kerl, den Carlo nur als Dominik kannte, lächelte süffisant und strich sich über seinen Dreitagebart. »Ich bin nicht im Bestattungsgewerbe tätig.«

Carlo wand sich unter Dominiks Blick, dem Blick einer Kobra, die ein Kaninchen fixierte. Er spürte seinen Herzschlag bis hinauf in den Hals und knetete seine Finger, dass sie knackten. Dann setzte er wieder an, und schon während er es aussprach, wurde ihm klar, dass er vermutlich den größten Fehler seines Lebens beging. »Ich weiß nicht, was ich tun soll.«

* * *

Er lenkte seinen Wagen über die A 20 zurück nach Wismar. Okay, er hatte einen Fehler gemacht, aber immerhin war ihm nun klar, was er tun musste, um aus diesem Schlamassel herauszukommen. Lidocain war das Zauberwort. Die Ampullen, die Dominik ihm verkauft hatte, lagen im Handschuhfach. Dazu zu gleichen Teilen simpler Milchzucker, Marke

Edelweiß, hatte Dominik ihn angewiesen, und schon hätte Carlo das Koks unauffällig auf das Doppelte gestreckt. Und damit auch den offenbar für manche so kritischen Bestandteil unschädlich gemacht. Einen Bestandteil, von dem Dominik vorgegeben hatte, nichts zu wissen. Carlo war sich bewusst, dass er wie ein Anfänger gewirkt haben musste. Aber er war nun mal weder selbst Drogenkonsument mit den entsprechenden Erfahrungen, noch hatte er pharmazeutische Kenntnisse. In das Dealergeschäft war er vor einigen Jahren, als seine Schulden übermächtig geworden waren, hineingerutscht. Quasi zufällig.

* * *

Am Montag wimmelte er Calzonebestellungen weiter ab und besorgte sich beim Drogeriediscounter am Wismarer Markt den Milchzucker. Um elf Uhr abends schloss er das *Da Carlo* ab und machte sich in der Küche an die Arbeit.

Es wurde eine lange Nacht. Zunächst schüttete er seinen Calzone-Bestand in eine große Rührschüssel und stellte das Gewicht fest. Den Inhalt der Lidocainampullen mischte er sorgfältig mit dem Milchzucker, trocknete das Ganze im noch heißen Pizzaofen und pulverisierte die Masse dann im Mörser. Er wog die zusätzliche Ingredienz im richtigen Verhältnis ab und mischte sie mit einem Handmixer sorgfältig unter das Kokain. Zum Schluss tupfte er sich mit der Zeigefingerkuppe eine winzige Probe auf die Zungenspitze. Ein leichtes Taubheitsgefühl stellte sich ein. Perfekt!

In den nächsten drei Stunden füllte er den Stoff zurück in die Portionsbeutel zu ein und zwei Gramm. Beim dreihundertsechzigsten Tütchen musste er aufhören, weil ihm die Augen brannten und seine Fingerkuppen taub wurden. Den

Rest aus der Schüssel kippte er in eine Dose. Er rieb sich über die geröteten, schmerzenden Augen. Es war vollbracht. Ab morgen – besser: ab heute – hatte das *Da Carlo* wieder Calzone im Programm.

Übermüdet säuberte er die Küche von allen Spuren seines Treibens und wankte die Treppe hinauf in seine Wohnung. Er war zuversichtlich: Es würde funktionieren. Die Dosis macht schließlich das Gift, sagte er sich.

Am Nachmittag, als er gerade eine Calzone-Bestellung übers Handy entgegennahm, trat ein Mann durch die Schwingtür des spärlich besetzten *Da Carlo*, den Carlo zu kennen glaubte. Während der Gast von Maria die Karte entgegennahm und ein Bier bestellte, beobachtete Carlo ihn unauffällig. Woher kannte er ihn nur? Erst als der Mann seine gemischten Vorspeisen verzehrte, fiel es ihm ein. Vor Schreck ließ Carlo seinen Christophorus fallen. Der Kerl gehörte zu Dominik, er hatte ihn damals bei seinem ersten Besuch in dessen Haus gesehen. Der Kerl hatte mit einem langen Kescher Laub aus dem riesigen Swimmingpool gefischt, während Dominik Carlo – von einer Sonnenliege zur nächsten – seine Geschäftsphilosophie erklärt hatte: Zusammen, solange es nützlich war. Gegeneinander, wenn es notwendig wurde. Keine falschen Sentimentalitäten, hatte Dominik kalt lächelnd gemeint.

Und nun saß sein Poolboy mit der Killervisage in seinem Restaurant. Das konnte kein Zufall sein. Carlo ließ sich von Maria einen dreifachen Grappa einschenken.

Es war kurz vor vier, als Carlo die St. Georgen-Kirche betrat, in die ihn ein Stammkunde bestellt hatte. Das gewaltige Kirchenschiff erhob sich auf den mächtigen, frisch restaurierten Säulen, der Steinfußboden warf den Klang seiner Schritte seltsam verzerrt zurück. Ein paar Touristen bevölkerten leise murmelnd den großen, düsteren Raum. Ein, zwei Mal zuckte ein Kamerablitzlicht durch den Dämmer.

Am hinteren Ende war der Bereich abgeteilt, in dem noch immer Restaurationsarbeiten stattfanden. Carlo ging zum Absperrgitter und wandte sich nach rechts. In einer mannshohen Mauernische wartete der Stadtverordnete auf ihn. Tütchen und Geld tauschten ohne Worte ihre Besitzer, Carlo nickte und verzog sich schleunigst. Im Laufe des Abends belieferte er noch vier weitere Kunden, hockte dann wie zerschlagen am Tresen des *Da Carlo*. Würde alles gut gehen?

Gegen halb elf klingelte sein Handy.

»Eine Calzone bitte.« Carlo war wie elektrisiert. »Hallo, sind Sie noch am Apparat? Ich sagte: Calzone.« Der Anrufer wurde ungeduldig. »Ich spreche doch mit dem Pizza-Jet? Um zwölf. Am Westhafen, Ecke Hallenstraße.«

Carlo wusste genau, wer der Anrufer war. Diese Reibeisenstimme hatte er damals in Dominiks Garten zwar nicht zu hören bekommen. Aber gestern, hier im Restaurant, da hatte der Kerl mit genau diesem durchdringenden und unverwechselbaren Organ sein Essen bestellt. Irrtum ausgeschlossen. Carlo nagte an seiner Lippe. Er musste etwas sagen, überlegte fieberhaft, wie er reagieren sollte.

»Jaja, okay, Calzone. Am Westhafen. Zwölf Uhr. Alles klar.« Er beendete das Gespräch und merkte, wie er zitterte. Das konnte nur eins bedeuten: Dominik wollte ihn abservieren. Vermutlich hielt er ihn für unzuverlässig, fürchtete, sein Drogenring könne auffliegen, wenn die Bullen Carlo erst einmal wegen der beiden Toten in der Zange hätten. Er schickte den Koch und Maria nach Hause. Ihm blieb noch eine gute Stunde.

Die Kette seines Fahrrades knirschte leise. Carlo trat kräftig in die Pedale. Seinen Wagen hatte er stehen lassen, setzte auf das Überraschungsmoment und war sich klar, dass er nur eine einzige, winzige Chance hatte, Dominiks Mann zu überwältigen. Er erreichte die dem Treffpunkt gegenüberliegende Seite des Hafenbeckens um kurz vor elf. Niemand war in dieser nebligen, kalten Nacht hier draußen unterwegs. Die Anlegestege waren verwaist, die Yachten im Winterquartier. Von der Werft her donnerte mehrstimmiges Gehämmer. Sonst war es still hier draußen am Westhafen, still und zum Glück neblig. Der andere würde sicher den Fiat erwarten, der über den Schiffbauerdamm von der Altstadt her käme. Carlo grinste, lehnte das Rad an den Zaun des Sportbootservices und spähte über das Wasser. Er konnte das Ufer drüben nur schemenhaft erkennen, der Nebel enthüllte kaum die beiden Schiffe dort am Kai. Einen historischen Segler und ein größeres Motorschiff identifizierte er. Carlo kannte sich hier aus, hatte hier mehrmals eine befreundete Schleppermannschaft auf ihrem Schiff besucht und kaufte auch manchmal bei Hansen Fisch direkt ab Deck. Er wusste, dass dort drüben an der Kaimauer ein Schwimmponton lag, von dem man über eine Leiter an der Mauer aufs Kai gelangen konnte. Dort würde er anlegen.

Er lief hinüber zu Hansens Kutter. Wie immer hatte der sein Beiboot nicht gesichert. Carlo zog es mit einem Bootshaken heran, löste das Tau von der Klampe an Deck des Kutters und stieg ins Boot. Den Bootshaken nahm er mit. Er zog die Riemen hervor und pullte so leise wie möglich hinüber auf die andere Seite des Hafenbeckens. Dabei dachte er fieberhaft darüber nach, wie er den Kerl, der sicher bereits dort drüben Posten bezogen hatte, überrumpeln könnte. Er musste ihn mit irgendetwas ablenken.

Ruderschlag um Ruderschlag führte ihn über das schwarze Wasser. Er spürte die Kälte kaum, nicht seine klammen, eiskalten Finger, nicht den Schweiß, der ihm auf die Stirn trat. In der Mitte des Hafenbeckens drehte er sich um, starrte in die dunkle Nacht. Für einen Moment riss der Nebel auf, und Carlo sah das Auto vor dem grauen Tor der Lagerhalle, an der Einmündung der Hallenstraße. Die Scheinwerfer waren gelöscht, doch Carlo hatte im Schein der Straßenlaterne genug gesehen. Plötzlich wusste er, was zu tun war. Er zog die Riemen an Bord und nestelte sein Handy aus der Jacke.

»Einen Wagen zum Schiffbauerdamm, Ecke Am Westhafen. So um zwölf. Der Fahrer soll bitte einen Moment warten, ich komme spätestens um fünf nach zwölf an die Straße.« Er blickte auf seine Uhr: Elf Uhr siebenunddreißig.

Wieder kamen ihm Zweifel. Ich bin kein Killer. Ich bin nichts. Diese Nacht wird alles in meinem Leben verändern – was auch immer passieren wird. Ich kann nichts anderes tun als kämpfen. Es zumindest versuchen.

Er legte direkt vor dem Bug des Seglers an dem kleinen Schwimmponton an und kletterte über das Geländer. Die Kaimauer ragte schwarz vor ihm auf. Den Bootshaken fest umklammert, begann er den Aufstieg. Die sieben Eisenstufen der Leiter, die er keuchend erklomm, kamen ihm vor wie hundert.

Oben auf dem Kai gab ihm ein großer, roter Container Deckung. Er schlich in Zeitlupentempo an dessen Längsseite entlang, bedacht, auf dem unebenen Grund keine Geräusche zu verursachen. An der Ecke wagte er einen Blick auf die Straße. Unverändert wartete der dunkle Wagen dort vorn an der Kreuzung, die Schnauze in Richtung Schiffbauerdamm. Carlo biss sich auf die Lippe. Wie sollte er es nur schaffen? Elf Uhr neunundvierzig. Er betete, dass das Taxi tatsächlich hinaus an diesen gottverlassenen Ort kommen würde. Hinter einer orangefarbenen Kiste für Streumaterial wartete er, bis an der Einmündung auf den Schiffbauerdamm Scheinwerfer auftauchten und anhielten. Von hier aus war durch den Nebel nicht zu erkennen, um was für einen Wagen es sich handelte. Sein Mann hatte das Auto ebenfalls bemerkt. Er gab Signale mit der Lichthupe, dachte wohl, Carlo hätte den Treffpunkt nicht richtig verstanden. Das Taxi blieb, wo es war.

Carlo registrierte, dass er trotz der Kälte vollkommen nassgeschwitzt war. Da öffnete sich dort drüben – einen Steinwurf von ihm entfernt – die Autotür und der Mann mit der Reibeisenstimme stieg aus. Mit angehaltenem Atem sah Carlo, wie er eine Pistole entsicherte und sie hinter seinem Rücken verborgen hielt, während er langsam in Richtung der Scheinwerfer ging.

Dann war es wie eine Explosion: Carlo packte den Bootshaken fester, sprang auf, rannte los. Seine Turnschuhe dämpften seine Schritte. Erst im letzten Moment drehte der Kerl sich um, öffnete den Mund und versuchte, die Waffe zu heben. Carlo sah alles wie in Zeitlupe vor sich. Die schreckgeweiteten Augen des anderen, seine eigenen Hände, die den langen Stiel des Bootshakens umklammerten, als dessen Stahlspitze in die Brust des Kerls eindrang. Ihm war, als wäre das alles völlig lautlos abgelaufen, als hätte jemand den Ton abgedreht. Der Triumph pulste durch seinen Körper, als der andere vor ihm zusammensank.

Den Rest erledigte er wie im Rausch. Er schleppte den Kerl zum Rand des Kais, stieß ihn hinab auf den Ponton, zerrte ihn von da aus in Hansens Ruderboot und setzte auf die andere Seite über. Dort, im Schatten von Hansens Kutter, steckte er dem Toten mehrere Tütchen Kokain in die Jackentasche. Sollten sich die Bullen doch zusammenreimen, was passiert war.

Als er dem Boot einen Stoß versetzt hatte und es in das Hafenbecken hinaustrieb, fing er an zu zittern. Als dann auch noch sein Handy sich mit *Auf in den Kampf* meldete, bekam er fast einen Herzinfarkt. Panisch nestelte er das Telefon aus der Tasche.

Es war der dicke Göricke.

»Hör zu«, haspelte er, »die Filmleute sind wieder da ...« Musik und Stimmengewirr im Hintergrund und das Kläffen des Rottweilers. »... die haben doch so einen Fachberater von der Polizei, und der erzählt, dass die Bullen in Rostock grade einen Dominik hochgenommen haben. Die hatten bei dem einen undercover eingeschleust, und der soll jetzt an Dominiks Verteilern dran sein, besonders an einem ... Rohrspatz oder so ... hör mal ... hängst du mit deiner Calzone da vielleicht auch mit drin?«

Das Licht von Dahme

von Nina George

Das letzte Mal, als ich dich so nah vor mir sah, Marlen, war der Himmel rot. Dann wurde er purpurfarben, schließlich dunkelblau, und als der Horizont ins Meer tauchte, feuerten die Maschinengewehre.

Dein Haar sah unter dem roten Himmel aus wie dunkelbraune Algen festgesaugt an deinem blassen, runden Kopf.

Unter deinen geschlossenen Lidern Schatten, dein Atem zitternd, du stöhntest, als ob du schliefest und nur träumtest, auf der Flucht zu sein. Ich höre noch heute deinen Atem, lauter als die Wellen der Ostsee um uns herum, lauter als die Stimmen der Männer, die uns kurz vor der Zwölfmeilenzone aus dem Wasser gezogen hatten.

Immer, wenn Raddeck deinen Arm fester fasste, wimmertest du gequält auf, ein Kind gefangen in einem nassen, kalten Albtraum. Den ich dir gebracht hatte. Wärest du ohne mich aufgebrochen, in das Wasser gegangen, zu dem Licht, in den Westen?

Wie du da lagst, ohnmächtig geworden vor Angst, warst du die Beute der 6. Grenzbrigade, und du warst das, was ich von mir zurückließ, als Raddeck mich zurück in die See zwang. »Schwimm«, hatte er gesagt, »los, schwimm doch endlich in deine Freiheit.«

Ich war zwanzig.

Du warst sechzehn.

Die Kraniche flogen über das Land.

Und ich war geschwommen, unter dem purpurfarbenen Himmel, durch die Lübecker Bucht, auf das Licht zu. Es war immer dieses Licht des Leuchtturms von Dahme gewesen, das mich angezogen hatte. Das war das Licht der Freiheit. Freiheit. Das Wort, das sich stets in dunklen Ecken versteckte und sich nur selten auf eine Zunge wagte; es fürchtete die Uniformen und den Verrat der Lächelnden.

Wir konnten das Licht von Dahme sehen, wenn wir von Boltenhagen und Redewisch aus hinüberschauten, vom westlichsten der noch erlaubten Strände, und von den Klippen hinter Steinbeck. Immer wollte ich zu diesem Licht des Westens, der BRD, zu den Kapitalisten, wenn ich an der Steilküste des Großklützhöved stand.

Wie wir heute.

Siehst du es, siehst du dieses Licht, Marlen?

Wir haben diese Steilküste *das Ende der Welt* genannt, weil wir nicht weiter als bis zu den weißen Blockstein-Klippen gehen durften. Danach war Niemandsland bis Pötenitz und Priwall. Keine Surfer. Keine Badenden. Keine Boote. Keine Pilger. Nur riesige Wachtürme, Scheinwerfer auf dem Sand, Patrouillen, und Beobachter, die aus den Sanddorn-Dickichten starrten. Mit dir wollte ich über das Ende der Welt hinaus, viel weiter.

Ich wusste genau, wann man es nicht versuchen durfte. Niemals am Wochenende. Niemals im Hochsommer. Niemals in der Nähe von Campingplätzen. Das Netz der Wächter war dicht; es gab ja genug Freiwillige, die der Grenzbrigade zuarbeiteten, die Trapo, die Spitzel, die genau aufpassten, wer mal mit einem Paddel über die Dorfstraße ging, und die die Post und fremder Leute Gepäck durchschnüffelten.

Auch nicht direkt aus der Wismarer Bucht, wie es viele versuchten, in der Morgendämmerung, um irgendwie in die Fahrrinnen der Fähren zu gelangen, draußen vor der Zwölfmeilenzone. All das hatte mir Raddeck erklärt.

Ich glaubte ihm.

Wenn nicht ihm – wem dann?

Er wollte uns helfen, zu fliehen.

Wir beide taten es an einem Mittwoch im Frühling '72, auf einem Floß, die Luft roch nach Seegras; und als sie uns nach drei Stunden entdeckten, sprangen wir und schwammen auf das Licht von Dahme zu.

Bis sie uns hatten.

Sie haben nicht geschossen. Raddeck hatte es ihnen verboten. Ein verräterischer Volksmariner, der Skat mochte und Oldesloer Weizenkorn, und der alle Farben des Meeres zu benennen wusste.

Nur mich gaben sie dem Meer zurück, dem königsblauen.

Als ich sprang, wurde der Morgenhimmel um das Licht herum erst purpur, dann blau, dann schlugen die Kugeln Schaum aus den Wellen. Ob sie danebenschossen, weil Raddeck es befohlen hatte? Ob sie mich nicht mehr sahen, im Scheinwerferlicht des russischen Hubschraubers, der über dem Meer nach mir suchte, nach meinem Kopf, den sie mit einem Schuss platzen lassen konnten? Ob es ihnen Spaß machte, dich auf dem blanken Schiffsboden liegen zu sehen, in Fesseln?

Keiner weiß es, nur das Meer, und das kennt keine Zeugen.

Ich habe dich so geliebt. Ich liebe dich immer noch, Marlen, es hat niemals aufgehört.

Ich habe es nicht bis zum Licht von Dahme geschafft, ein dänisches Feuerschiff hat mich vorher aus dem Wasser geholt, gerade, als ich zurück zu dir wollte, Marlen. Ich wäre zurückgeschwommen. Sie mussten mich in den Heizerraum sperren, um mich aufzutauen, und um mich davon abzuhalten, zu dir zurückzukehren. Um mir dir alt zu werden in der Hölle des Gefängnisses. Aber in einem Land, im selben Knast, mit denselben Mauern um uns.

So habe ich dich allein gelassen. Wie ein Kind auf einer Türschwelle. Deine Familie wurde bestraft. Dein Bruder verlor das Ingenieursstudium in Magdeburg. Deiner Mutter wollte keiner mehr im Dorf das Haar schneiden. Dein Vater hat Sand gegessen und sich dann den Strick genommen. Fast hätte er es geschafft. Eure Verwandten bekamen eine Akte bei der Staatssicherheit.

Raddeck muss dir gesagt haben, dass ich tot wäre. Nicht wahr?

So war es ja auch besser, für alle.

Es war nicht wahr, Marlen.

Hast du gespürt, dass es eine Lüge war, oder fiel es dir leichter, es zu glauben, um zu vergessen, was nach dem Ende der Welt alles möglich gewesen wäre?

Wieso ich erst heute zu dir komme, Marlen, und nicht schon vor zwanzig Jahren, als es über Nacht kein Drüben und kein Hier mehr gab, als alles eins wurde und es keine Mauern und keine Todesstreifen mehr gab?

Ich war da, Marlen.

Ich habe dich gesehen. Und Raddeck. Eure Kinder, Marlen. Ich war mit euch an den Stränden, die nun von allen betreten werden durften. Ihr mochtet den Wohlenberger Wiek, solange die Kinder noch klein waren, so seicht und warm das Wasser dort. Du gingst nie weiter als bis zu den Knöcheln hinein.

Ihr wart oft Apfelblechkuchen essen, in dem Zeltcafé hinter Redewisch, am Rapsfeld kurz vor der Steilküste am Großklützhöved. Hast du dich erinnert, dass wir uns in unserem ersten Herbst auf dem Sandpfad zum Geröllstrand das erste Mal geküsst haben? Es war der Tag, als wir zwei Bernsteine fanden, diese zu Stein gewordenen Tränen der Tochter des Meeresgottes, die die ersten Stürme aus Nordost ans Ufer geworfen hatten. Als du noch ein kleines Mädchen warst –

du warst fast zehn und ich war dreizehn, da habe ich dir einen Kuss angeboten, und du wolltest ihn nicht, »niemals«, hast du gesagt. Ich habe dir versprochen, dass du ihn eines Tages doch bekommen würdest. Und kaum fünf Jahre später wolltest du ihn.

Wir haben unsere Bernsteine geschluckt, bevor wir uns mit dem Floß auf die Wasserwüste wagten. Ich habe meinen in einer Toilettenschüssel in Lübeck wiedergefunden, in der Untersuchungshaft.

Denn ich konnte unmöglich ich sein, im abgehörten Funk der Grenzer hatte es geheißen, dass ich tot sei, erschossen in der Dreimeilenzone, bei meinem Angriff auf die Seegrenze der DDR. So nannten sie es, einen Angriff. Das Wort Flucht war ihnen zu peinlich.

Von einer Frau sprach niemand, dich gab es offiziell nicht. Raddeck hatte wer weiß was dafür getan, dass du nicht in den offziellen Papieren erschienst. Und du warst ihm, dem ehrenwerten, verräterischen Volksmariner, dem guten Mann von Redewisch, dafür ergebener, als er sich je erhofft hatte.

Musste er dich sehr zwingen?

Hast du deinen Bernstein noch?

Als ich in der Freiheit angekommen war, war ich tot, war ich ein anderer geworden, mit neuen Papieren und neuem Ich. Das, was noch von mir lebte, Marlen, warst du; das Licht von Dahme warst du, aber du warst nun drüben, und ich war gar nichts mehr.

Während ich auf das Licht zuschwamm, hat Raddeck dich aus deiner Ohnmacht geweckt, und er hat dir gesagt, dass ich dich im Stich gelassen hätte. Dass ich dein Leben für meins geopfert hätte.

»Schwimm«, hatte er zu mir gesagt, »los, schwimm doch endlich in deine Freiheit.«

Ich sagte Nein.

»Schwimm. Sie bleibt.«

Dann hatte Raddeck dir seine Dienstpistole an die Schläfe gesetzt.

»Spring und schwimm, mein Kleiner. Sonst ist sie tot. Und wenn du zurückkommen solltest, dann …« Er hatte die Waffe fester an dich gedrückt und deine Haut wurde noch weißer an der Stelle.

Hat mein Bruder dir das je gesagt, Marlen, dass er dich töten wollte, wenn ich dich nicht aufgebe?

Du schweigst, Marlen. Schweigen lügt nie.

Euren 20. Hochzeitstag habt ihr in Heiligendamm gefeiert, du trugst ein rotes Kleid, rot wie unser Himmel. Dir waren die Stühle im gerade eröffneten Kempinski zu weich; du sitzt gern härter, sagtest du zu Raddeck, du brauchst Widerstand, um dich zu spüren.

Alles ist eckig in Heiligendamm. Nur Geraden und Quadrate. Weiß, so weiß wie falsche Kreidefelsen. Du dagegen magst Kreise, immer schon, ohne Anfang, ohne Ende. Ohne oben, ohne unten.

So eine Welt hast du dir immer gewünscht, Marlen.

Keiner oben. Keiner unten. Kein Setzkasten-Leben.

Raddeck spielt gern Golf, in Hohen Wieschendorf, dort, wohin es das neue Geld nach dem Mauerfall zuerst zog. Zu dem Wind, der um diese Pfeilspitze der Küste tobt, zu dieser Aussicht, alles war neu und roch auch so; Glas, Stahl, geharkte Sandkuhlen, gestutzter Ginster.

Du mochtest eure Bauernkate am Dorfrand von Redewisch lieber. Die Rhododendren. Die Heckenrosen. Die krummen Straßen aus Pflastersteinen, die wie ausgewaschene Fluss-fjorde wirken, die gebeugten, dunklen Erlen, die dem Wind wie Diener zugeneigt sind. Der Park von Schloss Bothmer; ihr habt dort Picknicke gemacht, bis die Mädchen meinten, zu alt geworden zu sein, um im Gras auf einer karierten Decke zu sitzen und ihren Vater beim Schnapstrinken zuzusehen.

Das gelbe Strahlen der Raps-Felder, dahinter das blaue Meer, das Gelb umarmt von hellgrünen Buchen, der Duft von Thymian und Wollgras; das war deine Welt. Hast du je davon geträumt, woanders als hier drüben im Klützer Winkel zu sein?

Wo du Kind warst, Geliebte, Gerettete, Mutter und Ehefrau.

Kann es sein, dass eure Älteste meine Tochter ist?

Ist sie es, Marlen?

Sieh mir in die Augen.

Ich habe nachgerechnet. Es war die Nacht vor der Flucht.

Ja, ich hatte Frauen, und ich hatte die Erinnerung an dich.

Eine Erinnerung führt zur nächsten. Genauso wie eine Gelegenheit zur nächsten führt, ein Jahr zum nächsten, ein Tod zum nächsten.

Ich habe versucht, zurückzukommen, Marlen.

Sie ließen mich nicht.

Ich dachte daran, dich entführen zu lassen, um dich von ihm wegzuholen. Aber ich wollte deine Kinder nicht ihm überlassen. Du wärst gestorben ohne deine Kinder, wie ich, ohne dich.

Was ich all die Jahre dann getan habe?

Gewartet, Marlen.

Auf diesen Moment.

Dich in meine Armen zu halten.

Dich zu lieben.

Wenn wir auf uns aufpassen, haben wir vielleicht zwanzig, dreißig Jahre; vielleicht vierzig, wir holen alles nach. Du musst ihm verzeihen, Marlen, ich habe Raddeck auch verziehen, auch wenn er mein Bruder war, und auch wenn er mich verraten hat und dich belogen und dich umbringen wollte.

Marlen. Geliebte.

Er war gut zu dir. Als du in seinen Armen auf dem Schiff zurückgekehrt bist aus dem Albtraum, den ich dir mit unserer Flucht bereitet habe; da begann Raddecks Traum.

Er hat Musik für dich gemacht, auf seinem Akkordeon. Er hat den Kindern das Schwimmen beigebracht; du wolltest nie wieder im Leben schwimmen, nie wieder. Nie wieder.

Schau, wie blau das Meer von hier oben ist. Wie ruhig es aussieht. Als ob es niemals eine Grenze gewesen wäre, die tödlichste. Das tiefste Grab. Wie nannte Raddeck dieses Blau? Ewigblau.

Es gibt diese Farbe nur hier, Marlen.

Vielleicht hätte er dich nicht erschossen, wenn ich geblieben wäre. Vielleicht hätte Raddeck dich doch noch mit mir schwimmen lassen. Vielleicht hätte er aber auch seinen Männern gesagt, dass der Schießbefehl nicht länger ausgesetzt sei, und dann hätten sie uns dem Meer geschenkt, und es hätte sich kaum rot gefärbt von unserem Blut; Blutblau ist fast wie Ewigblau.

Du hast recht, Marlen, es sind zu viele Vielleichts.

Nimm mir nichts übel.

Mein Bruder, Marlen, liebte dich schon, bevor ich dich liebte.

Ich kann ihm nicht übel nehmen, dich geliebt zu haben, welcher Mann von Verstand hätte dir nicht sein Herz geschenkt und alles, was er war?

Ja – er war.

Raddeck war einmal, Marlen.

Weine nicht. Du hattest ein gutes Leben mit ihm. Bevor die Mauer fiel, stand ich oft unter dem Leuchtturm von Dahme und habe zu den Steilküsten des Klützer Winkel gesehen. Ich habe in den Wind hinein deinen Namen geflüstert; er sollte meine Worte zu dir tragen.

Dass ich kommen werde, um dich zu holen, und dass Raddeck dafür bezahlen wird, dass er dich mir genommen hat. Er hat mir die Freiheit aufgezwungen, und du warst sein Pfand.

Er hat dafür bezahlt, Marlen, dass er uns auseinandergerissen hat.

Das Meer wird ihn nicht zurückgeben; die Ostsee gibt nichts zurück, was ihr gehört; und hatte Raddeck nicht immer mehr als alles andere das ewigblaue Meer geliebt?

Willst du nun mit mir kommen, Marlen, um zu sehen, was hinter dem Ende der Welt ist? Willst du? Es sind noch so viele Farben übrig, die du nicht kennst, mein Liebling. Ich werde sie dir alle zeigen.

Kommst du, Marlen?

Nein, Marlen.

Sag das nicht. Sag das nicht! Sprich nicht von ihm wie von deinem Geliebten!

Ist das seine Waffe? Die, die er dir an den Kopf gesetzt hat?

Du wusstest es? DU WUSSTEST ES?!

Ihr habt ...?

Nein.

Du lügst.

Euer Plan?

Nein.

Euch geliebt?

Ich habe es doch für uns getan, Marlen!

Er hat sich nicht gewehrt, er sagte nur »verzeih«, ich gab ihm sein Verzeihen, und ...

Euer Plan ... ihr liebtet euch, mein Bruder und du?

Aber ich, was war denn ich für ...

»Schwimm«, hat er gesagt, »los, schwimm doch endlich in deine Freiheit.«

Das war der Plan?

Ich bitte dich. Sag, dass es nicht ...

MARLEN!

... und jetzt, Marlen, ist der Himmel wieder so rot, wie er war, als ich dich das letzte Mal so nah gesehen habe.

Wenn man fällt, ist der Himmel unten, und das Meer oben; alles ist verdreht ...

Fallen

Himmel

Blut

Rot

Marlen?

Mar...

Kühlungsborn
– wo man ewig leben möchte!

VON TATJANA KRUSE

Ich heiße Albin, bin vierundvierzig, Junggeselle und Puppenmacher. Und momentan sitze ich in der Dampflok Molli von Kühlungsborn nach Rostock.

Armer Kerl, denken Sie jetzt womöglich. Sie stellen sich einen mageren, etwas ungepflegten, schütterhaarigen Mann im karierten Pullunder vor, vielleicht mit Brille, neben sich einen abgewetzten Koffer, in dem neben verschlissenen Frottee-Badeschlappen, zwei Eingriffslips zum Wechseln und einer Zahnbürste noch eine halbfertige Marionette liegt. Armer Kerl, denken Sie erneut und freuen sich mit mir, dass ich mir offensichtlich gerade einen Ostseeurlaub gegönnt habe, bestimmt außerhalb der Saison und finanziert von den greisen Eltern, die mich mit ihrer mickrigen Rente immer noch durchfüttern müssen. Puppenmacher. Was verdient schon so ein Puppenmacher? Denken Sie jetzt.

Rotzlümmel, der ich früher war, habe ich doch seit frühester Jugend Puppen geliebt. Mit Lego-Steinen oder Märklin-Eisenbahnen hätte man mich jagen können. Wann immer möglich, hing ich hinter den Kulissen unseres Marionettentheaters herum und berührte ehrfürchtig Ali Baba oder Aschenputtel oder Jim Knopf. Herr Gerhard schnitzte noch selbst. Schon früh durfte ich ihm zur Hand gehen, und als ich zwölf war, hatte die erste von mir geschnitzte Marionette ihren Auftritt. Es hätte Prinzessin Gisela werden sollen, aber als Herr Gerhard mein Werk begutachtete, sagte er »Hm« und nochmals »Hm« und meinte dann, für eine Prinzessin

45

seien ihre Züge etwas herb geraten, aber wenn man einen grünen Wams nähte, könnte die Figur als der finstere Förster aus dem Fichtenforst durchgehen, der Prinzessin Gisela entführen wollte. Es war ein herber Schlag, aber ich ließ mich nicht entmutigen.

Mein Vater, der fünfundvierzig Jahre für VW malocht hatte, machte sich lange Sorgen um meine sexuelle Orientierung – *Junge, musst du denn immer mit Puppen spielen?* –, war dann aber beruhigt, als noch vor meinem achtzehnten Geburtstag die erste Vaterschaftsklage ins Haus flatterte.

Die Aussichten als Puppenmacher waren nicht rosig, darum ließ ich mich, als ich mit der Schule fertig war, von der Berufsberaterin beim Arbeitsamt zu einer ähnlich gelagerten Ausbildung überreden, die sie gerade im Angebot hatte. Als Tierpräparator.

Das war natürlich nur eine Übergangslösung. Nach dem fünften Wellensittich und dem zwanzigsten Rauhaardackel ist der Kick weg und alles nur noch öde Routine.

Mit Mitte zwanzig ging ich nach London. Nicht zuletzt, um den ganzen Vaterschaftsklagen zu entgehen. Ehrlich, ich muss mir abgewöhnen, Frauen alles zu glauben, ganz besonders wenn sie versichern, sie würden die Pille nehmen. Im Kindergarten bei uns im Viertel wimmelte es von den Folgen meiner Vertrauensseligkeit, und ich fand, es war Zeit für einen Neubeginn.

Als Wachsschnitzer.

Bei einem der *waxcarver*, die für das Wachsfigurenkabinett der Madame Tussaud arbeiteten, durfte ich ein Praktikum machen. Ich darf wohl sagen, dass ich mich sehr geschickt anstellte. Mein Praktikum wurde zu einem Volontariat – und bald schon durfte ich ihm bei den Neugüssen helfen. So eine Wachsfigur hält ja nicht ewig. Alle fünf Jahre wird sie entweder entsorgt, weil der Prominente nicht mehr prominent genug ist, oder neu gegossen. Und schließlich durfte ich endlich allein Hand anlegen. Bei meiner Golda Meir urteilte Mister Daniels noch *splendid work*, aber nach der Katastrophe mit Julia Roberts und dem Desaster mit Kylie Minogue teilte er mir mit, dass er mir nur noch männliche Wachsfiguren anzuvertrauen gedachte. Ich fand das enttäuschend.

Ich beschloss, dass Wachs einfach nicht mein Material war, und ging nach Kalifornien. Zumal ich feststellen musste, dass auch Engländerinnen genauso frech logen wie die deutschen Frauen, was die korrekte Einnahme der Pille betraf.

In Los Angeles kam ich bald schon in Kontakt mit einem sehr netten Mann namens Riley, der Silikonpuppen fertigte. Ich war begeistert! Lebensgroß, lebensecht – und wenn man die Hand auf ihren Arm legte, wurde der Arm mit der Zeit warm. Riley war, wie sich herausstellte, der Marktführer für hochwertige ... äh ... Liebesgespielinnen. Denn wer es sich leisten konnte, fuhrwerkte doch nicht mit einer aufblasbaren, nach Gummi riechenden Attrappe herum, wenn er eine Gefährtin sein Eigen nennen konnte, die im Dunkeln nicht von einer echten Frau zu unterscheiden war – und die vor allem nicht nölte und nicht schnarchte. Gut, in der Anschaffung war sie mit 7.500 Dollar aufwärts nicht ganz billig, aber im Unterhalt waren *Rileys Babes* einfach unschlagbar günstig. Bei regelmäßiger Reinigung betrug ihre Lebensdauer fünfundzwanzig Jahre. Sagte Riley.

Wir arbeiteten einige Zeit sehr gut zusammen, aber irgendwann nahm er mich beiseite, zog sich die Zigarre aus dem Grinsemund und meinte bedauernd, dass der schwule Markt einfach noch nicht ausreichend entwickelt sei und meine Puppen seien – *no offense* – irgendwie nicht weiblich genug.

Und so kam ich wieder nach Deutschland, zog in mein altes Jugendzimmer und überlegte mir, wo genau ich meine Nische finden könnte.

Während ich noch so überlegte, kam mein alter Kumpel Selim, den ich mal vor Gericht kennen gelernt hatte, als wir beide im Flur warteten, mit einer Geschäftsidee auf mich zu. Er wegen irgendeinem minderschweren Tätlichkeitsdelikt, ich natürlich wegen einer Vaterschaftsklage.

Langer Vorrede kurzer Sinn: So kam es, dass ich mich in diesem Sommer zusammen mit Rüdiger auf den Weg nach Kühlungsborn machte. Im dortigen Haus der Völker sollte ein Eingeborener aus Papua-Neuguinea aufgestellt werden.

Rüdiger, wie ich ihn nannte, reiste natürlich separat in einer Transportkiste, bequem ausgepolstert und konstant auf 22 Grad temperiert. Die Logistik-Fachkräfte des Frachtdienstes der Deutschen Bahn würden ihn im Rahmen des »Haus zu Haus«-Service direkt zum Haus der Völker bringen.

Ich reiste nur mit, um von Dr. Leberecht die Abnahme unterschrieben zu bekommen und ihm zu erklären, unter welchen Temperatur- und Stellbedingungen meine Firma eine Haltbarkeitsgarantie von zehn Jahren gab.

Eigentlich hätte ich morgens hin- und abends wieder zurückfahren können, aber in den letzten Monaten war bei uns so viel los gewesen, dass ich mir eine kleine Auszeit verdient zu haben glaubte. Und wer kann bei der mecklenburgischen Ostseeküste schon Nein sagen?

Dr. Leberecht hatte mir als Unterkunft eine Pension in direkter Strandlage empfohlen, mit Reetdach und leckerer Hausbäckerei. Mein Zimmer war gemütlich und hatte Dachschräge. Am Abend meiner Anreise lief ich durch Kühlungsborn und staunte über die eigenwillige Architektur der Villen. Und es waren viele Villen. Ich fühlte mich in ein

Seebad der vorvorigen Jahrhundertwende zurückversetzt, ein Kurhotel reihte sich ans andere wie Socken auf einer Wäscheleine. Seit der Wende allesamt aufwändig renoviert worden. Keine Ahnung, warum jedermann nur von Heiligendamm spricht, wo es doch Kühlungsborn gibt – mit Deutschlands längster Strandpromenade. Jedenfalls spazierte ich völlig begeistert durch den Ort und schoss mit meiner Kleinbildkamera um mich wie ein Amokläufer und aß zweimal warm, beide Male Fisch mit Bratkartoffeln und reichlich Tunke.

Am Montag besuchte ich Dr. Leberecht in seinem Museum, das bis zur Saisoneröffnung noch geschlossen war. Rüdiger war noch nicht angekommen, also nutzte Leberecht die Chance zu einer dreistündigen Privatführung durch sein Panoptikum samt Vortrag über Geschichte, Personal und Sinn und Zweck seiner Einrichtung.

Am Nachmittag nahm ich an einer wesentlich kurzweiligeren Stadtführung mit anschließender Sanddornverkostung teil. Am Dienstag gönnte ich mir den Gute-Nacht-Bummel mit Märchenhexe Küboschka, die als Highlight Lieder zum Mitsingen bot. Und am Mittwoch begab ich mich ins Haus der Völker, weil Rüdiger inzwischen angeliefert worden war und ich im Beisein von Dr. Leberecht die Transportkiste öffnen sollte.

Das Haus der Völker war in einer der prächtigen Villen in der Nähe des Bootshafens untergebracht. Dr. Leberecht hatte sich als Wessi kurz nach der Wende berufen gefühlt, den wilden Osten zu zivilisieren, war erst als Museumskurator gescheitert, dann als Galerist, hatte anschließend eine Rostockerin geheiratet, die in Kühlungsborn am Leibniz-Institut für Atmosphärenphysik Bahnbrechendes leistete, und war vor Kurzem auf die Idee gekommen, für die Badegäste eine kolonialhistorische Belustigungsstätte einzurichten. Quasi im Alleingang hatte er sich die Finanzierung durch Land und Kommune und ein paar Wirtschaftssponsoren gesichert, und zu Beginn der letzten Saison war Eröffnung gefeiert worden. Yanomami, Tutsi, Massai, Inuit – jeder Raum galt einem bestimmten Volk und war liebevoll mit Alltagsgegenständen ausstaffiert worden. Wir hatten ihm schon einen Pygmäen geliefert. Und nun eben Rüdiger, einen Eingeborenen aus Papua-Neuguinea.

Ich hob den Deckel der Bleikiste an.

»Fantastisch!«, schwärmte Dr. Leberecht und beugte sich über Rüdiger, damit er die Details genauer bestaunen konnte.

Rüdiger sieht aber auch wirklich total lebensecht aus. Nackt, nur mit einem riesigen Pimmelschutz und ein paar Federn in den krausen Haaren – wie die Leute auf Papua-Neuguinea eben herumzulaufen pflegten, bevor der Westen sie mit Hawaiihemden und Designerjeans beglückte und ihnen einredete, McDonald's-Burger seien ethischer als der traditionelle Kannibalen-Kebab.

»Fantastisch!«, schwärmte Dr. Leberecht erneut und betastete vorsichtig Rüdigers ledrige Gesichtshaut. Er beugte sich noch etwas tiefer, als ob er Rüdigers Duft einatmen wollte.

Und da – ich weiß auch nicht so recht, wie es kam, es war gar nicht so furchtbar heiß – passierte es. Der Deckel der Transportkiste rutschte mir aus den schwitzigen Fingern und krachte direkt in das Genick von Dr. Leberecht, und das Genick von Dr. Leberecht erwies sich irgendwie nicht als stabil genug. Jedenfalls war er tot.

Ich möchte es als Glücksfall bezeichnen, dass das Haus der Völker noch bis zum Saisonbeginn geschlossen war. Und aus Dr. Leberechts Geblubber vom Montag wusste ich, dass er seine Helferin Frau Patzendorf in Urlaub zur

Mutter nach Frankfurt/Oder geschickt hatte und die Putzfrau erst am übernächsten Montag kommen würde. Prof. Dr. Gundula Leberecht-Neuhaus, die Atmosphärenphysikergattin, weilte stipendiumsbedingt ohnehin für sechs Monate am Center for Atmospheric Research in Boulder/Colorado.

Tja, was soll ich sagen. Leichen bin ich ja gewohnt. Schließlich hat mich Selim nicht umsonst wegen seiner Geschäftsidee angesprochen und als leitenden Präparator eingestellt.

Ich zog mein iPhone aus der Tasche. »Selim, wir haben ein Problem.«

»Ein großes?«

»Sehr groß. Wir werden beim Wiedereintritt in die Erdatmosphäre verglühen.« Ich seufzte.

Er sagte: »Ich komme.«

Das muss man Selim lassen – er lässt einen nicht hängen. Er setzte sich sofort in unser Präparatormobil und düste los. Irgendwann nach Mitternacht kam er an, ein Türke mit Ruhrpottslang, Auftragskiller, dicke Goldketten auf der lockig behaarten Machobrust, der seit unserer ersten Begegnung im Gerichtsflur gute hundert Kilo zugenommen hatte und mittlerweile auch schon mal Leute umbrachte, indem er sich einfach auf ihr Gesicht fallen ließ. Danach konnten wir sie natürlich nicht mehr verwenden, weswegen er das in letzter Zeit bleiben ließ und die Leute doch lieber erschoss. So ein Loch ist im Nullkommanichts gestopft, aber aus einer Matschbirne holt man keinen Insulaner mehr heraus, auch wenn man zehnmal behauptet, die hätten in der Südsee alle platte Nasen. Das war nämlich seine Geschäftsidee gewesen: Auftragsmorde ohne Leiche. Weil die Leichen auf Nimmerwiedersehen verschwanden. Und das vor aller Augen.

Als er da mitten in der Nacht auf dem Parkplatz hinterm Museum aus unserem Kastenwagen kletterte, war ich unendlich froh, dass er da war.

»Also«, sagte er und rieb sich tatendurstig die Hände. »Was liegt an?«

Am Freitag nahm ich an der Rucksackwanderung mit Günter und Ingeborg teil, die ich am Montag gebucht hatte. Ich wollte ja keinen Verdacht erwecken. Wenigstens fand ich bei der Tour zum südlich der Stadt gelegenen Höhenzug namens Kühlung während unserer Rast am Leuchtturm Bastorf auch Gelegenheit, Leberechts Unterwäsche und seine Brieftasche (mit Tresor-Kombination auf einer darin befindlichen Karteikarte) zu entsorgen, die ich statt des Lunchpakets meiner Pensionswirtin in den Rucksack gestopft hatte. Seinen Anzug würde ich behalten; wir hatten dieselbe Größe, und es wäre ja schade um den schönen Hugo Boss in Anthrazitgrau.

Selim, der Gute, hatte den nackten Leberecht in der Nacht noch ins Präparatormobil verfrachtet und schon mal alles vorbereitet, sodass wir am frühen Abend anfangen konnten.

Ich arbeitete zweieinhalb Tage durch. Dr. Leberecht war recht gedrungen und hätte eigentlich einen guten Sitting Bull im Raum *Ureinwohner Amerikas* abgegeben, aber wo hätte ich in der Kürze der Zeit eine Indianerkluft herbekommen sollen? Normalerweise half uns ja sonst Selims Freundin Onoma, die in Ghana als CCF-Patenkind eine Schneiderlehre hatte machen können, bevor sie als Asylantragstellerin nach Dortmund gekommen war, aber momentan lag sie akut schwanger auf der Geburtsstation. Also präparierte ich Dr. Leberecht auf *Homo neanderthalensis*, kauernd am Feuer sitzend. Wenn ich mit ihm fertig war, würde ihn nicht einmal seine Frau wiedererkennen.

Selim mietete derweil einen Wagen und düste los, um einen Hund zu überfahren. Als er wiederkam, hatte er ein Wildschwein und eine getigerte Katze im Kofferraum. »Echt unmöglich, hier einen allein herumstreunenden Hund aufzutun«, beschwerte er sich. »Mach einfach das Beste daraus.«

Während ich mich dieser Herausforderung stellte, bestellte sich Selim die mobile Kranich-Massage mit warmen Ostseesteinen auf sein Pensionszimmer und schwofte anschließend auf der Saturday Night Party im *Shark's* – dem »Club mit Biss«.

Ich mag Selim wirklich, er ist ein toller Chef, und wie er sein Unternehmen auf die Beine gestellt hat, einfach super! Deshalb konnte ich gut damit leben, dass er sich amüsierte, während ich mich im unserem Präparatormobil vor mich hinwerkelte.

Wie ich die Leichen präpariere, muss ich Ihnen ja nicht groß erzählen, googeln Sie einfach nach *Einbalsamierung*. Der Trick ist das zweimalige Einsprühen mit einer Silikonverbindung – der *Finishing Touch*, den ich bei Riley in Kalifornien gelernt hatte. Damit kann man einen europäischen Teint mühelos auf außereuropäisch umsprühen.

Sonntagmittag gab es dann noch mal einen Adrenalinschub.

»Juhu, jemand da drin?«

Es war meine Pensionswirtin. Sie hatte mich beim Spaziergang ins Präparatormobil auf dem Museumsparkplatz klettern sehen.

»Ich wollte Sie zu Tisch bitten. Heute gibt es Ostseescholle, das dürfen Sie nicht verpassen.« Sie versuchte, an mir vorbei in den Transporter zu lugen. »Was machen Sie denn da drin?«

»Ich zeig's Ihnen!« Ich griff nach hinten, sah ihr dabei die ganze Zeit in die Augen und lächelte, packte zu und zeigte es ihr.

Nein, keine kleinkalibrige Waffe. Selim ist der Killer, ich bin nur der Puppenmacher.

Die Marionette hervor, an der ich schon seit geraumer Zeit schnitzte, sollte Kleopatra im Nachthemd darstellen, aber ich machte der Wirtin keine Vorwürfe, als sie entzückt rief: »Och, der Cäsar!«

Später, im Abendgrauen, trugen Selim und ich den kauernden Dr. Leberecht, der jetzt dank Wildschwein und Katze am ganzen Körper behaart war, in den Frühmenschenraum im ersten OG, hockten ihn neben den *Homo heidelbergensis*, den Dr. Leberecht woanders gekauft hatte, und drapierten noch ein paar Holzscheite vor ihm, als ob er gleich für sich und seinen Kumpel ein Feuerchen machen wollte. Sah sehr überzeugend aus. Aus seiner hockenden Position hatte er einen guten Blick aus dem Panoramafenster auf die Ostsee. Also ehrlich, wenn man schon irgendwo die Ewigkeit verbringen muss, dann doch wohl bitte in Kühlungsborn mit exakt dieser Aussicht.

Selim fuhr mit dem Transporter dann gleich nach Dortmund, weil Onoma mittlerweile geworfen hatte. Ich hoffe, das Balg sieht mir später nicht übermäßig ähnlich, das würde definitiv Ärger mit Selim geben. Dass aber auch Afrikanerinnen keine Ahnung von der Pille haben!

Ich selbst habe noch ein paar Tage die Strandpromenade genossen, Möwen mit einem Fischbrötchen gefüttert, mir die milde Ostseeluft ins Gesicht blasen lassen.

Kühlungsborn. Wirklich schön dort. Kann ich Ihnen empfehlen. Besuchen Sie auch das Haus der Völker. Wie ich der Zeitung entnahm, war der Direktor spurlos verschwunden, und *der Verbleib von mehreren hunderttausend Euro Sponsorengeldern aus dem Tresor des Musums konnte nicht ermittelt werden.*

Seine Assistentin Frau Patzendorf führt das Haus jedenfalls sehr kompetent weiter, und zu Saisonbeginn wird es der Öffentlichkeit wohl wieder wie gewohnt zugänglich sein.

Ja, und jetzt sitze ich wieder in der Dampflok Molli, die mich nach Bad Doberan bringt, wo ich in den Zug nach Rostock umsteigen werde. In meinem Koffer eine Marionette, zwei getragene Eingriffslips, noch eine Marionette und 250.000 Euro in großen Scheinen.

So hatten Sie sich das womöglich nicht vorgestellt, aber wenn es Sie beruhigt: Ich bin tatsächlich schütterhäuptig und trag einen karierten Pullunder unter meinem anthrazitgrauen Hugo-Boss-Anzug.

Und für den nächsten Frühling werde ich wieder eine Woche Kühlungsborn buchen. Muss doch nachschauen, ob es Leberecht gut geht ...

Der Feuerteufel von Stralsund

VON PETER GERDES

Wo liegt Königsberg?«
Jan Brenners Mund stand einen Moment lang offen.
Königsberg? Was hatte Königsberg mit Stralsund zu tun?
Oder mit Lokaljournalismus? Nichts, ganz offenkundig.
Warum, zum Teufel ...

Ruhig, ganz ruhig, beschwor er sich. Mit seiner aufbrau-
senden Art hatte er sich schon genug geschadet. Also rang er
sich ein Lächeln ab und blickte den hageren Chefredakteur,
der mit verschränkten Armen am Fenster stand, so unbefan-
gen wie möglich an. »Königsberg? Tja, Ostpreußen, nicht
wahr. Ist heute eine russische Exklave zwischen Polen und
Litauen. Heißt seit 1945 Kaliningrad.« Damit hatte er sein
Pulver verschossen, und zwar komplett. Tapfer lächelte er
weiter. Wenn der Alte weiterbohrte, wäre er geliefert.

Der Chefredakteur aber erwiderte sein Lächeln. Und zwar
zum ersten Mal seit Beginn des Bewerbungsgesprächs. Dabei
hatte er sich schon die ganze Zeit sehr überzeugend gefunden. Eloquent, bestimmt, dennoch umgänglich, bisweilen
leutselig. Der perfekte Journalist eben. Er selbst hätte sich mit
Kusshand genommen.

»Schön, Herr Brenner«, sagte der Chefredakteur. »Ich
schätze es, wenn unsere Mitarbeiter über etwas historische
Bildung verfügen. Braucht man schließlich, um Aktuelles
einordnen zu können. Ein wenig über den Tellerrand hinaus-
schauen, auch zeitlich.«

»Ganz genau!« Brenner nickte eifrig und dachte: Mein
Gott, was für ein alter Zausel.

Die Leute von heute wollten doch keine Historie, die wollten es blutig und saftig. Romantik war was für Rentner.

»Herr Kühn«, sagte der Chefredakteur, »wären Sie so gut, uns mal einen Augenblick alleine zu lassen? Dauert auch nicht lange.«

Tom Kühn, Leiter der Lokalredaktion Stralsund der *Ostsee-Post*, blickte seinen Vorgesetzten erstaunt an. Bisher hatte er das Bewerbungsgespräch geleitet. Dass er jetzt wie ein Schuljunge vor die Tür geschickt wurde, behagte ihm offenbar nicht.

»Wissen Sie, Herr Brenner«, sagte der Chefredakteur, nachdem die Tür ins Schloss gefallen war, »Stralsund ist derzeit unser Problemkind. Auflagenrückgang von 19.000 auf 17.600 in zwei Jahren. Und das, obwohl die *Ostsee-Post* in den anderen Gebieten zulegt. Klar, dass wir etwas ändern müssen.«

»Klar.« Genau da sah ja Brenner seine Chance: Aufstockung einer Lokalredaktion, kurzfristige Entscheidung, also wenig Zeit für die üblichen Seilschaften, in Stellung zu gehen – genau so kam man als Auswärtiger zum Zuge.

»Hier muss sich etwas bewegen«, sagte der Chefredakteur, und es klang so, als habe er das schon hundertmal gesagt. »Immer nur das Übliche, das bringt es nicht. Andererseits konnten wir uns bislang zu einem radikalen Umbruch nicht entschließen. Wir wollen die aktuelle Redaktionsleitung nicht beschädigen.«

Verdammt, dachte Brenner, was wurde das denn jetzt?

»Unser Lokalchef hat da einen eigenen Favoriten«, fuhr der Chefredakteur fort. »Langjähriger freier Mitarbeiter, flotte Schreibe, belastbar, im Hause sehr beliebt. Und er stammt von hier. So einen kann ich nicht einfach beiseite schieben.«

Mist, dachte Brenner. Wäre ja auch zu schön gewesen. Also weiter Stellenmärkte durchackern, Bewerbungen schreiben, alten Zauseln um den Bart gehen. Er wusste doch, was er konnte! Warum merkten die Blödiane das denn nicht?

»Aber ich weiß ja, was Sie können.« Brenner zuckte unmerklich zusammen. »Sie sind schon weit herumgekommen, trotz Ihrer jungen Jahre. Haben sich den Wind um die Nase wehen lassen. Kennen auch die rauen Seiten des Geschäfts. Sie wissen, was beim Leser ankommt, stimmt's?«

»Stimmt«, sagte Brenner. Und er dachte: Königsberg jedenfalls nicht. Es sei denn, wir schmeißen Bomben drauf.

»Ich habe mir also Folgendes überlegt.« Der Chefredakteur richtete sich auf wie ein Richter beim Urteilsspruch. »Sowohl Sie als auch Ihr Konkurrent, der Herr ... richtig, Kevin Kuske, Sie bekommen beide zunächst einmal einen Zeitvertrag. Hier in der Redaktion Stralsund. Befristet auf drei Monate, gleich ab Januar. Da können wir ja sehen, wer sich besser bewährt, nicht wahr? Und dann wird entschieden. Von mir. So einer wie Sie liebt doch Herausforderungen. Na, was sagen Sie?«

Drei Monate Rattenrennen, dachte Brenner. Gegen jedermanns Liebling, der die Stadt kannte wie seine Westentasche. Echt toll! Aber was sollte er tun? Schließlich war er arbeitslos, achtkantig rausgeflogen, auch wenn seine Vita das vornehm verschwieg.

Also ließ er sein festgefrorenes Lächeln zu einem herzlichen Strahlen werden. »Natürlich sage ich Ja!«

* * *

»Mensch, 926 Kinder! Das ist Rekord.« Kevin Kuske lächelte, als er das Büro betrat, das er sich mit Jan Brenner teilte, und die semmelblonde Sekretärin, an der er sich in der Tür vorbeidrängte, lächelte zurück, ohne eine Ahnung zu haben, worum es ging.

»Kann man sagen«, erwiderte Brenner. »Kannste stolz drauf sein. Nicht einmal August der Starke hatte so viele, und der hat ja bekanntlich alles gevögelt, was nicht bei drei auf den Bäumen war.« Er hing in seinen Bürostuhl, die Füße auf dem Schreibtisch vorm Monitor des Redaktionssystems und die Tastatur auf dem Schoß.

»Doch nicht meine Kinder, Mensch! Was denkst du denn?«

Brenner hatte vergessen, dass Kevin Kuske zu hundert Prozent ironieresistent war.

»So viele Neugeborene gab es letztes Jahr in der Frauenklinik. Das ist Nachwenderekord für Stralsund. Es geht wieder aufwärts mit uns.« Kuske nahm Brenner gegenüber Platz, verteilte ordentlich seine Notizen und griff nach der Computertastatur, ohne seinen Kollegen aus den Augen zu lassen. Effizient und höflich, wie immer.

Der konnte sich noch richtig begeistern, dachte Brenner mitleidig. Und ein bisschen rot war er auch geworden. Gott, was war er wieder anzüglich! Der Kerl war ein echtes Mädchen. Man hätte ihn Netti nennen sollen. Ob der überhaupt schon mal einen nass gehabt hatte?

Umständlich nahm auch er Arbeitshaltung ein und griff nach dem Postkörbchen, das die Semmelblonde soeben aufgefüllt hatte. Natürlich ohne ihn anzustrahlen. Denn ihr Held war Kevin Kuske – ihr Ritter in penibel polierter Rüstung. Und nicht nur sie – alle hier liebten Kevin, war er doch einer von ihnen. Und er, Brenner, war der fiese Jobdieb aus dem Westen.

Himmel, was für ein beschränkter Haufen, dachte er, während er sich lustlos durch die Post wühlte, um wenigstens Stoff für ein paar Kurzmeldungen zu finden.

Im direkten Vergleich lag Kevin weit vorne. Ihm, dem beliebten Einheimischen, flogen die guten Geschichten nur so zu, mehrspaltige Aufmacher mit großem Bild und Autorenzeile. Klar, Geschichten, die einer wie Brenner am liebsten nicht einmal mit der Kneifzange angefasst hätte: »Jugend musiziert in der Hansestadt«, »Mini-Triathlon im Hanse-Dom« oder »Stralsunder Autor schreibt Stadtgeschichte in 1000 Versen.« Bei Brenner erzeugte so etwas Gänsehaut – aber das wurde gelesen, das gab Punkte. Und Kevin Kuske, so einfältig Brenner ihn auch fand, hatte ein Händchen für solch buntes, braves, weiches Zeugs für Omis und Tanten.

Nach Punkten war er schon nicht mehr zu schlagen. Da half nur noch ein Knockout. Ein Reißer musste her, ein Kracher, das ganz große Ding eben. Aber woher nehmen?

Altkleidersammlung in Knieper-Nord, DRK-Seniorengymnastik im Haus der Familie, Versammlung des Fördervereins Gorch Fock. Im Postkörbchen lag der große Kracher offenbar nicht. Da, der Polizeibericht. Immerhin etwas. Vielleicht war ja damit etwas anzufangen. Brenner schnappte sich das mehrseitige Fax. Vielleicht hatte ja jemand eins von Kuskes 926 Babys aus dem Fenster geworfen oder in den Kühlschrank gepackt. Das wäre doch mal was Reelles.

Häuslicher Streit, bah. Auto in Moltkestraße ausgebrannt, ach nee. Einbruch in Markant-Kaufhalle, lächerlich. Konnten die Junkies nicht wenigstens ein paar Omas umschubsen? *In der Tasche war meine ganze Rente drin, was soll ich jetzt bloß machen?* Aber so was ließ sich kaum aufmotzen. Weicheier.

Zwei Autos ausgebrannt. Brenner pfiff leise durch die Zähne. Schon wieder brennende Autos? Er spürte, wie seine Antennen ansprachen. War das etwas? Jedenfalls kein Zufall. Kurz entschlossen steckte er das Polizeifax ein. »Ich muss noch mal los«, sagte er lässig zu Kuske. »Recherche. Was

Langfristiges. Zu morgen kannst du mir 'ne Spalte oder so freihalten, die hacke ich dir nachher noch mit Meldungen zu.«

Stirnrunzelnd schaute Kuske ihm nach.

* * *

»Tja, stimmt. Eine auffallende Häufung.« Hauptkommissar Klyter von der KPI 1 klang mürrisch, und er sah dabei nicht mal auf. Seine runden Schultern, tief über eine Aktenhalde gebeugt, signalisierten überdeutlich, dass der Journalist störte.

Jan Brenner war das vollkommen egal. Der Kommissar war Junggeselle, nicht viel älter als er selbst und bisher sein einziger Polizeikontakt in Stralsund. Er war mit Florian Klyter ein paarmal im *Goldenen Löwen* am Alten Markt essen gewesen, hatte sich mit ihm über Autos und Frauen unterhalten, und einmal hatte er schon einen richtig brauchbaren Tipp über eine Razzia von ihm bekommen. Freilich erst hinterher.

»Na und? Was ist euch denn aufgefallen? Nun komm schon.« Nur keine falsche Höflichkeit, dachte sich Brenner. Schließlich hatte er dem Kerl jedes Mal das Essen bezahlt. Und die Getränke auch.

»Dass es alles teure Wagen sind.« Klyter wand sich. »Mercedes S-Klasse, Audi A 8 und so. Fast neu. Und alle gut versichert.«

»Versicherungsbetrug?« Daraus ließ sich etwas stricken. Obwohl, es fehlte der menschliche Bezug, der *human touch.* Versicherung, das war kalt und trocken. Er brauchte es warm und feucht. Tränen. Am besten Blut.

Klyter sah auf. Endlich. »Hör mal, wir sind noch mitten in den Ermittlungen, verstehst du? Auf gar keinen Fall darfst du jetzt schon auch nur eine Zeile schreiben, sonst gibt es mächtigen Ärger.« Er starrte Brenner an, es sollte wohl bedrohlich wirken, aber es sah eher flehend aus. Brenner verstand: Wenn er etwas schrieb, bekam Klyter den Ärger.

»Ja, ja«, knurrte Brenner. »Bin ja nicht blöd. Komm schon, was habt ihr noch? Namen!« Bloß gut, dass er mit Klyter alleine im Büro war.

»Hast du dir das überlegt mit den 5.000? Ob du mir die leihen kannst?« Wie der glotzte! Jammerlappen. Hätte sich eben besser überlegen sollen, ob er sich seine Vorliebe für teure Autos und genauso teure Weiber von seinem Beamtengehalt leisten konnte. Klyter blickte ihn von unten her an wie ein Dackel. »Wäre wirklich wichtig. Du würdest mir aus der Klemme helfen.«

»Möglich. Kommt drauf an.« Brenner verkniff sich das Grinsen. Jetzt hatte er ihn. »Aber erst mal musst du mir helfen. Also, was ist?«

Ganz kurz nur flackerte Klyters Blick, straffte sich sein Rundrücken. Dann knickte er endgültig ein. »Pass auf«, flüsterte er.

* * *

Auf dem Rückweg in die Redaktion fühlte sich Brenner, als ginge er auf Wolken. Auf kleinen, schwarzgrauen Rauchwölkchen, die aus einem halben Dutzend abgefackelter Nobelkarossen aufstiegen. Er hatte gewonnen. Geile Story! Damit würde er diesen Kuske von der Platte putzen, aber gründlich.

Obwohl es kalt war und er Fußmärsche eigentlich hasste, genoss er den Rückweg von der Kripo-Inspektion in der Barther Straße zurück in die Redaktion. Klare Luft und Wintersonne fand er sonst nur auf Skipisten erträglich. Aber so, wie die Dinge lagen, konnte er sich Gröden oder Chamonix bald leisten. Er ging den Tribseer Damm entlang, passierte die Engstelle zwischen Knieper- und Frankenteich und erreichte die alte Hafeninsel mit der Altstadt. Mittendrin die *Ostsee-Post*. Zwischen den prächtigen historischen Gebäuden mit ihren sorgsam hergerichteten Fassaden waren um diese Jahreszeit nur wenige Touristen unterwegs. Im Sommer würden sie in Scharen hier einfallen, hatten die Kollegen stolz erzählt. Ha! Worauf die wohl stolz waren? Dass der Prunk der hanseatischen Vergangenheit zur Besichtigung dargeboten wurde, weil man in der Gegenwart nichts zustande gebracht hatte, wovon man leben konnte? Jämmerlich. Man musste sich doch nur diese viel gelobte Rathausfassade angucken. Vorne prächtig, hinten hohl!

Am Neuen Markt bog er in die Mönchstraße ein und erreichte den Apollonienmarkt. Da lag sie, die Redaktion der *Ostsee-Post*, dieser Provinzgazette, die zur Hälfte Springer gehörte und zur anderen Hälfte einem westlichen Blatt, das seinerseits fest in Springer-Hand war. Tja, so sah sie aus, die Ost-Realität. Von wegen stolz!

Aber einige hier hatten sich offenbar doch was von den Wessis abgeguckt, dachte Brenner, während er gleich darauf mit nachlässiger Routine eine Spalte Meldungen in die Tastatur hackte. Zum Beispiel dieser Autohändler, von dem Klyter ihm erzählt hatte. Sorgte sich um seine Absatzzahlen, weil finanzkrisengebeutelte Firmen keine dicken Schlitten mehr als Dienstwagen orderten. Traute der konjunkturfördernden Wirkung staatlicher Abwrackprämien nicht. Und nahm das Abwracken lieber selbst in die Hand. Arbeitete mit einem Versicherungsagenten zusammen. Gab Tipps, wo die S-Klasse oder der A 8 standen, erteilte Aufträge, kassierte Prozente. Ein wahres Feuerwerk mit lauter Gewinnern.

Tolle Sache. Trotzdem noch nicht ganz die fette Geschichte, die Brenner vorschwebte. Dazu fehlte noch etwas. Aber nicht mehr lange.

* * *

»Nimmst du noch einen?« Brenner wedelte den Zigarettenrauch beiseite.

Sein Gegenüber nickte. Er war kein Mann großer Worte.

»Wann geht ihr denn wieder los? Heute Abend?«

Der Typ mit der Lederjacke hob lässig die breiten Schultern. Dann nahm er den letzten Schluck aus seinem Bierglas, wischte sich den Schnäuzer und grinste. »Wer weiß?«

Brenner zog drei kleingefaltete Fünfziger aus seiner Brusttasche und schob sie über die Tischplatte. Im *Hansekeller* war viel Betrieb. Niemand achtete auf sie.

Der Schnauzbart grinste: »So billig willstes?«

»Bezahlt bist du doch schon«, knurrte Brenner. »Ist doch nur für ein Foto. Komm, Alter.«

Die Lederschultern wurden vorgeschoben, das Grinsen war wie weggewischt. »Laber mich bloß nicht an. Von wegen Alter! Wer hält denn hier den Kopf hin, hä? Du ja wohl nicht.«

Brenner griff noch einmal in seine Tasche. Noch drei Scheine. Langsam wurde die Sache richtig teuer.

Der Schnauzbart musterte ihn prüfend, dann strich er die Scheine wie beiläufig ein. »Also gut«, sagte er. »Heute Nacht, zwei Uhr dreißig. Aber pass auf, hörst du? Es darf niemand zu erkennen sein. Ich checke jedes Bild, das du machst, klar?«

»Klar«, sagte Brenner ungeduldig. »Wo?«

* * *

Grünhufer Bogen, Zunftstraße. Aha, hier musste es sein, das Gewerbegebiet. Vier Kilometer vom Zentrum. Jan Brenner stellte seinen Wagen ab, schnappte sich seine Kamera und ging den Rest zu Fuß.

Der Lederjackentyp stand plötzlich vor ihm wie aus dem Boden gewachsen. Er hatte einen Kumpel dabei, einen kleinen Dicken, mit einem Schal vor Mund und Nase und einer NETTO-Tüte unterm Arm. Seine Äuglein flitzten nervös hin und her.

»Gleich hier«, sagte der Schnäuzer. Der Firmenparkplatz war zur Straße hin offen. Zwei dunkle Daimler standen auf den Geschäftsleitungsparkplätzen.

Der Dicke zog zwei Flaschen aus seiner Tüte, die nach Benzin stanken, und aus deren Hälsen Stofffetzen hingen. »Soll ich?«

Der Schnauzbart schaute zu Brenner, der schon seine Digitalkamera bereitgemacht hatte. Brenner nickte. Der Schnauzbart ebenfalls. Ein Feuerzeug schnappte. Flammen loderten.

Der Schnäuzer hatte ein Brecheisen aus der Jacke gezogen und ließ es gegen die Seitenscheibe des Daimlers krachen, und während die Alarmanlage losging, nahm der kleine Dicke Maß und schmetterte den Molli durch das Loch. Gutes Team, die beiden. Sofort stand das Wageninnere in Flammen. Brenner knipste. Vermummte Silhouetten vor flammendem Inferno, das kam gut.

Der Schnauzbart hatte sich schon den zweiten Wagen vorgenommen, die Scheibe ging zu Bruch, der Molli flog, aber der Dicke hatte sich diesmal irgendwie verschätzt, und die Flasche zersplitterte am Wagen. Brennendes Benzin spritzte nach allen Seiten. Der Schnauzbart stand augenblicklich in Flammen. Er schrie auf, brüllte, taumelte lodernd im Kreis, stürzte, wälzte sich brennend am Boden. Der kleine Dicke rannte davon – und Jan Brenner knipste mit vor Aufregung kalten Fingern, bis der Chip voll war.

Ostsee-Post exklusiv: Feuerteufel stirbt in den eigenen Flammen. Von Jan Brenner.

Geile Sache. Damit hatte er den Job, jede Wette.

* * *

Am nächsten Tag war Brenner so früh in der Redaktion wie selten. Es herrschte ungewohnter Betrieb. Chefredakteur auf Kontrollbesuch, registrierte er. Perfekt.

Schnell startete er seinen PC und lud die Fotos vom Kamerachip herunter. Auf dem großen Monitor übertrafen sie alle Erwartungen. Brennende Gestalt vor brennendem Daimler. Dramatik. Verzweiflung. Verbrechen. Tod. Brillant, dachte Brenner. Nicht zu toppen.

Kevin Kuske war hereingekommen, linste ihm über die Schulter, kniff die Lippen zusammen und schwieg.

Recht so, dachte Brenner. Du bist erledigt, und du weißt es.

Der Chef erschien zur Visite. »Ah, der Herr Brenner!«, dröhnte der Chefredakteur. »Was haben Sie uns denn da Schönes mitgebracht?«

Stolz klickte Brenner sich durch seine Bilder-Beute und erläuterte knapp das Resultat seiner Recherchen. »Exklusiv, meine Herren! Selbst die Polizei hat noch keine Ahnung.«

Die Reaktion der Chefs war unterkühlt. Die Arme blieben verschränkt. Verdammt, merkten die etwa nicht, was für eine Granate er hier hatte? Deppen, dusselige. Bis rauf in die Entscheiderpositionen. So konnte es ja nichts werden, hier im Osten.

Ein weiterer Mann betrat das Büro. Er kannte ihn vom Sehen. Klyters Vorgesetzter, Polizeidirektor ... wie hieß er noch? Und was wollte er hier? Er war doch nicht etwa wegen ihm hier?

Doch der Polizist wandte sich an Kuske. »Sie haben angerufen? Na, dann zeigen Sie mal.«

Kuske machte seinen Monitor an und rief eine Bilderserie auf. Brenner erkannte den Typ mit dem Schnauzbart. Und sich selbst. Zusammen am Tisch im *Hansekeller*. Die gefalteten Fünfziger. Dann der Schnauzer mit seinem dicken Kumpan. Die Autos. Die Mollies. Der Schnauzbart brennend am Boden. Und dann immer wieder Brenner, die Kamera vorm Gesicht, den lodernden Mann im Visier.

»Meine letzten Fotos«, sagte Kuske. »Danach habe ich sofort Feuerwehr und Krankenwagen alarmiert. Leider war es zu spät.«

»Sie haben getan, was Sie konnten«, sagte der Polizeidirektor und tätschelte den Weichschreiber am Arm. Verdammt, wie hieß er noch?

»In der Tat, Herr Kuske«, sagte der Chefredakteur. »Sie haben gezeigt, was Sie können. Und uns vor einem folgenschweren Fehler bewahrt.« Aus dem Blick, den er Brenner zuwarf, sprachen Ekel und Verachtung. Er nahm den Polizeidirektor zur Seite, wahrscheinlich um Brenners Todesurteil zu besprechen.

Kuske trat dicht an Brenner heran. »Du hättest Klyter die 5.000 besser doch leihen sollen«, flüsterte er.

Der Polizeidirektor nickte dem Chefredakteur zu und kam zu Brenner. »Sie kommen mit«, sagte er. Brenner erhob sich, willenlos wie eine Marionette. Wie hieß der Mann bloß, überlegte er krampfhaft. Und dann fiel es ihm endlich ein.

Königsberg.

Unvergessen

von Petra A. Bauer

Sie kamen immer zu früh nach Rostock, aber diesmal waren sie ganz besonders zeitig dort, denn Willi hatte darauf bestanden die ganz frühe Fähre zu nehmen. Außerdem hatte es auf der Autobahn nicht den geringsten Stau gegeben. Gut, wenn man ehrlich war, dann waren sie auf dieser Strecke noch kein einziges Mal auch nur in zähfließenden Verkehr geraten. Trotzdem fuhren sie jedesmal mit einem dicken Zeitpolster gen Norden los, denn Vorsicht war schließlich die Mutter der Porzellankiste, das hatte bereits ihre Mutter gesagt, und sicher war sicher, das wusste man ja ohnehin.

Soeben hatten sie auf der A 19 den Gewerbepark Süd passiert. Also würde es nicht einmal mehr fünf Minuten dauern, bis sie die erste Etappe hinter sich hätten.

Adelheid verfolgte glasigen Blickes, wie die weißen Streifen auf der Fahrbahn unter dem Mietwagen verschwanden, einer nach dem anderen, als hätte der kleine Wagen großen Appetit. Bei ihrer Ankunft am Fährterminal würde der Nissan laut rülpsen, weiße Wölkchen ausstoßend, dessen war sie sicher.

Das hätte das Auto sich auch redlich verdient, dachte Adelheid, deren Eltern ihr diesen Namen in einer Zeit gegeben hatten, als alle Mädchen Andrea, Petra oder Sabine hießen.

Der geliehene Micra war vollgestopft bis unters Dach. Gefüllt mit Dingen, die Adelheid und Willi (dessen Eltern sich ebenfalls nicht zu Frank, Michael, Thomas oder Stefan hatten durchringen können und den sie seit zwölf Jahren ihren Ehemann nannte) in ihr Ferienhaus nach Sandham-maren bringen wollten. Sie hatten das kleine, rote Häuschen vor zwei Jahren gekauft; es lag zwischen Fichten ein wenig abseits der Straße, die die kleine Waldsiedlung von dem wunderbar weißen schonischen Sandstrand trennte und in dessen Dünen sie sich schon im ersten Schwedenurlaub ver- und geliebt hatten.

Nicht, dass sie Gardinen, Kissen, Spiele und eine Stereo-anlage nicht auch in Schweden hätten erstehen können – doch wozu? Sie besaßen ohnehin mehr Möbel und Trödel als ihnen zuträglich war, und so lagerten sie einiges davon ein-fach aus. Leider nicht so viel, wie sie ursprünglich geplant hatten. Das war, bevor der Diebstahl geschehen war.

Eine Bewegung, die sie im linken Augenwinkel wahrnahm, riss Adelheids Blick von den weißen Streifen los.

Das sei doch ihr Auto, rief sie ins Ohr ihres Gatten, der da-raufhin vor Schreck beinahe das Lenkrad verriss.

»Tu das nie wieder«, sagte der Gemahl höchst unwirsch. Sie sehe seit zwei Wochen in jeder roten Caravelle den ge-stohlenen VW-Bus. Dabei habe der Wagen mit Sicherheit längst einen neuen Besitzer in Polen oder Weißrussland oder irgendwo anders, wo die Menschen ebenfalls deutsche Autos schätzten, die bei jedem Wetter problemlos ansprangen.

Doch Adelheid bestand darauf, diesmal wirklich ihr Eigen-tum gesehen zu haben. Der lange Kratzer an der rechten Seite sei ja wirklich unverkennbar.

»Frau, du bist paranoid«, stellte Willi fest, und damit war das Thema für ihn erledigt. Der Dieb werde seine gerechte Strafe schon irgendwann erhalten. »Glücklich ist, wer ver-gisst, was doch nicht zu ändern ist, merk dir das doch mal.«

Adelheid hasste diesen Satz, doch Willi hatte das Motto von seinem Opa quasi geerbt und voll verinnerlicht. Trotzdem zweifelte sie daran, dass ihr Mann wirklich über *alles* so friedlich hinwegsehen würde.

Der rote Kleinbus war unterdessen aus ihrem Blickfeld verschwunden, und Adelheid fluchte. Ach, Willi! Wenn schon die Polizei keinen Finger krumm gemacht hatte, müssten sie doch selbst etwas tun! So viele Erinnerungen hingen an der Caravelle, die sie treu und brav quer durch Europa gebracht und ihnen viele schöne Stunden beschert hatte.

Mit zusammengezogenen Augenbrauen dachte sie an die beiden Polizisten zurück, die abkommandiert worden waren, den Diebstahl des Autos zu untersuchen. Nie würde sie vergessen, wie die beiden grün-beige-uniformierten Gestalten vor dem Tor zur Zufahrt zum Carport gestanden und auf das geknackte Schloss gestarrt hatten.

Er solle das Fingerabdruckset holen, hatte die Polizistin von ihrem Kollegen verlangt, der nur bedauernd mit den Schulten zuckte und verkündete, dass das Set nicht im Auto sei. Es müsse wohl jemand herausgenommen haben.

»Aha. Und nun?«

Adelheid wollte eben spöttelnd anbieten, den beiden von Ratlosigkeit Befallenen das Gartentor in toto zur Polizeiwache mitzugeben, da regte sich im Hirn der Polizistin eine graue Zelle.

»Das Schloss abschrauben!« Das sei es, rief sie aus und erbat sich von Adelheid einen Schraubenzieher oder – halt nein! – einen Schraubendreher, so hieße das ja heute wohl.

Adelheid holte das Werkzeug. Um ihre Nerven nicht über Gebühr zu belasten, sah sie den Schraubenden nicht zu, bis diese das Schloss glücklich in einem Klarsichtbeutel verstaut hatten.

Wie erwartet, hatte die Untersuchung der Spurensicherung am Ende kein Ergebnis gebracht. Zu zahlreich lagen die

Fingerabdrücke übereinander, sodass sich keiner davon als verwertbar erwies. Wie viele Abdrücke dabei von den Polizisten selbst stammten, fiel in den Bereich bloßer Mutmaßung. Handschuhe hatten sie jedenfalls beim Abschrauben des Schlosses nicht getragen. Adelheid vermutete, dass das Anschauen lehrreicher Fernsehkrimis nicht zur Ausbildung junger Polizisten gehörte.

Konkreten Hinweisen, die Adelheid und Willi Damaschke sehr wohl zu geben imstande gewesen waren, war ebenfalls nicht nachgegangen worden. Es war der Polizei allem Anschein nach gleichgültig, ob das Ehepaar Damaschke das geliebte Vehikel jemals zurückbekam oder nicht. Adelheid war sogar selbst noch einmal in der Werkstatt gewesen, deren Besitzer drei Tage vor dem Diebstahl so auffälliges Interesse an ihrem Auto gezeigt hatte. Leider hatte sie nichts Verdächtiges entdecken können.

Und nun, da sie den Wagen so unverhofft entdeckt hatte, erhöhte Willi die Geschwindigkeit nicht um einen einzigen Stundenkilometer! Sie überlegte hin und her und beruhigte sich letztlich mit dem Gedanken, ihr Mann könne vielleicht trotz allem recht haben. Möglicherweise hatte sie sich im trüben Licht der Morgendämmerung einfach geirrt.

Es war ohnehin zu spät. Die rote Caravelle war längst wieder verschwunden, und Willi nahm die Autobahnausfahrt Rostock-Überseehafen. Noch eine langgezogene Rechtskurve, dann leuchtete der rechte Blinker des Nissan Micra gelb auf, und Willi bog in die Ost-West-Straße ein, wie immer.

Die Abfertigungshäuschen kamen in Sicht, deren Überdachung von Stahlseilen gehalten wurde. *Fährterminal Rostock* stand mit leuchtenden Lettern am Dach.

Wie oft sie hier schon gestanden hätten, fragte Adelheid ihren Gatten, erwartete jedoch keine Antwort.

Trotz allem mussten sie sich stets neu orientieren, damit sie in die richtige Spur fuhren. Grüne Ampeln, keine LKW-Piktogramme auf dem Asphalt, *TT-Line*, nicht *Scandlines*, und auf jeden Fall in Richtung Trelleborg, nicht versehentlich Gedser. Die Fähre ins dänische Gedser brauchte zwar nur anderthalb Stunden, dafür war dann aber der restliche Weg nach Schweden über die Öresundbrücke zeitintensiver. Also schaukelten sie schon seit Jahren bei jedem Schwedenbesuch sechs Stunden lang bis Trelleborg über die Ostsee und fuhren anschließend nur noch eine Stunde ins Ferienhaus. So ließ es sich aushalten.

Es war noch nicht sehr voll, also konnte Willi schon bald der Frau in dem Abfertigungshäuschen den Buchungsausdruck zeigen, der bewies, dass sie die Überfahrt bereits bezahlt hatten.

»Spur zwölf«, sagte die Dame und war in Gedanken schon bei dem Fahrer des Autos hinter ihnen.

Sie suchten und fanden Spur zwölf und rollten gemächlich bis ans Ende der Schlange. Mehr als eine Stunde würden sie jetzt erfahrungsgemäß warten müssen, bis sie den schwarzen Micra auf die Fähre lenken durften.

Nieselregen hatte eingesetzt, der Adelheid eindringlich bewusst machte, dass sie doch seit einer halben Stunde dringend ihre Blase zu leeren wünschte.

»Das Übliche, du weißt schon«, rief sie Willi zu, bevor sie die Autotür aufriss und ohne nach rechts oder links zu blicken auf die hellgrauen Toilettenhäuschen zurannte, die sich rechts neben den Fahrspuren befanden. Trotz der noch geringen Anzahl an wartenden Wagen waren alle Kabinen besetzt. Adelheid zog ihren Kopf wie eine Schildkröte in den Kragen zurück und trippelte vor den Wellblechcontainern hin und her.

Als sich endlich eine Tür öffnete, stürmte sie hin. Ein Mann trat heraus – »Heidi?« –, Mitte zwanzig, dunkle Locken, umwerfendes Lächeln, graublaue Augen.

Heidi, der Spitzname, den sie noch mehr hasste als dieses Aaaa-däl-haaiiiid!, mit dem ihre Mutter sie stets gerufen hatte. Einen einzigen Menschen gab es, dem sie es je gestattet hatte, sie Heidi zu nennen, in Stunden leidenschaftlicher Umarmungen, glühender Küsse, schwitzender Körper, verbotener Liebe. Doch das war vorbei, abgeschlossen, in einer Ecke ihres Hirns unter dem Stichwort »Midlife Crisis« abgelegt, und ganz bestimmt wollte sie ihm nicht hier und jetzt wieder begegnen, wo sie mit Willi unterwegs war.

Sie reagierte nicht, stieß ihn fast um und knallte die Toilettentür zu. Rasch den Riegel vorschieben! Sie hätte tief durchgeatmet – vor Erleichterung, dem Gespenst ihres Seitensprungs entronnen zu sein, wäre da nicht der Gestank nach Urin und festeren Exkrementen gewesen, der sich seit Jahren in der Toilettenkabine festgesetzt hatte, und der sie nun zwang, die Luft anzuhalten.

So rasch es ging deckte sie den Plastiksitz über dem stinkenden Loch mit mehreren Lagen des grauen, kratzigen Toilettenpapiers ab, das empfindliche Hinterteile verletzen konnte mit seiner Struktur. Gerade noch rechtzeitig plumpste sie auf das Papier und ließ es rieseln, ohne wirkliche Erleichterung zu spüren.

Wartete er noch vor der Tür?

Tim hieß er. Sie hatte ihn kennen gelernt, als er in einem türkischen Imbiss aushalf, wo sie immer ihr Döner gekauft hatte. Seit es vorbei war, hatte sie das Zeug nie wieder angerührt, aus Angst, Tim irgendwo wiederzubegegnen. Glücklicherweise hatten sie es bei den Vornamen belassen, und er hatte keine Adresse oder Telefonnummer von ihr bekommen.

Gestritten hatten sie sich nie, im Gegenteil, doch sie wusste, wann es genug war. Wusste, dass jede weitere Verabredung Willi hätte misstrauisch machen können. Und sie ertrug es nicht mehr, von Tims Bett in ihr Ehebett zu klettern, mitten in der Nacht, und zu hoffen, dass Willi ihre fadenscheinigen Erklärungen ohne Misstrauen schluckte. Also war sie eines Tages einfach nicht mehr zum vereinbarten Treffen in Tims Studentenbude erschienen. Stattdessen hatte sie sich neben ihrem schnarchenden Willi nach Tims Berührungen gesehnt und gleichzeitig gewusst, dass es mit dem Jungen keine Zukunft geben konnte. Vierundzwanzig, fast noch ein Kind, und sie beinahe doppelt so alt, nein, nein, man musste wissen, wie weit man im Leben gehen durfte. Nur nicht das Glück herausfordern. Vorsicht ist die Mutter der Porzellankiste, und *glücklich ist, wer vergisst, was doch nicht zu ändern ist*, das wusste doch schon Willis Opa, also konnte es so falsch nicht sein.

Adelheid konnte die Luft nicht mehr anhalten und atmete durch den Mund. Von draußen war nichts weiter zu hören als die Motoren hinzukommender Autos, Möwengeschrei und das stärker werdende Trommeln des Regens auf das Toilettendach. War es möglich, dass er noch draußen stand? Sie war wieder vollständig bekleidet, Hände gewaschen, was man so waschen nennen konnte, bei dem tröpfelnd kalten Wasser aus dem Hahn an dem schmierigen Becken, ohne Seife, denn der Spender war leer, wie immer.

Sie entriegelte die Tür so leise es ging und öffnete sie kaum fünf Millimeter breit. Von draußen grinste sie eine rotwangige Frau an – was die wohl denken mochte? – also stieß sie die Tür weiter auf.

Von Tim war weit und breit nichts zu sehen, dafür fiel Adelheids Blick auf eine rote Caravelle auf der Ladespur. Wieso hatte sie die eben nicht bemerkt? Vermutlich war sie zu sehr mit ihrem Harndrang beschäftigt gewesen. Sie zögerte einen Moment, doch dann beschloss sie, sich die Sache näher anzusehen.

So beiläufig wie möglich, als wolle sie sich nur ein wenig die Beine vertreten nach der langen Fahrerei, schlenderte sie an der Beifahrerseite der Caravelle entlang. Da, der Kratzer! Grün von dem Poller, den sie beim Parken auf einem Gehweg gestreift hatte. Der Dieb hatte sich auch nicht einmal die Mühe gemacht, den Schwedenaufkleber mit dem abstehenden Rand von der Heckscheibe zu entfernen. Für die Überprüfung des wesentlichsten Merkmals umrundete sie den Wagen noch einmal. Ja, dieses seltsame schwarze, runde Ding, das vorne unter der Stoßstange hervorlugte und dessen Bedeutung sie nie verstanden hatten (sie hatten versäumt den Gebrauchtwagenhändler danach zu fragen), dieses Ding, das weder Willi noch sie selbst jemals bei einer anderen Caravelle gesehen hatte – es war an Ort und Stelle.

Sie trat den Rückzug an und konnte dabei nicht verhindern, dass sie immer schneller lief, je näher sie dem schwarzen Nissan kam.

»Ich habe es gewusst, das ist unser Auto!«

»Bist du sicher?«

»Ich erkenne doch unser Auto! Sogar das runde Ding ist dran! Was sollen wir denn jetzt tun?«

»Polizei, was sonst? Aber bevor ich mich womöglich zum Affen mache, werde ich den Wagen selbst noch einmal unter die Lupe nehmen.«

»Sei vorsichtig, vielleicht ist der Kerl bewaffnet«, wollte sie sagen, als ein Mann zu der Caravelle schlenderte und sie aufschloss, sich an die offene Tür lehnte und sich eine Zigarette anzündete. Es war die vertraute Silhouette mit den dunklen Locken, den breiten Schultern ...

»Ich geh dann mal«, sagte Willi, doch Adelheid hielt ihn am Ärmel fest. Das gehe nicht, ob er denn nicht sehe, dass da der Fahrer am Wagen sei.

Das sei doch hervorragend, so könne er gleich fragen, wer ihm dieses wunderbare Auto verkauft habe. Dann werde der Fahrer sich entweder in Widersprüche verstricken oder ihn auf die Spur der Leute bringen, die ihnen ihre schöne Caravelle aus dem Carport geklaut hatten. Der Fahrer könne ja hier mit dem Wagen nicht weg, und die Polizei würde sich dann umso mehr freuen, wenn er schon Vorarbeit geleistet hätte.

Adelheid versuchte ruhig zu bleiben. Tim kannte Willi nicht, würde ihn also auch nicht mit ihr in Verbindung bringen. Andererseits hatte sie gar nicht darauf geachtet, ob Tim bemerkt hatte, dass sie neben seinem, nein, neben ihrem, es war immer noch *ihr* Auto, also dass sie neben ihrem Auto herumgelaufen war. Blöd war er ja nicht, er würde schnell darauf kommen, dass Willi zu ihr gehörte, und wenn Willi mit der Polizei drohte, dann würde er ihm reinen Wein einschenken, oder nicht?

Das Letzte, was sie wollte, war, dass ihre Ehe an etwas zerbrach, das so viele Monate her war und sich letztlich als – als was, als Irrtum? – erwiesen hatte. *Jugend reloaded* war ihre Affäre gewesen, eine kleine Abwechslung im Alltag ohne größere Bedeutung, denn geliebt hatte sie Tim mitnichten.

»Lass, ich gehe!« Sie hielt Willi weiter am Arm zurück. Wenn sie ihn ansprüche, eine Frau, dann fühle er sich nicht gleich bedroht. Sie werde ihn in ein Gespräch verwickeln, es werde sicher einen Moment dauern, aber es habe ja auch keinen Sinn, ihn zu verschrecken, nicht wahr.

Widerwillig stimmte Willi zu. Er werde sie gut im Auge behalten, das Handy bereit, um die Polizei zu rufen, und sie solle sofort zurückkommen, wenn etwas nicht stimme, oder um Hilfe rufen, es stünden ja genügend andere Wagen dort.

»Ich liebe dich«, hörte Adelheid sich sagen, bevor sie den Wagen verließ, gerade als wäre es ein Abschied für immer.

Adelheid ging auf Tim und die Caravelle zu. Der Weg schien immer länger, je weiter sie ging, doch vielleicht verlangsamte sie ihre Schritte auch nur, weil sie absolut nicht wusste, was sie tun sollte. Sie wollte die Caravelle zurück, sie wollte, dass das Vergangene nicht ans Licht kam.

Die Fähre aus Trelleborg machte am Kai fest. Bald würde sie ihre Ladung ausspucken, und sobald das letzte Auto von Bord gefahren war, müssten sie sich bereit machen, ihrerseits in den dunklen Bauch des Schiffes zu rollen. Eile war geboten.

»Hallo Heidi, dann hab ich das eben wohl richtig gesehen!«

Tim begrüßte sie mit dem Lächeln, das sie damals schon dazu gebracht hatte, Dinge zu tun, die sie im Nachhinein nicht mehr verstand. Sie habe gar nicht geschaltet vorhin, sagte sie, und bemühte sich, ihm nicht zu tief in die Augen zu sehen. Erst als sie ihn jetzt am Auto gesehen habe, sei ihr wieder eingefallen, dass jemand sie Heidi genannt hatte, und dass das nur er es gewesen sein könne, aus bekannten Gründen.

Als er sie umarmen wollte, wich sie zurück.

Ach so, ihr Mann sei sicher auch hier.

Ja, das sei er. Und sie hoffe, dass Tim noch wisse, dass er nie vorgehabt hatte, ihre Ehe zu zerstören.

Daran könne er sich gar nicht erinnern, habe er ihr das wirklich versprochen? Und weshalb sie jetzt eigentlich gekommen sei, wollte er wissen.

»Das Auto«, sagte Adelheid, »es gehört uns.«

Tim deutete lachend auf die Caravelle. »Wie du siehst, Heidi, fahre *ich* damit. Und damit gehört es wohl mir.«

Wo er es gekauft habe, wollte sie wissen, und – bitte sehr! – er solle die volle Wahrheit sagen.

Oh, Wahrheit, das sei ja ihre Stärke, spöttelte Tim, und wollte bei dieser Gelegenheit auch gleich mal erfahren, wieso sie damals nicht einmal den Mumm gehabt hätte, ihr kleines Techtelmechtel anständig zum Schluss zu bringen, anstatt sich davonzuschleichen.

»Ach, Tim.« So hatte das doch keinen Sinn. Sie habe ihm nicht wehtun wollen, aber für ihn sei es doch auch nur Spaß gewesen, das habe sie von Anfang an gespürt.

»War es das? Ein Spaß?«

Sein Hundeblick machte sie nervös. »Lenk nicht ab, woher hast du dieses Auto?«

»Geklaut. Ich wusste nicht, dass es euch gehört. Finde dich einfach damit ab. Glücklich ist, wer vergisst, was doch nicht zu ändern ist.« Das habe sein Auftraggeber auch gesagt, und daran sei viel Wahres, oder?

Adelheid starrte Tim an. Er lächelte das Lächeln eines Mannes, der wusste, dass ihm nichts passieren konnte.

Sie sah die ersten Autos von der Rampe der Fähre fahren.

Sein Käufer warte, sagte Tim. Sein Auftraggeber habe darauf bestanden, dass er diese Fähre nehme, und er wolle nur sein Geld.

Auftraggeber? Was für einen Auftraggeber er meine, wollte Adelheid wissen.

Es sei ja nicht seine Idee gewesen, das Auto zu klauen. Ein Kerl habe ihn angerufen, ein Typ, der gewusst habe, dass er in Geldschwierigkeiten steckte. Poker, das spiele ja heute jeder, im Internet, sie wisse schon. Der Mann meinte, er habe mit jemandem eine Rechnung offen, und er, Tim, würde ihm einen großen Gefallen tun, besagtes Auto zu klauen, damit über Schweden zu verschwinden und die

Karre zu Geld zu machen. Und das müsse sie sich einmal vorstellen: Der Mann habe ihm sogar den Autoschlüssel zukommen lassen!

Adelheids Schlüssel war noch am Schlüsselbund. Willis doch auch? Wer mochte eine Rechnung mit ihnen offen haben? War es nicht das, was Tim gesagt hatte?

Ein Auto nach dem anderen fuhr von der Fähre herunter, ein stetiger Strom von PKW, Wohnwagen und LKW.

»Tim, wieso erzählst du mir das? Ich könnte die Polizei holen! Wer sagt dir denn, dass ich meinem Mann nicht längst alles gebeichtet habe?«

»Dir würde doch keiner ein Wort glauben, wenn ich sage, dass du mit mir einen Versicherungsbetrug geplant hast. Lass es dabei. Nimm das Geld von der Versicherung, und lass mich meinen Deal durchziehen.«

»Und was soll ich Willi erzählen?«

»Nicht mein Problem, Süße.«

Sie hörte die Sirenen in ihrem Rücken. Seine Augen verengten sich. Er sah die Polizeiwagen. Sie kamen zwischen den Autoreihen genau auf sie zu.

Der erste Wagen stoppte, zwei Beamte stiegen aus. Tim, der sich seiner Sache wohl doch nicht mehr ganz so sicher war, machte sich davon. Erst langsam rückwärts zwischen den Autos hindurch, dann wandte er sich um und rannte los.

Der LKW, der in diesem Moment als Nachzügler von der Fähre rollte, konnte nicht mehr rechtzeitig bremsen, als Tim hinter einem Betonpfeiler hervorgeschossen kam.

Das Quietschen der Bremsen, das immer näherkommende Heulen der Sirenen, das aufgeregte Kreischen der Leute, die aus ihren Autos stürzten, all das würde Adelheid noch lange verfolgen.

Sie konnte sich später nicht daran erinnern, wie sie wieder zu dem Nissan zurückgekommen war.

Willi saß dort, das Handy wieder zugeklappt, und sah sie nur an.

Der Mann habe mit jemandem eine Rechnung offen gehabt, hatte Tim gesagt.

Sie setzte sich zu ihm ins Auto.

Glücklich ist, wer vergisst, was doch nicht zu ändern ist.

Er hatte es gewusst. Er hatte nicht vergessen.

»Ich liebe dich«, sagte Willi. »Ich liebe dich.«

Diese Sache in Rostock

von Henrike Heiland

Eigentlich hatte ich mit dieser Sache abgeschlossen. Ich hatte, um alles hinter mir zu lassen, die Region gewechselt: vom engen, grauen Ruhrpott ins weite, dünn besiedelte Mecklenburg. Dort hatte ich weder Freunde noch Feinde, keine Verwandtschaft, nicht mal entfernte Bekannte. Mecklenburg, hatte ich mir gedacht, war genau der richtige Ort, um mit dieser Sache abzuschließen. Ein guter Job in Rostock, ein Häuschen etwas außerhalb, genug Geld, das ich mit der Sache verdient hatte, um meinen doch etwas gehobenen Lebensstandard wahren zu können. Diese Sache – so nannte ich es. Oder besser: Diese Sache, mit der ich eigentlich abgeschlossen hatte.

Eigentlich.

Aber die Vergangenheit findet immer irgendwie einen Weg, sich heimlich anzuschleichen, um einem dann ins Genick zu springen. Egal, wie sorgfältig man alle Spuren verwischt und alle Brücken abgebrochen hat – sie findet einen. Egal wo.

Meine Vergangenheit bediente sich eines kleinen Umwegs, um wieder ganz gegenwärtig zu werden. Der Umweg hieß Dirk Sass. Zu sagen, Sass hätte mich um das Treffen gebeten, lässt einen falschen Eindruck entstehen. Wenn Dirk Sass ruft, hat man zu folgen, sonst verbringt man anschließend viel Zeit damit, Schadensmeldungen für die Brandschutzversicherung auszufüllen. Wenn man Glück hat.

Wenn man Pech hat, wacht man im Krankenhaus auf, und im Polizeibericht in der Ostsee-Zeitung kann man nachlesen, dass man »von Unbekannten« angegriffen worden ist. In besonderen Fällen schwimmt man auch schon mal in der Warnow, zusammengeschnürt mit einem Abschleppseil.

Zu einer Einladung von Dirk Sass sollte man also nicht unbedingt Nein sagen, es sei denn, man hat das Gefühl, der eigene Alltag könnte etwas mehr Action vertragen. Oder man hängt nicht so sehr an Besitz, Leben und Gesundheit.

Ich hatte in meiner zugegeben noch recht kurzen Zeit in Rostock noch nie direkt mit Sass zu tun gehabt. Ich hatte von ihm gehört, natürlich, wer hatte das nicht, aber wir waren uns nie persönlich begegnet. Ich konnte mir also nicht erklären, was er von mir wollte, folgte aber widerspruchslos seiner Einladung, die mir ein Unbekannter – ein Unbekannter! – am Telefon übermittelt hatte, und fand mich am Dienstagabend wie befohlen in einer Bar am Doberaner Platz ein.

Ich setzte mich allein an einen Tisch, trank einen Gin Tonic, tat so, als würde ich in Ermangelung passender Gesellschaft in einer Zeitung lesen, zahlte schließlich und verschwand in Richtung der Toiletten. Wer mich beobachtete, würde denken, ich hätte mir einen Feierabenddrink gegönnt. Schlimmstenfalls könnte man ein geplatztes Date vermuten. Und sicherlich würde niemand darauf achten, wann und ob ich wieder von den Toiletten zurückkam, denn man konnte von dort aus direkt nach draußen gehen, ohne noch einmal die Bar betreten zu müssen.

Dirk Sass hatte mir mitteilen lassen, dass die Tür neben den Toiletten – mit der üblichen Aufschrift *privat* – in einen Gang führte, der das Gebäude mit einem dahinterliegenden Haus in der Kröpeliner Vorstadt verband, in dessen Keller Sass einen Raum für Besprechungen der besonderen Art hatte.

Dirk Sass hatte offensichtlich einen Hang zur Dramatik, und ich muss gestehen, es gefiel mir, es hatte diese Gangster-

82

romantik der Schwarzweißfilme, als Geheimgänge und schwarz gekleidete Männer mit Masken in Mode waren. Oder als die Verbrecher noch hinter bodenlangen Vorhängen auf ihre Opfer lauerten und die Kamera ganz dicht auf die Schuhspitzen ging, bis auch der Letzte kapiert hatte: Da steht einer! Sass hätte genau dort reingepasst.

Dirk Sass also. Ein Verbrecher der alten Schule, trotz allem, und besonders auch: trotz seines Alters. Er war nicht viel älter als ich, wenn überhaupt. Anfang vierzig, schätzte ich. Er saß in dem kargen Kellerraum, rechts und links an der Tür zwei seiner Leute – die sicher schon hin und wieder als »Unbekannte« im Lokalteil der Ostsee-Zeitung Erwähnung gefunden hatten. In der Mitte des etwa zwölf Quadratmeter großen Raums ein einfacher Holztisch. Zwei Holzstühle. Eine kleine Tischlampe, die gerade hell genug war, um zu zeigen, worum es hier unten ging: dunkle Geschäfte.

Fast musste ich über die Inszenierung lachen. Ich war schon vielen Männern wie Sass begegnet, aber keiner, kein Einziger hatte seine Erinnerungen an die Räuberromantik der Lausbubenzeit so dick ausgelebt. Die Meisten waren trotz all solcher Reminiszenzen dann doch kühl rechnende Geschäftsmänner, die sich mit mir in ihren Herrenclubs getroffen hatten. Nach einem Golfspiel, vor einem Segeltörn, wie auch immer. Aber ein derart prosaisches Ambiente passte nicht zu Sass. Gleichzeitig war mir klar, dass ich ihn deshalb nicht unterschätzen durfte. Im Gegenteil.

»Sie wissen, was ich von Ihnen will?«, fragte er.

Ich schüttelte den Kopf und wagte dabei ein Lächeln.

»Natürlich wissen Sie, was ich von Ihnen will. Es geht um Ihren ... Nebenjob.«

»Nebenjob?« Ich lächelte noch immer höflich.

»Sie haben recht. In einem Nebenjob verdient man normalerweise nicht mehr als in seinem normalen Beruf.« Und nun lächelte auch Sass. »Wie würden Sie diese Sache also nennen?«

»Diese Sache«, antwortete ich langsam. »Ja, das passt gut. Vorausgesetzt, wir reden von derselben Sache.«

»Mit Sicherheit.«

»Woher ...?«

Er nannte den Namen eines früheren Auftraggebers. Ich legte den Kopf schief, lächelte weiter, wartete. Er nannte zwei weitere Namen, und mehr Gewissheit, dass ich nun keine Möglichkeit mehr hatte, Nein zu sagen, brauchte ich nicht. Er hatte mich in der Hand.

Aber abgesehen davon winkte natürlich auch das Geld. Sass würde genau wissen, wie viel ihn diese Sache kostete, wenn ich sie übernahm.

Und ich gebe zu, weniger die Erpressbarkeit war mein Schwachpunkt. Damit hätte ich noch umgehen können. Ich hätte aus Rostock verschwinden, irgendwo untertauchen können, mir wäre schon etwas eingefallen. Mein Schwachpunkt war das Geld, das viele schöne Geld, das mich schon immer verführt hat. Geld, mit dem ich mir meine Träume erfüllen konnte. Leicht verdientes Geld.

Deshalb war ich umgezogen. Weil es zu einer Sucht für mich geworden war, wie schnell ich mit dieser Sache so viel Geld machen konnte.

Andererseits muss ich aber auch zugeben, dass diese Sache meiner Eitelkeit einen ziemlich großen Kick gab: Einen Mord zu begehen und unentdeckt zu bleiben!

Und ich habe viele Morde begangen, die alle unentdeckt blieben. Deshalb lassen sich meine Auftraggeber diese Sache auch einiges kosten. Deshalb konnte ich auch dieses Mal nicht Nein sagen, obwohl ich eigentlich mit der Sache abge-schlossen hatte.

Eigentlich.

Ich zierte mich noch eine Weile, wahrscheinlich um mich selbst zu belügen. Erklärte, dass ich eigentlich aus der Sache ausgestiegen sei und jetzt ein normales Leben führte. Wand mich ein bisschen und trieb damit den Preis, den Sass für die Sache zu zahlen bereit war, immer weiter in die Höhe. Und wurde schließlich weich, als aus den Untiefen meines Unter-bewusstseins das Bild der Segelyacht aufstieg, die ich mir vor ein paar Wochen im Hafen angesehen hatte.

Und vielleicht hatte Sass ja auch Folgeaufträge? Für die Mahagonivertäfelung, für die High-End-Entertainmentaus-stattung, für ...

Sehen Sie? So leicht ist es, mich umzustimmen. Geld ist mein Schwachpunkt. Oder ist es meine Eitelkeit? Ich denke, beides geht Hand in Hand. Schon hatte ich nicht mehr mit der Sache abschlossen, sondern die Tür wieder weit aufgestoßen und über unendlich viele neue Möglichkeiten nachgedacht.

Vielleicht, denke ich manchmal, vielleicht ist es auch ein-fach unheimlich schwierig, mit dem Morden aufzuhören, wenn man einmal damit angefangen hat. Gott zu spielen, würden manche sagen. Richter über Leben und Tod zu sein. Aber ich sage Ihnen was: Sterben müssen wir doch alle. Wenn es nun manche etwas früher trifft – was soll's. Außer-dem: Wenn ich es nicht mache, macht es ein anderer und kauft sich dafür einen Porsche.

Warum also nicht ich?

Sass erzählte mir von den Gewohnheiten des Mannes, um den es bei der Sache ging. Er hatte seine Gewohnheiten schon genau ausspionieren lassen und schlug vor, die Sache gleich am nächsten Abend durchzuziehen. Da würde der Mann mit ein paar Freunden von seinem Golfclub bei Borwin im Hafen essen – und vor allem trinken. Danach nahm er üblicherweise ein Taxi, das ihn auf die andere Seite der Warnow ins schöne Gehlsdorf brachte, wo er in seine Wohnung in einer alten Jahrhundertwendevilla torkelte. Wo ihn seit seiner Scheidung niemand mehr erwartete.

Dann schob mir Sass ein Foto hin. Er musste keinen Namen nennen.

»Aber das ist doch...«

»Ja«, sagte er.

»Er kennt mich!«

»Umso besser.«

»Zwei Häuser neben ihm wohnt Hauptkommissar Kemper!«

»Dann hat es Kemper diesmal nicht so weit zur Arbeit.«

Er erinnerte mich noch einmal an die Bezahlung, und meine Bedenken zerstoben wie welkes Laub im Wind. Die erste Rate zahlte Sass mir sofort: in einer gewöhnlichen Pappschachtel, die er in eine Netto-Tüte steckte. Ich dankte, verabschiedete mich und ging. Vorbei an den Toiletten und hinaus auf den Doberaner Platz, während er mit seinen beiden Wachhunden wahrscheinlich den anderen Ausgang nahm.

Am nächsten Abend holte ich mein Fahrrad aus dem Keller und fuhr nach Gehlsdorf. Niemand, der mich kannte, wusste, dass ich überhaupt ein Fahrrad besaß, und keiner würde mir zutrauen, dass ich mich freiwillig auf einen Drahtesel schwang. Dazu war ich als ein viel zu berüchtigter Autofahrer bekannt, einer von der Sorte, die lieber einen Strafzettel riskiert, als auch nur einen Meter zu viel zu laufen. Wie gut, dass ich mich hier in Rostock mit dieser Attitüde eingeführt hatte. Als hätte ich geahnt, dass sie mir eines Tages zugutekommen würde.

Die Kontaktlinsen hatte ich gegen eine Brille getauscht, und meine Kleidung war ungewöhnlich sportlich, nicht so elegant wie sonst. Selbstverständlich trug ich Handschuhe, zwar war das Herbstwetter noch nicht wirklich kühl genug dafür, aber niemand würde sich daran stören. Ich hätte mir Regen gewünscht, um eine weite Regenjacke mit Kapuze tragen zu können, aber den Gefallen tat mir das Wetter nicht. Der Fahrradhelm würde mich aber unkenntlich genug machen.

Ich stellte das Rad in der Nähe der Yachtanleger ab und ging die Uferpromenade entlang, vorbei an den großen Flussgrundstücken mit den alten Villen, bis zum Fähranleger. Dort blieb ich stehen und sah auf die Warnow, deren Oberfläche sich kaum zu bewegen schien.

Ich brauche diesen stillen Moment, um mich zu sammeln, bevor ich mit der Sache beginne. Schließlich will ich keinen Fehler machen. Ich bin nämlich ein Profi, wenn es um Tote geht, glauben Sie mir.

Ich sah auf meine Uhr – noch so ein Detail, an das ich gedacht hatte: Meine Rolex hatte ich gegen eine billige Swatch ausgewechselt. In der nächsten halben Stunde musste der Mann eintreffen. Ich würde das Taxi vom Anleger aus sehen können, also blieb ich weiter stehen, scheinbar versunken im Anblick des träge strömenden Flusses. In Wirklichkeit konzentrierte ich mich ganz auf die Geräusche hinter mir. Ein paar späte Spaziergänger kamen vorbei, die sich nicht um mich kümmerten und sich nicht im Geringsten an mich erinnern würden.

Die Straße war eine Sackgasse, es gab hier kaum Verkehr. Ein Diesel tuckerte heran, stoppte. Ich sah mich um – tatsächlich, das Taxi. Und der Mann stieg aus.

Er war sehr betrunken, was die Sache erleichtern würde. Das Taxi fuhr weg, er kramte in seiner Hosentasche nach seinem Haustürschlüssel und torkelte tapfer voran. Ich folgte ihm die Straße hinauf. Als er stolperte, war ich bereits neben ihm und half ihm wieder ins Gleichgewicht.

»Hoppla«, sagte ich und lachte.

»Alles in Ordnung«, murmelte der Mann peinlich berührt und torkelte weiter seiner Villa entgegen.

»Warten Sie, Herr Broch, ich helfe Ihnen«, rief ich.

Er blieb schwankend stehen und sah mich an.

»Kenne ich Sie?«,

»Aber ja!« Ich nahm Fahrradhelm und Brille ab und lächelte. Er starrte mich noch einen Moment mit zusammengekniffenen Augen an, dann hatte die Erkenntnis den Weg durch die Alkoholschwaden in seinem Gehirn gefunden.

»Aaaah«, strahlte er. »Ja wenn Sie so nett wären, mir die Tür ...«

»Natürlich.«

»Normalerweise bin ich ja sonst nie ...«

»Aber nein!«

»Nur heute, weil wir ...«

»Sicher.«

Ich nahm ihm seine Schlüssel ab, öffnete erst die Haustür, dann die Wohnungstür, und begleitete ihn in sein Wohnzimmer. Natürlich wollte er mich jetzt so schnell wie möglich wieder loswerden, das war ihm anzusehen, aber warum sollte ich mich daran stören? Ich tastete nach der kleinen Gürteltasche, die ich mir zu Hause umgeschnallt hatte.

»Sie sehen nicht gut aus«, sagte ich zu Broch. »Vielleicht sollten Sie sich setzen.«

Er nickte, noch immer deutlich irritiert, dass er mich nicht loswurde, und sackte aufs Sofa.

»Soll ich Ihnen ein Glas Wasser bringen?«

Wieder nickte er und schloss die Augen.

Ich ging in seine Küche und ließ ein paar Schranktüren klappern. Dann drehte ich den Wasserhahn auf und zog eine Spritze und eine Ampulle aus meiner Gürteltasche. Ich bereitete die Spritze vor, ließ sie neben der Spüle liegen und ging mit einem Glas Wasser zurück ins Wohnzimmer. Ich hatte mir zurechtgelegt, was ich sagen würde, wenn er mich mit der Spritze kommen sah. Aber Broch schlief bereits friedlich schnarchend auf seinem Sofa. Ich stellte das Wasser auf den Couchtisch, und setzte ihm die Spritze mit aller gebotenen Vorsicht in den Hals. Er wurde nicht einmal davon wach. Das Gift wirkte schnell, zwei Minuten später war er tot. Kurz und schmerzlos.

Gift, sagt man, sei typisch für Frauen. Das halte ich für Unsinn. Wenn man wie ich dieser Sache in größerem Umfang nachgeht und nicht erwischt werden will, dann sollte man sich unbedingt auf Gift spezialisieren. Wie viele Ärzte, die den Totenschein ausstellen sollen, haben keine Ahnung, worauf sie achten müssen. Und in den Labors der Rechtsmedizin müssen sie ebenfalls erst einmal wissen, wonach sie suchen sollen. Ich nehme selbstverständlich nicht irgendwelche Allerweltsgifte. Nein, ich arbeite nur mit schwer nachweisbaren Substanzen, die nicht leicht zu besorgen sind, das können Sie mir glauben. Hätten Sie etwas anderes von mir erwartet? Oh, aber Sie erwarten von mir, dass ich Ihnen sage, wie die Gifte heißen? Vergessen Sie's. Berufsgeheimnis. Stellen Sie sich doch mal vor, jeder könnte diese Sache einfach und nicht nachweisbar erledigen? Was würde dann aus mir? Natürlich, ich hatte ja mit dieser Sache abschließen wollen, eigentlich, da ist es vielleicht wirklich sehr eigensinnig von mir, nicht damit herauszurücken. Aber, wie gesagt: Eigentlich ... Lassen Sie mir dieses kleine Geheimnis. Sie erinnern sich doch noch an die Yacht, von der ich Ihnen erzählt habe? Na also.

Ich bin übrigens auch niemand, der sich an einem langen Leiden seiner Opfer ergötzt. Und warum sollte Blut spritzen? Warum Knochen brechen? Das macht zu viel Arbeit, hinterlässt lästige Spuren, man müsste hinterher jedes Mal seine Kleidung komplett verbrennen, und niemand, nicht einmal der müdeste, faulste Arzt auf dieser Welt, würde dann noch »natürlicher Tod« auf seinem Formular ankreuzen. Da haben Sie's. Von wegen Frauenmethode.

Ampulle und Spritze wanderten wieder in meine Gürteltasche. Jetzt musste ich nur noch ungesehen aus dem Haus verschwinden. Zu dieser Uhrzeit in der Dunkelheit kein Problem. Mit Fahrradhelm und Brille war es ohnehin fast egal, ob mich jemand sah oder nicht.

So verdrückte ich mich aus Brochs Wohnung, schlenderte zurück zu meinem Fahrrad und fuhr nach Hause. Reinigte die Spritze, reinigte sogar die Ampulle, wickelte beides in Klopapier und warf es in den Hausmüll. Dann zog ich mich aus, verstaute Kleidung und Fahrrad wieder im Keller und ging zu Bett.

Ich erwachte erfrischt und ausgeruht, als es an der Haustür Sturm klingelte. Auf meinem Wecker sah ich, dass es halb sieben Uhr morgens war. Gleich wäre das Ding sowieso losgegangen. Durch das Flurfenster konnte ich sehen, dass zwei Polizisten vor meiner Tür standen.

Zugegeben, nun verspürte ich so etwas wie Panik. Das war in gewisser Weise normal. Ich spürte jedes Mal hinterher diese angstvolle Unruhe, für fünf, sechs Tage. Denn man kann sich niemals zu hundert Prozent sicher sein, alles richtig gemacht zu haben. Irgendetwas kann immer schiefgehen. Diesmal allerdings war die Panik stärker als sonst. Ich dachte: Etwas stimmt nicht. Es ist zu früh, sie haben ihn zu früh gefunden! Es sollte nach einer natürlichen Todesursache aussehen, nach einem Herzinfarkt. Die Polizei dürfte gar nicht hier sein!

Diese Gedanken purzelten durch meinen Kopf, als ich den Beamten im Morgenmantel die Tür öffnete.

Sie baten mich, mir etwas überzuziehen und mitzukommen. Jemand von der Mordkommission wollte mit mir sprechen. Schnell zog ich mich an und fuhr mit ihnen mit – zu Brochs Wohnung. Unterwegs wurde mir klar, was ich falsch gemacht hatte: Ich hatte das Licht bei Broch angelassen. Ganz klar. Jemand musste es die ganze Nacht brennen gesehen haben und hatte wohl heute Morgen durch die Terrassentür nach ihm geschaut. Irgendwelche neugierigen Nachbarn, die dann die Polizei informiert hatten.

Aber vielleicht war es auch gar kein Fehler gewesen. Es sah sogar noch mehr nach natürlicher Todesursache aus. Wer löschte schon das Licht, bevor er einen Herzinfarkt bekam? Nein, es war bestimmt alles in Ordnung.

Ich folgte den Polizisten in Brochs Wohnung. Ein anderer Polizist sprach mit dem gestressten Notarzt.

Ich hatte eigentlich Hauptkommissar Kemper erwartet, den Leiter der Mordkommission Rostock, doch stattdessen war sein Stellvertreter Micha Anders da, und der hatte an diesem Morgen mächtig schlechte Laune.

»Sagen Sie was dazu!«, schnauzte er mich an und deutete auf den toten Broch. »Sie können doch sicher etwas dazu sagen!«

Ich zögerte, ließ meinen Blick rasch durch das Wohnzimmer gleiten und beugte mich dann über die Leiche. »Riecht, als hätte er gestern mächtig viel getrunken. Wahrscheinlich das Herz.«

»Herz?«, schnaufte Anders. »Übermorgen hätte Richter

Broch den Prozess gegen einen von Dirk Sass' Leuten eröffnen sollen. Und Sie sagen mir was von Herz? Da ist doch was faul!«

Ich zuckte die Schultern und wandte mich an den Notarzt. »Was sagen Sie?«

»Herz«, brummte der Mann.

Anders sah mich an. »Ich will, dass Sie Broch ganz genau unter Ihr Mikroskop nehmen. Machen Sie alle Tests, die Ihnen einfallen. Zerlegen Sie ihn in ... Ach, das will ich mir jetzt alles gar nicht vorstellen. Sie wissen, was ich meine.«

Ich starrte auf den toten Broch und versuchte, die Einstichstelle mit bloßem Auge zu finden. Sie war von seinem Kragen verdeckt, und bisher hatte es keiner für nötig gehalten, sich den Hals des Richters näher anzusehen. »Gut«, sagte ich. »Dann packen Sie ihn ein und schicken Sie ihn mir vorbei. Kann mich ein Wagen zurückfahren?«

Anders nickte. »Wir sehen uns in der Patho. Wann?«

Ich sah auf meine Rolex, ein Anblick, der mich immer wieder erfreute. »Fünf?«

»Prima, Herr Dr. Freyer.«

»Wenn da etwas faul ist, bekomme ich es raus«, versicherte ich ihm, und Anders wirkte nicht mehr ganz so grimmig, als er antwortete: »Sie sind ein Rechtsmediziner ganz nach meinem Geschmack.«

Die Chance

von Hartmut Mechtel

Der Wind machte mich verrückt. So stark blies er selten, sagten die Einheimischen. Eine kräftige Brise gehört zum Reiz der Küste, zumindest für einen Großstädter wie mich, auch deshalb fuhr ich jedes Jahr für eine Woche an die Ostsee, selbst jetzt noch, wo ich es mir kaum noch leisten konnte.

Doch die Brise gebärdete sich als Sturm, und das schon den zweiten Tag. Ich ging dennoch spazieren, was sollte ich sonst machen. Die Seepromenade entlang, vorbei an den Windbadern, die sich nicht in die bewegte See wagten, durch den Park und den Wald und wieder zurück durch den Ort zum Alten Strom, wo ich mich außerhalb meiner Zeit fühlte. Obwohl viele der Häuser neu oder zumindest gründlich aufgeputzt waren, obwohl die vor Anker schaukelnden Segler und Kutter selten älter als zwanzig Jahre waren, wirkte es wie ein Bild aus einem anderen Jahrhundert. Dass es mir gefiel, zeigte mir, dass ich es gar nicht so angenehm fand, ausgerechnet in dieser Zeit zu leben.

Wenn nur der Wind nicht wäre. Die Sonne schien vom postkartenblauen Himmel, aber das Atmen fiel schwer. Sand prickelte auf der Haut, drang in Augen, Mund und Nase. Über dem alten Arm der Warne hinter den Molen kreisten Möwen. Ihnen machte der Wind nichts aus, es war ihr Element.

Ich genoss die Natur, und zugleich spürte ich, dass ich aggressiv war. Gegen den Wind, das Prickeln im Gesicht, das Kribbeln der Haut, vor allem gegen dieses leise Pfeifen und

Fauchen des Windes, das ich sogar in meinem Pensionszimmer hörte, das mich im Schlaf durch schwere Träume
geleitet hatte. Ich sah die Möwen und das Wasser, die Häuser
und die Boote, die runde Spitze des berühmten Leuchtturms
über den Dächern, und ich dachte an Sex.

Wenn ich aggressiv werde, denke ich immer an Sex. Wenn
ich nicht aggressiv bin allerdings auch. Ich nehme an, das ist
in meiner Situation normal. Ich bin Mitte fünfzig, seit sechs
Jahren geschieden, und an selbstkritischen Tagen, die sich in
letzter Zeit häufen, räume ich ein, eine gescheiterte Existenz
zu sein.

Ich nenne mich freier Journalist. Meine Freiheit besteht
darin, unregelmäßig wenig Geld zu verdienen. Das ist offenbar nicht sonderlich attraktiv für Frauen. Da ich recht unter-
haltsam plaudern kann, reden sie gern mit mir, aber sie sehen
mich bestenfalls als väterlichen Freund – sogar dann, wenn
sie in meinem Alter sind.

Claudia war nicht in meinem Alter, sondern fünfzehn Jahre
jünger. Sie wirkte auf mich südländisch, dunkles Haar, leicht
gebräunte Haut, volle Lippen, an den richtigen Stellen wohl-
gerundet, üppig, ohne dick zu sein.

Wir sahen uns meist nur beim Frühstück. Die Pension, in
der wir wohnten, war klein, es gab nur sechs Zimmer, vier
davon waren vermietet. Die Wirtin war die Frau eines Fi-
schers, beide knapp unter dem Rentenalter. Der Mann fuhr
morgens mit dem Kutter hinaus, sie kümmerte sich um die
Gäste. Es gab keine Notwendigkeit, gleichzeitig zu frühstü-
cken, wir hatten allesamt nichts miteinander zu tun, aber das
Haus war hellhörig. Nur der Fischer verschwand unbemerkt
am frühen Morgen. Wenn hingegen der erste der Gäste auf-
stand und über die knarrenden Dielen zur Dusche ging, er-
wachten auch alle anderen, und so trafen wir dann nach und

nach am Frühstückstisch im Speisezimmer ein, wir vier Männer und Claudia. Zwei der Männer bewohnten ein Doppelzimmer. Der eine war groß, hager, schweigsam, Mitte vierzig, der andere klein, dick, geschwätzig, Ende fünfzig. Zwei Schwule, hatte ich gedacht, bis ich die Blicke bemerkte, die sie Claudia zuwarfen, der Hagere verstohlen, der Dicke eher unverhohlen. Der Dünne hatte irgendetwas mit Film zu tun. Was der Dicke machte, bekam ich nicht heraus.

Dann war da noch der Süddeutsche, Mitte fünfzig, Typ Versicherungsvertreter, der angeblich auf seine Frau wartete, die jeden Tag anreisen sollte. Sie kam nicht; vielleicht existierte sie nicht. Bis auf den Dicken und den Langen, die gemeinsam angereist waren, kannten wir uns vorher nicht, und so höflich wir auch jeden Morgen miteinander plauderten, waren wir nicht darauf erpicht, dies zu ändern.

Ausgenommen war Claudia, die alle Männer gern näher gekannt hätten, aber sie war unverbindlich freundlich zu allen, und sie schien es nicht einmal zu genießen, dass wir uns für sie interessierten. Vermutlich war sie es gewohnt.

Als ich auf meinem Spaziergang in der vergeblichen Hoffnung, zwischen den Häusern dem Wind zu entgehen, in die Kirchenstraße bog, entdeckte ich sie; vielleicht hatte sie unterm Muscheldach des Teepotts neben dem Leuchtturm zu Mittag gegessen oder etwas eingekauft; sie trug eine große Handtasche. Ihr halblanges, dunkles Haar war verwegen zerzaust. Die Bluse umflatterte den Oberkörper. Die hellen Jeans hingegen saßen hauteng. Ich verlangsamte meinen Schritt, um ihr zufällig über den Weg zu laufen.

Wir nickten uns zu und gingen nebeneinander in Richtung der Pension. Zum Glück gab es den Wind, der es mir erleichterte, ein unverfängliches Gespräch zu beginnen. Ja, er nervte auch sie, aber er machte einen Spaziergang auch zur Herausforderung und blies die trüben Gedanken fort. Nach dem Grund der Trübung fragte ich nicht, wir plauderten weiter über den Wind und die Landschaft und unsere einsamen Spaziergänge. Ihre dunkle Stimme klang angenehm und veredelte das belanglose Gespräch.

Ich schloss die Tür der Pension auf, und wir betraten den Flur. Rechts lag die Küche, links das Speisezimmer. Beide Türen standen offen. In der Küche putzte die Wirtin, im Wohnzimmer der Fischer, den der Sturm heute im Haus gehalten hatte. Wir gingen den Flur entlang, ich zur Treppe, Claudia zu ihrem Zimmer.

»Was war das?«, fragte sie auf einmal.

Ich hatte nur das Knarren der Dielen gehört.

»Ein komisches Geräusch«, sagte sie. »Ein Stöhnen.«

»Von wo?«

Sie deutete auf die Tür, hinter der der Süddeutsche wohnte.

Das war die Chance, durch ein gemeinsames Erlebnis eine Verbindung zu schaffen. »Sehen wir nach«, sagte ich.

Sie nickte. Ich klopfte. Keine Reaktion. Wir sahen uns an, nickten uns aufmunternd zu. Ich drückte auf die Klinke. Die Tür war nicht verschlossen. Ich drückte sie auf. Der Raum war so klein wie alle Gästestuben. Ein Schrank, ein Tisch, ein Stuhl, das Bett. Auf dem Bett lag der Süddeutsche. Blut und Schaum waren aus seinem Mund gesickert, hatten Kinn, Hals und Hemd besudelt. Womöglich hatte Claudia sein Todesröcheln gehört.

Ich sah den Mann an, Claudia blickte zum Fenster.

»Da ist wer!«, rief sie, stürzte am Bett vorbei, hin zum Fenster. Der Griff stand senkrecht, also war es nicht verschlossen. Alle Rahmen waren verzogen, die Flügel ließen sich nur mit Mühe bewegen. Claudia riss mit aller Kraft das Fenster auf und streckte den Kopf hinaus. Der Wind blies ins Zimmer, eine Zeitschrift wirbelte vom Tisch, die Vorhänge bauschten sich.

»Zu spät«, sagte sie und drückte das Fenster wieder zu.

»Was ist denn hier los?«, fragte der Fischer, der uns gefolgt war.

»Ihm ist was zugestoßen«, formulierte ich das Offensichtliche.

»Da war jemand am Fenster!«, sagte Claudia.

»Was ist denn hier los?«, fragte jetzt auch die Wirtin, die ihrem Mann gefolgt war.

»Ihm ist was zugestoßen«, teilte ihr der Fischer mit. »Und jemand ist weggerannt.« Er deutete auf das Fenster.

Die Wirtin trat ans Bett. »Ist er ...?«

Der Fischer legte dem Mann die Hand auf die Stirn und unter die Nase. »Ja«, sagte er. »Erschossen, glaube ich. Das sieht aus wie ein Einschuss.«

»Was ist denn hier los?«, fragte der Dicke. Er und sein langer Freund standen in der Tür.

»Ihm ist was zugestoßen«, gab die Wirtin Auskunft. »Erschossen. Der Täter ist gerade weggelaufen.«

»Eben?«, fragte der Lange. »Dann hätten wir ihn gesehen.«

»Vor drei Minuten«, sagte Claudia.

Mich wunderte, wie ruhig wir alle waren.

»Wir sollten die Polizei rufen«, sagte ich.

Die Polizei ließ auf sich warten. Wir saßen im Speisezimmer und spekulierten ins Blaue, ohne etwas Vernünftiges zu wissen. Immerhin saß Claudia neben mir. Es verbindet, wenn man gemeinsam eine Leiche findet.

Schließlich traf ein Streifenwagen ein; die Polizisten sicherten den Tatort, wie sie es nannten, telefonierten herum und stellten uns erste Fragen. Es dauerte eine weitere halbe Stunde, bis die Kriminalpolizisten aus Rostock eintrafen. Ehe sie sich für uns interessierten, machten sie sich im Zimmer des Toten zu schaffen. Dann waren wir an der Reihe.

»Hauptkommissar Behling«, stellte sich der Anführer der Truppe vor, ein grau wirkender Mann mit nichtssagend glattem Gesicht, Mitte vierzig. Als Erstes wollte er wissen, wer den Toten gefunden habe.

Claudia und ich hoben die Hand, nach uns der Fischer.

»Alle drei gleichzeitig?«, fragte Behling.

»Wir beide«, sagte ich. »Er kam sofort dazu.« Ich deutete auf den Fischer.

»Dann fange ich mit Ihnen an«, sagte Behling zu mir. »Wir müssen Sie alle nach Ihren Beobachtungen fragen. Am besten ungestört.«

Dafür okkupierten die Kriminalpolizisten die Küche. Behling schloss die Tür und setzte sich zu mir. Nachdem er meine Personalien notiert hatte, ließ er sich den Leichenfund schildern. Er wollte alles genauer wissen, als ich es erzählte, und unterbrach mich deshalb ständig mit Zwischenfragen.

»Waren Sie gemeinsam spazieren?«

»Wir waren zur gleichen Zeit spazieren, haben uns aber erst unterwegs getroffen und sind dann gemeinsam gegangen.«

»Wann haben Sie das Haus verlassen?«

»Nach dem Frühstück. Nicht sofort, aber bald. Es mag halb zehn gewesen sein.«

»Und zurückgekommen sind Sie wann?«

»Kurz nach zwölf.«

»Haben Sie jemanden gesehen, als Sie losgegangen sind?«

»Nein.«

»Wissen Sie, ob die anderen auch fortgegangen sind?«

»Ja.«

»Ja was?«

»Ich weiß, dass sie fortgegangen sind, denn als wir zurück-
kamen, waren sie ja nicht da.«

»Und da hörten Sie also ein Geräusch?«, wollte er wissen.

»Ich habe es nicht direkt gehört. Die Dielen knarren.«

»Ich weiß«, sagte Behling. »Also auf ein Geräusch hin haben Sie das Zimmer eines Fremden betreten?«

»Eines Bekannten. Wir wohnen seit Tagen im selben Haus.
Vielleicht war es eine Vorahnung?«

»Haben Sie öfter Vorahnungen?«

»Nur wenn Leichen hinter der Tür liegen.«

»Sehr komisch. Ist wohl nicht Ihre erste Leiche?«

»Nein. Ich bin Gerichtsreporter und habe mal in der Pathologie hospitiert. Aber es ist die erste Leiche, die ich selber gefunden habe.«

»Geleitet von einem ein mysteriösen Geräusch.«

»Sein letzter Seufzer«, sagte ich.

»Unwahrscheinlich. Genaues wissen wir zwar erst nach
der Obduktion, aber dem Augenschein nach war er bei unserem Eintreffen schon zwei Stunden tot. Also eine Stunde,
bevor Sie ihn gefunden haben.«

»Solche Schätzungen sind doch für die Katz.«

»Das zu beurteilen überlassen Sie mal mir. Ich war schon
öfter in der Pathologie, und nicht nur auf Stippvisite. Sie haben also den Raum betreten. Wussten Sie sofort, dass Herr
Streidele tot war?«

»Er sah ziemlich tot aus.«

»Haben Sie ihn untersucht?«

»Natürlich nicht. Nach einer Stippvisite in der Pathologie
ist man noch kein ausgebildeter Mediziner. Außerdem war
da eine Bewegung am Fenster.«

»Was für eine Bewegung?«

»Als ob jemand vorbeihuscht. Oder weghuscht. »Meine Begleiterin ist sofort hingegangen und hat nachgesehen.«

Auch das wollte er genauer wissen, aber mehr hatte ich nicht gesehen. Immerhin äußerte ich ein paar Vermutungen. Der Fenstergriff hatte senkrecht gestanden, also war das Fenster nur deshalb verschlossen, weil sich das Holz verzogen hatte. Vielleicht hatte der Täter das Zimmer nicht auf dem normalen Weg verlassen können, weil die Wirtsleute bei geöffneten Türen das Haus reinigten. Als er uns kommen hörte, war er vielleicht zum Fenster hinausgesprungen und hatte es von außen zugezogen. Und vielleicht war das genau das Geräusch gewesen, durch das wir auf ihn aufmerksam wurden.

»Ziemlich viel ›vielleicht‹ für einen Mann des Wortes«, sagte Behling.

»Als Stammgast der Pathologie können Sie aus Wahrscheinlichkeiten sicher mühelos Gewissheiten werden lassen«, gab ich zurück.

Ich konnte den Kerl nicht leiden.

Die Befragung mäanderte noch eine Weile weiter, dann fiel uns nichts mehr ein. Behling schickte mich auf mein Zimmer, damit ich den anderen nichts erzählen konnte, und suchte sich einen neuen Gesprächspartner.

Mein Zimmer sah genauso aus wie Streideles, nur die Leiche auf dem Bett fehlte. Ich trat ans Fenster und sah hinaus. Die Bäume bewegten sich heftig, der Sturm hatte also nicht nachgelassen. Ich hörte das Fauchen und sah seine Auswirkungen selbst im Zimmer. Denn obwohl auch meine Fensterrahmen verzogen waren und klemmten, hatte der Wind doch Zugang gefunden. Eine feine, dünne Sandspur lag auf dem Fensterbrett, direkt an der für mich unsichtbaren Ritze, durch die der Sturm den Sand hereindrückt hatte. Und da kam mir die Erleuchtung.

Ehe Behling ging, machte er noch einmal die Runde. Offenbar hatten sich keine Widersprüche in unseren Aussagen ergeben, gegen niemanden von uns bestand ein Verdacht, abgesehen von dem einen prinzipiellen, dass wir im selben Haus wohnten und es uns leichter gefallen wäre, Streidele umzubringen, als einem fremden Eindringling.

Als ich sicher war, dass die Polizisten verschwunden waren, stieg ich die Treppen hinab und klopfte an Claudias Zimmertür.

Sie klinkte auf und sah mich kühl an. »Ja?«

»Ich würde gern etwas mit Ihnen besprechen.«

»Was?«

»Nicht an der Tür«, sagte ich. »Es ist, wie man so sagt, von beiderseitigem Interesse.«

Ohne Begeisterung ließ sie mich ein. Sie hatte am Tisch etwas geschrieben, das sie beiseite räumte, als sie mir den einzigen Stuhl anbot. Claudia setzte sich aufs Bett.

»Sie sehen toll aus«, sagte ich.

Claudia verdrehte die Augen. »Ist das unser Thema?«

»Ich werde später darauf zurückkommen. Aber erst mal geht es um Streidele. Wir beide wissen, wer ihn umgebracht hat.«

»Raus«, sagte sie und erhob sich.

»Kein Theater bitte.« Ich blieb ruhig sitzen. »Sie sind viel zu neugierig, zu erfahren, wie ich es herausbekommen habe.«

Sie setzte sich wieder. »Unsinn«, sagte sie.

»Der Wind hat mir die Tat erzählt«, sagte ich. »Die Fenster hier sind so verquollen, dass selbst dieser Sturm da draußen sie nicht aufdrückt, wenn sie nicht richtig verschlossen sind, aber zugleich sind sie undicht. Innen liegt ein Sandstreifen auf dem

Fensterbrett, solange die Fenster verschlossen bleiben. Warum wollten Sie unbedingt in das Zimmer des Toten? Irgendwer hätte ihn später finden können. Gestöhnt hat er sicher nicht, er war schon eine Stunde oder länger tot, sagt der graue Kommissar. Als wir ins Zimmer kamen, sind Sie sofort zum Fenster gerannt, um es aufzureißen. Vorbei an einer Leiche mit Blutschaum vor dem Mund. Sie haben das Fenster aufgerissen, um den Sandstreifen auf der Fensterbank zu zerstören. Denn der war der Beweis, dass der Täter auf keinen Fall zum Fenster henein- und hirausgekommen ist. Aber dabei ist etwas Blödes passiert. Die Zeitschrift ist vom Tisch geflattert.«

»Durchzug«, sagte sie, »weil die Tür offen war.«

»Richtig – aber Durchzug ist nur, wenn noch ein anderes Fenster oder die Außentür offen ist. Doch bei diesem Sturm war hier alles verschlossen. Sie haben also Streidele erschossen und wollten vielleicht durchs Fenster fliehen, aber das geht nach vorne hinaus, jemand hätte Sie sehen können, oder vielleicht ging auch gerade wer vorbei. Da haben Sie nur den Knauf geöffnet, damit es so aussah, als sei der Täter nach vorn heraus und habe das Fenster von außen wieder zugezogen. Und beschlossen, das Fenster später aufzureißen. Um nicht an den Wirtsleuten vorbeizumüssen, sind Sie in Ihr Zimmer gegangen und dort durch Ihr Fenster hinaus auf den Hof. Keine Spuren, außer dass der Sandstreifen unter Ihrem Fenster zerstört war. Wenn der nur an einem Fenster fehlte, wäre das der Polizei sicher aufgefallen, auch deshalb musste mindestens ein zweiter Streifen zerstört werden – der in Streideles Zimmer.«

»Eine tolle Geschichte.« Claudia bemühte sich, weiterhin kühl zu wirken, aber es war nicht mehr so glaubwürdig wie zu Beginn.

»Es rannte auch draußen niemand weg«, setzte ich nach. »Das wäre mir aufgefallen. War übrigens eine tolle Show. Ich habe fast geglaubt, selber etwas gehört und gesehen zu haben. Fast.«

»Das ist«, sagte sie langsam, »doch alles an den Haaren herbeigezogen. Warum sollte ich ihn umgebracht haben? Ich
kannte ihn nicht mal.«

»Ich habe keine Ahnung«, sagte ich, »und es interessiert
mich auch nicht. Man wird uns alle überprüfen und nichts
finden und sich auf den Täter von draußen konzentrieren. Es
sei denn, ich nehme zurück, dass jemand am Fenster vorbei-
gehuscht ist, und erzähle von Wind, Sand und vom Tisch
flatternden Zeitschriften. Dann wird man sich auf Sie konzentrieren und sicher etwas finden.«

»Ich kann Sie nicht daran hindern, der Polizei von Wind
und Sand zu erzählen.«, sagte Claudia. »Aber wie mir scheint,
wollen Sie das gar nicht. Was wollen Sie?«

»Ich will mit dir schlafen.«

»Was? Sie wollen mit mir schlafen, obwohl Sie mich für
eine Mörderin halten?«

»Nicht obwohl – weil! Nein, falsch, ich will mit dir schlafen, weil du mir von der ersten Sekunde an gefallen hast.
Leider ist es mir nicht gelungen, dein Interesse auf dem üblichen Weg zu wecken. Und da hat mir der Mord die zweite
Chance geliefert.«

»Erpressung ist auch ein Verbrechen«, sagte sie schwach.

»Verglichen mit Mord ist es eine Bagatelle.«

»Ohne etwas zugegeben zu wollen: Wer garantiert mir,
dass du nicht am Morgen danach zu den Bullen rennst und
ihnen Geschichten von Wind und Sand erzählst?«

»Ich bin nicht an den Bullen interessiert, sondern an dir.
Sag einfach ja, dann wird das noch ein schöner Abend.«

Sie schwieg lange. Lehnte sich zurück, die Arme aufs Bett
gestützt, schloss die Augen. Dann öffnete sie sie wieder, richtete sich auf, sah mich an.

»Ja«, sagte sie.

Der Schatz von Ahrenshoop

von Birgit H. Hölscher

Du wirst das Haus erkennen. Christine ist die Einzige, bei der auch im Sommer der Kamin raucht.« Dorfler sog den Rauch seiner Selbstgedrehten mit hohlen Wangen in sich hinein, legte den Kopf zurück und ließ ihn in perfekten Ringen wieder aufsteigen.

Pierre sah zu, wie sie größer wurden, zerfaserten, Substanz verloren, sich schließlich in der stickigen Zellenluft auflösten. Es war Umschluss, wie an jedem Nachmittag in diesem Rattenstall, und sie hockten in Dorflers Zelle. Es war ihr letzter gemeinsamer Tag, morgen war Pierres Entlassungstermin. Endstrafe, jeden einzelnen bekackten Tag abgesessen. Bewährung war nicht drin gewesen. Sie trauten ihm nicht – zu Recht.

»Geh nicht gleich zu ihr. Manchmal vermietet sie. Sieh erst nach, ob sie allein ist.« Dorfler kippte seinen Stuhl an die Zellenwand, lehnte den Kopf an das Poster von Madonna, die lasziv die Schenkel spreizte. Pierre nickte. Sie waren das alles mindestens fünfzig Mal durchgegangen.

»Finde raus, weshalb zum Teufel sie sich nicht meldet, was da los ist, wieso sie ihr Telefon abgemeldet hat. Würde ja selbst hinfahren ...« Sein Grinsen war beinahe schmerzlich. Doch durch die Schwaden des Schwarzen Krausen täuschte das vielleicht auch.

Drei Tage später erreichte Pierre Dorflers alte Heimat. Der Darß, von dem Mario ihm so oft, beinahe schwärmerisch, erzählt hatte. Die urwüchsigen Strände, die Ostsee, die Reetdachhäuser und die Kranichschwärme – das ganze fade Bla-

bla, das Pierre ertragen hatte, weil er hoffte, genau hier, auf dieser Ostseehalbinsel, den Grundstein für eine neue Existenz zu finden.

Die Story von der großen Liebe hatte er Dorfler nicht abgenommen. Diesen knallharten Entführer quälte eher die Angst vor dem Verlust des Lösegelds als die Sorge um eine Frau, die sich nicht meldete. Nach längerem Überlegen war er darauf gekommen, dass die Braut auf Dorflers Beute hocken musste, von der nach dessen Verhaftung nur ein Bruchteil gefunden worden war. Da wäre er an Dorflers Stelle auch unruhig geworden, wenn plötzlich das Telefon abgemeldet wurde. Lebenslänglich hin, lebenslänglich her.

Er stieg in einem Kaff namens Dierhagen aus dem Wagen, den er sich in Wismar auf die übliche Weise besorgt hatte, und wanderte ein wenig am Strand entlang, ließ sich die Salzbrise um die Nase wehen: die erste ungesiebte Luft seit vielen Jahren. Hinter den Dünen duckten sich keineswegs nur rohrgedeckte Katen. Es war ein Gemisch aus süßlicher Reetdachromantik, Flachdachzweckbauten – DDR-Überbleibsel? – und neueren Einfamilienhäusern mit gelackten Dachpfannen. Das Essen, das er kurz zuvor in einem der üblichen Touristenetablissements mit dem scheußlichen Namen Perlmutt zu sich genommen hatte, hatte Assoziationen an die von ihm gar nicht persönlich erlebte sozialistische Diktatur aufkommen lassen. Schließlich war er gebürtiger Belgier, hatte quasi zufällig, durch eine belanglose, nur noch auf dem Papier existierende Ehe, die deutsche Staatsbürgerschaft erlangt. Deutsche Geschichte, speziell die jüngere, war für ihn ein Buch mit sieben Siegeln. Zudem war Lesen nicht unbedingt seine Lieblingsbeschäftigung.

Als er sich vom Anblick des Sonnenuntergangs losriss und durch den Sand zurück zum Parkplatz stapfte, machte er sich klar, dass ihm die fünfundzwanzig Jahre, die er in Westdeutschland verbracht hatte, jetzt hier am nördlichsten Zipfel Ostdeutschlands vielleicht nicht ganz so weiterhelfen würden, wie er es sich wünschte. Schon in Drei Bergen, der letzten Station seiner Knastkarriere in Deutschland, waren die meisten Insassen aus Ostdeutschland aufgetreten wie – allerdings bitterernste – Skinheadkarikaturen. Nur der Ruf, den Pierre seine Taten verschafften, hatte dafür gesorgt, dass sie ihn in Ruhe ließen. Meistens jedenfalls. Die zwei, drei Mal, bei denen ein paar Leichtsinnige sich mit ihm angelegt hatten, waren für sie mit schweren Stürzen auf der Treppe zwischen den Stationen oder mit von der Standbohrmaschine in der Anstaltswerkstatt durchbohrten Handrücken ausgegangen.

Nun musste er das Haus dieser Christine finden. Das Kapitänshaus, hatte Mario Dorfler es genannt. Pierre hatte seinen Haftgenossen schon fast vergessen, erinnerte sich kaum noch an dessen Gesicht, hörte nur noch seine heisere, von kollerndem Husten unterbrochene Stimme durch die Rauchschwaden, die sie gemeinsam produziert hatten.

»Vielleicht hat sie einen anderen«, hatte er gegrübelt. Dorfler und seine Befürchtungen waren Pierre herzlich egal. Für ihn zählte einzig das, was diese Frau höchstwahrscheinlich für den anderen hütete, beziehungsweise hatte hüten sollen. Ihr Schweigen, ihre Verweigerung jeglichen Kontakts zu Mario seit dessen Verhaftung waren für Pierre ein Indiz dafür, dass sie die Beute – circa eine Million Euro Lösegeld aus der Entführung dieses Fabrikanten, für die Dorfler seit drei Jahren einsaß, für sich behalten hatte. Als Dorfler vor sechs Monaten Pierres Hals aus der Schlinge befreit hatte, die so ein kleiner Dealerpisser auf dem Anstaltshof um seinen Hals zugezogen hatte – eine idiotische Schuldengeschichte, die er unterschätzt hatte – da versprach Pierre ihm zum Dank, nach seiner Entlassung Dorflers Schatz in Ahrenshoop auszukundschaften. Dass er dies in doppelter Hinsicht meinte, verschwieg er dem anderen.

»Du kannst sie gern ein wenig härter anpacken, um ihr meine Grüße auszurichten«, hatte der ihm aufgetragen. Das hatte er sowieso vor. Nicht umsonst eilte ihm in gewissen Kreisen der Ruf voraus, Spezialist für ebenso drastische wie auch saubere und unauffällige Problemlösungen zu sein. Verurteilt worden war er jedoch stets nur wegen Kleinigkeiten.

Wustrow, Niehagen – die gelben Ortsschilder zogen vorbei. Dann Ahrenshoop. Er steuerte auf der langen Dorfstraße durch den Ort, und hielt, während er versuchte, Marios Beschreibungen Ahrenshoops mit der Realität in Einklang zu bringen, Ausschau nach einer Unterkunft, die so anonym war, dass sich später niemand besonders genau an ihn erinnern würde. Seine Wahl fiel auf eine kleine Ferienwohnung direkt unter dem Dach eines modernen Gästehauses am nördlichen Ortsausgang. Von hier aus erreichte man den Ortsteil, in dem er sein Glück finden würde, in wenigen Minuten zu Fuß.

In der einsetzenden Dämmerung wanderte er den Deich an der Westseite Ahrenshoops entlang. Außer ein paar späten Spaziergängern begegnete er niemandem. Am Strand lagerte eine Gruppe Jugendlicher mit einem Kasten Bier und einem Ghettoblaster. Am Horizont bewegten sich träge die Positionslichter großer Schiffe. Er bog vom Deich auf einen Sandweg ab und achtete auf die Schornsteine der hinter Hecken gelegenen Häuser. In der sommerlich warmen Luft brannten zwar einige Grillfeuer in den Gärten, aber es war tatsächlich nur ein Kamin in Betrieb. Niemand heizte um diese Jahreszeit. »Sie schon«, hatte ihm Mario während ihrer langen Umschlussstunden erzählt. »Sie hat mir nie gesagt, weshalb. Aber dass das Kapitänshaus eine offene Feuerstelle besitzt, ist für sie damals der Grund gewesen, nach dem Tod ihrer Großmutter dort einzuziehen. Dies und die Nähe zum Meer. Wir haben dort eine schöne Zeit miteinander gehabt.«

Wie um einen Schatten vor seinen Augen zu vertreiben, hatte sich Mario mehrmals über das Gesicht gewischt. Diese Christine hatte ihn maßlos enttäuscht.

Pierre näherte sich dem dunklen Haus, aus dessen Schornstein ein feiner Rauchfinger in den Himmel zieselte, und spähte über die Rosenhecke hinweg, die ihm bis zum Kinn reichte. In einem der Nachbargärten plätscherte eine Unterhaltung müßig dahin, und aus den geöffneten Fenstern des Kapitänshauses wehte leise klassische Musik. Der Raum dahinter war nur undeutlich auszumachen. Während es langsam dunkel wurde, verharrte er, wartete darauf, sie zu sehen, sein Gefühl bestätigt zu bekommen, dass es sich um das richtige Haus handelte. Im Schatten der Hecke lehnte er sich an die Gartenpforte, bereit, sofort zu reagieren, wenn ihn ein später Spaziergänger entdeckte.

Irgendwann verklang die Musik aus dem Inneren des Hauses. Noch immer geschah nichts. Schlief sie? Er war versucht, die Pforte zu öffnen und durch eins der niedrigen Sprossenfenster zu schauen. Da sah er eine Bewegung hinter einem der kleinen Fenster im Obergeschoss. Er erkannte sie sofort. Dorfler hatte ihm ein verknittertes, an den Rändern eingerissenes Foto von ihr gezeigt. Nicht gerade die Frau, von der Pierre in schwülen Nächten träumen würde. Sie war ihm zu groß, zu sehnig erschienen. Ein Körper wie der eines in die Höhe geschossenen Dreizehnjährigen. Das sommersprossige Gesicht unter den blonden Krissellocken hatte hart gewirkt. Doch nach sieben Jahren ohne eine Frau kam ihm nun doch der Gedanke, sie für mehr zu benutzen als nur als Schlüssel zu Dorflers Schatz.

Er brauchte nur knapp eine Woche, um ihren Tagesablauf zu kapieren. Sie schlief lange, frühstückte unter den alten Apfelbäumen in ihrem Garten, wässerte ihre Blumen, jätete ein wenig oder saß mit einem Skizzenblock auf den Knien an einen Baum gelehnt und zeichnete. Um halb zwölf packte sie ihre Umhängetasche, schloss das Haus ab und radelte zur Bunten Stube, wo sie in den nächsten Stunden hinter dem Verkaufstresen stand und den Touristen Kunstpostkarten, Bücher oder Originalgrafiken von Ahrenshooper Künstlern verkaufte. Bevor sie in ihr Kapitänshaus zurückkehrte und als Erstes das Kaminfeuer entzündete, fuhr sie an den Strand, schob ihr Rad durch den Sand bis ans Wasser und schwamm so weit hinaus, dass er Mühe hatte, ihren Kopf in der sanften Dünung zu entdecken.

Während er ihr wie ein Schatten folgte, versuchte er sich darüber klar zu werden, wie er am besten vorgehen sollte. Schließlich wusste er nicht, wo sie die Sore gebunkert hatte. Womöglich hatte sie alles irgendwo zinsbringend angelegt – obwohl sie, laut Marios Auskunft, gewieft und sich garantiert dessen bewusst war, dass sie als Angehörige des Fabrikantenkidnappers noch jahrelang nach dessen Verurteilung unter Beobachtung stehen würde. Er musste also doppelt aufpassen.

Er lieh sich ein Fahrrad, um ihr besser auf den Fersen bleiben zu können. Eines Abends – sie fuhren von der Rehaklinik kommend, wo sie einen Yogakurs besuchte, zurück in den Ort – da sah er, wie sie plötzlich langsamer wurde, abstieg und ihren Vorderreifen untersuchte Vielleicht war dies ein Wink des Schicksals, der ihm einen Zugang zu ihr verschaffte.

»Kann ich helfen?«

Sie drehte sich zu ihm um. Zum ersten Mal sah er ihr gerötetes Gesicht unter dem verschwitzten Blondhaar so nah vor sich. Graue Augen, notierte er im Geist. Kleines Muttermal am Kinn links. Kaum Falten, trotz ihrer Zweiundvierzig.

»Der Reifen ist platt. Kann man nichts machen.« Sie zuckte mit den Schultern.

Er roch Gewürztee und irgendetwas Holziges und stellte sie sich in den Armen Mario Dorflers vor. Was hatte sie nur an dem angezogen? Ihn konnte er plötzlich verstehen.

Sie schoben ihre Räder zurück ins Schifferviertel, und er tischte ihr seine Touristenlegende auf. Sie lud ihn auf einen Kaffee zu sich ein; er nahm natürlich an.

»Darf ich rauchen?«

Sie nickte und entzündete das Kaminfeuer. »Es stört Sie doch nicht, wenn ich Feuer mache? Ist so eine Angewohnheit von mir. Ohne Feuer fehlt mir was im Haus.« Sie legte ein weiteres Scheit auf das Feuer, schüttelte ihre Locken und hockte sich ihm gegenüber auf das zweite, kissenbestückte Sofa.

In der nächsten Stunde tauschten sie Belanglosigkeiten aus, lachten, waren erstaunlich oft einer Meinung. Sie kochte eine zweite Kanne Kaffee, er drehte Zigaretten und fühlte sich wohl in ihrer Gegenwart, verstand Mario immer besser. Sie war eine Frau, die nicht nur gut aussah, sondern auch etwas im Kopf hatte. Gleichzeitig wurde ihm klar, wie schwierig es werden würde, an das Geld heranzukommen.

Als sie den Whisky auf den niedrigen Tisch stellte und ihm das Du anbot, wurde ihm klar, dass sie miteinander schlafen

110

würden. Es schien zwangsläufig. Später, das Feuer warf rötliche Reflexe auf ihre nackte Haut, fragte er sie nach ihren Männern.

»Nichts Erwähnenswertes«, murmelte sie, das Gesicht in seiner Achselhöhle vergraben. »Allerlei Loser, Raubritter und Abenteurer.« Sie hob den Kopf. »So wie du.« Das war keine Frage, sondern eine Feststellung.

»Wie kommst du darauf?«

Sie ließ ihren Zeigefinger über seinen tätowierten Brustkorb wandern. »Ist so ein Gefühl.«

Ihm wurde kalt, und er zog ihren glühenden Körper über sich.

Er hätte es nicht besser einfädeln können. Sie öffnete ihm ihr Haus, ließ ihn in ihr Leben, gab ihm so Zeit und Raum, nach dem zu forschen, was ihn hierher, auf den Darß geführt hatte. Außerdem faszinierte sie ihn. Er nannte sie Feuerfee, denn erst am Abend, wenn sie die Scheite in der Feuerstelle des Kapitänshauses zum Glühen gebracht hatte, schien sie sie selbst zu werden. Tagsüber hatte sie etwas Flüchtiges, bei aller Selbstsicherheit, die sie ausstrahlte, etwas Unbestimmtes. Im Schein des Feuers entspannte sie sich, wurde gelassen und ruhte in sich.

Sie blieben mehrere Wochen beisammen. Sie fragte nie, ob er irgendwohin zurückkehren müsse, ob er an einem anderen Ort erwartet würde. Sein Ferienappartement hatte er nach einer Woche gekündigt, war mit seiner Tasche ins Kapitänshaus gezogen, sparte so sein schnell dahinschmelzendes Entlassungsgeld.

Während sie in der Bunten Stube arbeitete, durchsuchte er erfolglos ihr Haus und ertappte sich bei dem Gefühl, froh darüber zu sein, dass er nichts fand. Konnte er doch so noch eine weitere Weile mit ihr verbringen. Wovon sie lebte – der Teilzeitjob konnte nicht ihre einzige Lebensgrundlage sein – verriet sie ihm genauso wenig wie ihre Herkunft, ihre Vorgeschichte. Sie war gern mit ihm zusammen, das spürte er. Sie genossen beide die Begegnung ihrer Körper, waren sich in ihrem Urteil über andere einig, hatten den gleichen Sinn für skurrilen Humor. Dennoch blieb ihm ihr Inneres verschlossen. Sie barg in sich eine eigene kleine Welt, die nur für sie existierte, zu der weder er noch jemand anderes Zugang hatte. Wenn es ihm gelang, für einen Moment die Tür zu dieser Welt einen Spaltbreit zu öffnen, ihr das Geheimnis des Geldes zu entlocken, war seine Zeit hier um. Pierre war sich plötzlich nicht mehr klar darüber, ob es das war, was er wollte. Schon jetzt tat es ihm leid um sie, um ihren schönen, schlanken Hals, in dessen Fleisch sich am Ende sein Rasiermesser senken würde. Doch er konnte niemand anderes in seinem Leben gebrauchen. Wenn er mit ihr fertig war, würde er seine Zelte in Deutschland abbrechen.

»Erzähl mir von dir.« Je mehr er über ihr Leben wüsste, desto eher bekäme er eine Ahnung, was sie mit der Kohle angestellt hatte. »Seit wann lebst du hier in Ahrenshoop?« Er zog den sanften Schwung, mit dem ihr Hintern in den Oberschenkel überging, mit der Fingerkuppe nach. Ihre Haut schimmerte im Kaminlicht rötlich. Sie blieb auf dem Bauch liegen, schien zu überlegen und sprach dann in seine Armbeuge hinein.

»Okay. Eine Frage, eine Antwort.« Sie hob der Kopf und sah ihn an. Ihr Lächeln: ein geisterhaftes Rauchwölkchen, das an einem windstillen Tag in den Himmel schwebt, sich verflüchtigt. Was blieb ihm, als zuzustimmen. Sie setzte sich auf, lehnte sich an die durchwärmte Kaminwand und nahm einen Schluck Wein.

»Es ist acht Jahre her, ich war damals viel jünger, hungriger, viel einsamer. Ich war nicht glücklich – ich war ein Bündel unerfüllter Wünsche und Sehnsüchte. Und es gab etwas, was ich nie wieder sein wollte: arm und abhängig von einem anderen.« Sie blickte ihn forschend an, zog sich die Wolldecke über ihre Brust. »Nächste Frage: Was bedeutet für dich Freiheit?«

Bevor er antwortete, zog er die Decke wieder herunter. »Alles.«

Sie machten mit den Rädern Touren über die Boddenwiesen zum Hafen Althagen, gingen an der Steilküste, dem Hohen Ufer, spazieren und liefen am Abend über den Deich, durch die Düne zum Strand, wo sie wie ein Seehund in der Ostsee schwamm. Er blieb in T-Shirt und langen Hosen am Strand sitzen – seine Tätowierungen waren zu auffällig, als dass er sie anderen präsentieren wollte.

Er gab sich alle Mühe, Begegnungen mit Nachbarn oder Bekannten seiner Feuerfee aus dem Weg zu gehen, insgesamt so wenig Spuren zu hinterlassen wie möglich. Dies gelang gut, da sie ein zurückgezogenes Leben führte, im Ort keine Freunde oder Verwandte hatte. Sie setzten ihr Spiel »Eine Frage, eine Antwort« an jedem Tag fort.

»Was würdest du tun, wenn du eine Million im Lotto gewinnen würdest?«

Sie liefen barfuß an der Wasserkante des Weststrands zwischen angeschwemmten Tangbüscheln, Muschelschalen, Schwemmholz und zerschlissenen Möwenfedern. Über ihnen ragte die Steilküste auf. Das Licht wirkte südseehaft. Meeresoberfläche und Himmel verschwammen zu einer pastellblauen Fläche, nur die Konturen der Frachtschiffe kennzeichneten den Horizont. Wie an einer Schnur gezogen glitten sie durch die Kadetrinne – einen der meistbefahrenen Schifffahrtswege der Welt.

Sie zögerte so lange, bis er meinte, sie wolle nicht antworten. Doch dann sagte sie nachdenklich, zögernd: »Ich würde alles dafür tun, dass mir niemand das Geld abjagt.«

Sie lebten endlose Sommertage und -wochen zusammen wie ein normales Liebespaar; ganz darauf bedacht, ihre Zweisamkeit zu wahren, ihre Körper zu erkunden, den anderen besser kennen zu lernen. Er musste sich eingestehen, dass es ihm gefiel. Es entspannte seinen in den Haftjahren vereisten Körper; er fühlte sich endlich wieder wie ein ganzer Mensch.

Aber mit dem Geld kam er nicht weiter. Er hatte ihr Sparbuch und die Kontoauszüge geprüft, jeden Quadratzentimeter des Kapitänshauses untersucht – vergeblich.

»Wie würdest du reagieren, wenn du merktest, dass dir jemand etwas vorspielt?« Sie starrte, über die Reling des Zeesenbootes gebeugt, in das Boddenwasser. Vor einer Weile hatte sie begonnen, ihn zu touristischen Aktivitäten zu überreden, gegen die er kaum Triftiges einwenden konnte. So machten sie heute einen Segeltörn auf einem dieser traditionellen Fischerboote mit zwei Masten und fünf Segeln auf dem Saaler Bodden.

»Ist nicht das ganze Leben ein Spiel?«, zog er sich aus der Affäre. Die Sonne näherte sich dem Horizont, und in der Ferne zeichneten sich dichte, graue Bänder am leuchtenden Himmel ab, wogten auf und ab. Plötzlich trug der Wind vielstimmiges Kranichgeschrei heran. Er legte den Kopf in den Nacken.

Keilförmige Schwärme zogen direkt über das Schiff, tausende Vögel flogen über sie hinweg. Staunend blickte er hinauf, den Arm um Christine gelegt und merkte, dass er sich schon viel zu weit in das Leben dieser Frau verirrt hatte, viel zu lange an diesem Ort geblieben war, dass er sich besser schnell auf den Weg machen, weiterziehen sollte, fort von hier, von ihr – ganz wie diese Vögel.

Am nächsten Tag, während Christine in der Bunten Stube war, bereitete er alles vor, besorgte Klebeband, Kabelbinder, eine Bohrmaschine, Brecheisen und Zange – alles was man brauchte, um jemanden in Todesangst zu versetzen – brachte alles hinunter in den kleinen, fensterlosen Keller des Kapitänshauses. Zwei Tage würden genügen. Dann spätestens würde sein Rasiermesser sie sprechen lassen, sie ihm das Versteck offenbaren.

Er würde am Samstag beginnen. Vor Montagnachmittag würde sie niemand vermissen, und er wäre dann längst fort, um eine Million reicher. Ein Stich des Bedauerns, sie als Gespielin zu verlieren, überlagerte seine Vorfreude bei den Überlegungen, was er mit dem Geld anfangen würde. Er zählte die Tage bis zum Wochenende. Dienstag, Mittwoch, Donnerstag.

Und dann war sie fort. Er spürte es sofort, als er am Freitagvormittag nach einem Spaziergang zurückkam. Ohne sie wirkte das Haus leer und erstickend. Der erkaltete Kamin schien ihn auszulachen. Sie hatte kaum etwas mitgenommen. Ein paar Kleider fehlten, ihr Skizzenblock, persönliche Papiere. Er durchsuchte ein letztes Mal alle Räume, fand nichts. Am Ende fragte er sich, ob es das Geld überhaupt gab, oder ob ihn Mario Dorfler aus irgendeinem Grund verschaukelt hatte. War er einem abgekarteten Spiel Dorflers und Christines aufgesessen?

Der herbstlich aufgefrischte Wind zauste die bizarren Windflüchterkiefern an der Abbruchkante des Weststrandes. Pierre erinnerte sich, wie Christine das Gelände dort oben Geisterwald genannt hatte. Er stapfte den Strand entlang,

hielt an einem von der Witterung silbrig gewaschenen Baum-
kadaver an und hockte sich in dessen Windschatten. Die
nächste Bö riss ihm beinahe das Papier aus der Hand, das er
heute Morgen dort gefunden hatte, wo er vor wenigen Tagen
sein Werkzeug deponiert hatte.

*Ich habe dich sofort erkannt. Dein Tabak. Den rauchen nur
Knastologen, hat Mario mir mal erklärt. Und deine Tattoos. Das
konnte kein Zufall sein. Obwohl ich es mir so gewünscht habe. Wir
wissen beide, dass du nicht mich gesucht hast, sondern das Geld.
Pech für mich und Pech für dich. Es hätte etwas werden können mit
uns.*

C.

P. S.: Es war unter der Bodenplatte der Feuerstelle im Kamin.

Wo die Ostseewellen morden

von Uwe Voehl

Das war's. Mein Plattenlabel hatte mir gekündigt. Mein Manager hatte die nächste Konzerttournee abgesagt und mich auf eine Million Euro verklagt. Meine Frau hatte die Scheidung eingereicht. Und zu allem Überfluss war auch noch Weihnachten.

Ich saß in der einzigen Hafenkneipe zwischen Lübeck und Rostock, die erstens noch geöffnet hatte und mir zweitens Kredit gewährte, und ließ mich volllaufen. Den Mann am Nebentisch bemerkte ich erst nach dem dritten Glas. Rum. Unverdünnt.

Er trug eine rote Robe und sah auch sonst so aus wie der Weihnachtsmann. Außer dass auf seiner linken Schulter ein Graupapagei saß. Der Vogel sah ziemlich zerrupft aus, schaute aber recht keck drein. Der Weihnachtsmann prostete mir zu. »Schlechte Zeiten, was?«

Ich nickte und dachte mir meinen Teil. Wenn jetzt schon die Hundertjährigen nicht mehr genug Rente bekamen und gezwungen waren, als Weihnachtsmann durch die Gegend zu laufen.

»Sind Sie nicht Jürgen, der singende Seemann?«, fragte der Weihnachtsmann neugierig. »Warten Sie ...« Er schien sich kurz zu sammeln und begann mit tiefer Stimme meinen größten und einzigen Hit zu intonieren: »Bodden und Meer«.

Der Graupapagei schien Gefallen daran zu finden. Er bewegte den Kopf im Takt und krächzte mit. *Bodemerr, Bodemerr.* Es klang schaurig

»Gewesen«, sagte ich düster. »Aus und vorbei.«

Der Weihnachtsmann winkte ab. »Dieses Business ist was für Selbstmörder. Früher oder später macht es jeden fertig.«

»So? Sie kennen sich aus?«

»1984 traf ich einen talentierten Sänger, der in den Kneipen von Ibiza zu seiner Gitarre sang. Nicht schlecht. Er hatte Potenzial.« Der Alte kramte in seinen Erinnerungen. »Ich glaube, er hieß Chris Real oder so ähnlich. Jedenfalls schrieb ich für ihn dieses Lied, *On the Beach*. Das war der Beginn seiner Karriere. Manchmal spielen sie es noch im Radio.«

Wieder begann er sich zu sammeln und sang ein paar Takte. Der Papagei gab ebenfalls wieder seinen Senf dazu. *Onsebiiiich!* Die Melodie war allerdings nur zu erahnen.

»Sehen Sie!«, freute sich der Weihnachtsmann. »Otto hat sich den Song auch behalten!«

»Soso«, murmelte ich.

Er zeigte auf seine Nase. »Sehen Sie hier die beiden Löcher? Vor dreißig Jahren trug ich darin eine Sicherheitsnadel. War damals verdammt angesagt, als der Punk abging.«

»Sie wollen mir nicht weismachen, dass Sie auch für Johnny Rotten einen Hit geschrieben haben?«

»Nee, ich hab zwar 'ne Weile mit Sid Vicious in London rumgehangen, aber der war ja fertig. Aber als ein paar Jahre später die Ärzte auf den Zug sprangen, hab ich ihnen was ins Poesiealbum geschrieben: Darßer Land. Daraus hat Farin Urlaub dann Westerland gemacht.«

»Ich weiß, das spielen sie auch noch ab und zu im Radio.«

Otto, der Papagei, begann auf der Schulter des Alten mit dem Oberkörper zu wippen, riss den schwarzen Schnabel auf und krächzte: *Weeeeesterland. Weeeeeesterland.*

»Wie halten Sie das aus?«, wollte ich wissen und bestellte noch einen Rum. Ich hätte dem Viech längst den Hals umgedreht.

Als hätte Otto mich verstanden, warf er mir aus seinen schwarzen Knopfaugen einen boshaften Blick zu, hob ein Bein und ließ ein Häufchen auf den Tisch fallen. War ja widerlich!

»Na ja, eigentlich ist es so, dass sich Otto die meisten Lieder ausgedacht hat«, flunkerte der Weihnachtsmann. »Ich habe nur immer gut zugehört.«

»Klar«, sagte ich. »Ich glaub auch an den Weihnachtsmann.«

»Doch. Ehrenwort. Die Texte hab ich natürlich geschrieben, aber die Melodien kommen von Otto. Ich hab da dann immer was reingedeutet und die Texte seinem Kauderwelsch angepasst. Schon mal was von den Waterboys gehört?«

»*If I was a Fisherman ...*« summte ich, und er strahlte übers ganze Gesicht.

»Noch heute eines meiner Lieblingslieder. Wir haben's zwischen zwei Guinness geschrieben.«

»Sie und Otto? Glaub ich nicht!«

»Doch, doch, dieser Bandlader, Mike Scott, hat den Bierdeckel mit den Noten gleich mitgenommen. Übrigens wird der Song ...«

»Ich weiß, er wird immer noch im Radio gespielt.«

Otto begann zu wippen, der Weihnachtsmann summte den Refrain, und Otto krächzte lautstark mit. Es war nicht zum Aushalten.

Ich knallte das Rumglas auf die Tischplatte und brummte. »War'n interessantes Gespräch. Ich muss sowieso jetzt gehen.«

Er hielt mich zurück. Sein Griff war eisenhart. »Du bleibst besser noch ein bisschen«, sagte er. »Habe zu viele wie dich in der Hafenmole treiben sehen.«

Woher wusste er das? Stand es mir im Gesicht geschrieben, dass ich mich umbringen wollte? Ich gab mich geschlagen. Fürs Erste. Und der Papagei schwieg auch.

»Jeder zweifelt mal an sich. Auch die ganz Großen«, fuhr mein Sitznachbar fort. »Guck mal, der Reinhard damals. Er hatte mich in sein Haus auf Sylt eingeladen. Eigentlich ist er ein furchtbarer Spießer. Damals hat er sich die ganze Zeit über die Rasenmäher seiner Nachbarn aufgeregt und brachte nicht einen vernünftigen Song mehr aufs Papier. Da hab ich ihm den Einhandsegler gewidmet, damit er auf andere Gedanken kam: *Du bist niemands Herr und niemands Untertan, Einhandsegler auf dem Ozean.* Schau, Reinhard, habe ich gesagt, auf dem Meer gibt's keine Rasenmäher. Warum schipperst du nicht mal ein paar Wochen auf der See herum? Otto hat ihm eine wunderbare Melodie dazu in den Kopf gesetzt.«

»Und?«

»Reinhard hat auf mich gehört. Hat seinen Bootsführerschein gemacht und die Platte. Von da an herrschte Frieden mit den Nachbarn.« Er sah mich an: »Warum singst du eigentlich nicht mehr?«

»Weil mir nichts mehr einfällt«, gab ich zu.

»Ach was!«, winkte er ab. »Man muss nur wollen! Irgendwann hab ich das komponiert: *Berlin, Berlin am Meer, schön wär's wenn's so wär.* Verstehst du? Du musst lernen, aus einer Mücke einen Elefanten zu machen. Beziehungsweise aus nichts Scheiße.«

»Sie meinen, aus dem Gekrächze eines Papageis potenzielle Hits? Wenn das so einfach wäre ...« Obwohl er mich duzte, kam es mir irgendwie nicht in den Sinn, ihn nicht länger zu siezen. Immerhin war er der Weihnachtsmann.

Verdammt, ich fing an, dem Alten auf den Leim zu gehen. Ich sollte nichts mehr trinken, dachte ich, aber der alte Flunkerer hatte schon die nächste Runde bestellt.

»Na gut«, gab er zu. »Die Zeiten sind nicht mehr so gut wie früher, als ich für Freddy am laufenden Band Hits produzierte. Damals tingelte er auf Sankt Pauli herum. Hab ihn in der Washington Bar kennen gelernt. Der war damals genauso verzweifelt wie du. Da hab ich ihm *Heimweh* geschrieben, und Jürgen Roland, der damals als Talentsucher unterwegs war, hat ihn dann für Polydor entdeckt. *Heimweh* war 1956 der meistverkaufte Titel in Deutschland.«

»Sie haben alle Hits für Freddy geschrieben?«, fragte ich erstaunt.

»Nein, nur die größten. Immer, wenn er nicht weiterwusste, kam er zu Otto und mir. *Die Gitarre und das Meer, La Paloma, Junge, komm bald wieder* ... Das waren Zeiten!«

Ich hatte das Gefühl, für einen winzigen Moment hielt die Welt den Atem an. Es war mucksmäuschenstill, als der Alte mit seinem brummigen Bariton zu singen begann: »*Junge, komm bald wieder, bald wieder nach Haus. Junge, fahr nie wieder, nie wieder hinaus* ...«

Selbst Otto hielt ergriffen den Schnabel.

»Warum schreiben Sie denn keine neuen Hits mehr? Warum sitzen Sie stattdessen hier im Weihnachtskostüm in dieser Spelunke herum?«

»Du glaubst mir nicht, was?«. Er funkelte mich genauso böse an wie zuvor sein Papagei. Dann seufzte er. »Otto und ich haben lange genug alle sieben Weltmeere befahren. Und Lieder darüber haben wir auch genug geschrieben. Zumindest ich. Hab keine Lust mehr. Das Business heute ist das reinste Haifischbecken. Außerdem ...« Er sackte zusammen. »... bin ich halb taub. Ich kann Otto kaum mehr verstehen ...«

»Sie meinen, Otto erfindet noch immer Melodien?«

Er nickte. »Hör selbst: Otto, sing dem jungen Mann mal was vor!«

Otto setzte sich in Positur, begann auf einem Bein hin und her zu schaukeln und krächzte: »*Meeer, meeer, Meeeeer* ...«

»Nicht schlecht, was?«, grinste der Alte.

Auch ich fand es in meinem Suffkopf irgendwie gar nicht so übel. »Könnten Sie mir Otto nicht mal ausleihen?«, fragte ich schüchtern.

»So lange du willst«, grinste der Weihnachtsmann. »Allerdings musst du mir vorher was unterschreiben«. Er zog einen Schrieb aus der Tasche, als hätte er nur darauf gewartet.

»Was ist das?«, fragte ich misstrauisch. »Zwei Blätter?«

»Nein, nur eins. Du hast ganz schön einen sitzen, was? Macht aber nichts. Keine Sorge, du trittst mir nur zehn Prozent deiner Tantiemen ab, falls du einen Hit landest. Absolut normal in unserem Business. Und von irgendwas muss ich ja meine Miete im Seemannsheim bezahlen.«

Das sah ich ein, und auch die Sache mit dem Business stimmte. Zehn Prozent waren geschenkt! Er führte mir die Hand, während ich meine Unterschrift unter den Vertrag setzte.

Danach gehörte Otto mir!

Warten Sie auf die Pointe? Es gibt keine. Dafür drei Schlüsse. Einen davon können Sie sich aussuchen:

* * *

Ich kam wieder auf die Beine. Otto und ich wurden gute Freunde. Besonders gut sang er, wenn er zunächst Erdnüsse verspeist hatte. Nach und nach begann ich ihn zu verstehen. All die Lieder über Meer, Heimweh, Wellen, Schiffe und Matrosen. Eines Tages war eines darunter, das ich noch nie gehört hatte. Ein echter Ohrwurm!

Es ging ungefähr so: Woooodiiiie.... Ooostseee ...kchzehc... wellenkrchh trecken ... trecken ...

Dabei kackte er auf die Stange, auf der er saß.

Keine Ahnung, was das Kauderwelsch hieß, aber ich setzte mich hin und schrieb wie im Fieber:

Wo die Ostseewellen schlagen an den Strand
... da ist meine Heimat, da bin ich zu Haus ...

Da hatte ich ihn, den Hit!

Leider wollte keine Plattenfirma mehr was mit mir zu tun haben. Volkslieder seien out, hieß es, und welche über die Ostsee sowieso. Wenn überhaupt, dann müsste ich auf DJ Ötzi machen. Also nahm ich das Ding selbst auf, sogar die Musik spielte ich eigenhändig auf dem Computer ein, unterlegte das Ganze mit einem leichten Beat, sodass man darauf schunkeln wie tanzen konnte, und verscherbelte die Platten selbst.

Der Rest ist Legende: Irgendein Radiofuzzie verliebte sich so in die Platte, dass er sie immer wieder seinen Hörern vorspielte. Die anderen Stationen horchten auf und spielten das Lied ebenfalls. Bald war ich die Nummer eins. Erst im Norden, dann im Rest Deutschlands. Das Ausland folgte. AC/DC machten aus meiner Version eine fetzige Rocknummer, die Nummer eins in den USA wurde. Tourneen auf der ganzen Welt folgten. Meiner Ex zahlte ich die eine Million mit Kusshand. Frauen hatte ich jetzt eh genug.

Sie können hier aufhören zu lesen. Ist es nicht schön, einfach an Wunder zu glauben? Klappen Sie diese Seiten zu mit der Gewissheit, dass uns allen einmal ein Traum in Erfüllung geht.

Wie gesagt, man muss nur fest daran glauben ...

* * *

Wenn Sie weiterlesen, nun gut, es ist Ihre Entscheidung:

Es kam Schlag auf Schlag. Zunächst verschwand Otto. Ich hatte einen Moment nicht aufgepasst, und er war durchs offene Fenster davongeflogen. Alle Suchaktionen halfen nichts. Er blieb verschwunden. Da saß ich nun, und alle Welt wartete auf Hit Nummer zwei. Ich war wie erschlagen und litt unter einer Schreibblockade.

Dann stand eines Tages der Weihnachtsmann vor mir. Im wirklichen Leben hieß er Hugo Sanders, und er wollte seinen Papagei wiederhaben. Hatte er mir den nicht geschenkt? Er verwies aufs Kleingedruckte, worin stand, dass er Otto jederzeit wieder zurückfordern konnte. Im Falle meiner Weigerung drohte mir die Wegnahme meines gesamten Vermögens, das ich seit der Übernahme des Vogels angehäuft hatte. Abgesehen davon, dass ich Sanders noch nicht einmal die zehn Prozent gezahlt hatte.

Dann kamen die Anwälte. Nicht Sanders Anwälte. Die hatten mir irgendwann längst den letzten Cent aus der Tasche und von meinen Konten gezogen.

Es waren die Anwälte, die sich als Vertreter der berechtigten Lizenzinhaber eines Volksliedes ausgaben. Das Lied hieß *Wo die Ostseewellen trecken*, und ich hatte es niemals zuvor gehört. Eine Martha Müller-Grählert soll es 1907 geschrieben haben. Ich gebe zu, es klang ein wenig wie mein eigener Hit.

Können Sie nicht damit leben? Auch das wäre doch noch ein irgendwie versöhnlicher Schlusspunkt, oder? Der Komet war gelandet – das wollten Sie doch lesen, oder? Gut, ich lag am Boden, fertig! Vorhang zu! Die Sache mit Otto kann man so oder so interpretieren: Entweder handelte es sich wirklich um eine Wunderkrähe, und mein Hit erinnerte nur *zufällig* an dieses vermaledeite Volkslied von der Grählert – oder alles, was mir Sanders erzählt hatte, war übelstes Seemansgarn gewesen, und Otto hatte nur nachgekrächzt, was er irgendwann mal aufgeschnappt hatte in seinem hundertjährigen Leben.

Papageien sollen ja sehr alt werden, sagt man.

* * *

Immer noch nicht genug? Gut, Sie sind einer von den ganz Harten. Sie schauen auch noch dorthin, wo es wehtut. Das Ende ist rasch erzählt – kurz und schmerzhaft:

Es war Weihnachten, zwei Jahre später. Ich hatte die letzten Monate unter einer Brücke verbracht. Die klirrende Kälte ließ mich ziellos durch die Straßen torkeln. Ein anheimelndes Licht zog mich geradezu magisch an. Es war dieselbe Kneipe, in der ich vor zwei Jahren Hugo Sanders getroffen hatte.

Das war's doch, dachte ich. Für meine letzten erbettelten Euros würde ich mich noch einmal richtig volllaufen lassen – und dann eine Ehrenrunde im Hafenbecken schwimmen gehen. Das war besser als die andere Variante, mit der ich seit ein paar Wochen schwanger ging. Mein rostiges Taschenmesser hatte ich immer dabei. Ich wusste, wo ich ansetzen musste, damit es schnell vorbeisein würde. Aber schwimmen zu gehen, erschien mir plötzlich eine viel bessere Idee. Wahrscheinlich würde ich das eiskalte Wasser noch nicht einmal spüren ...

Als ich die Tür öffnete, hörte ich bereits die krächzende Stimme. Ich hätte sie sowieso nie vergessen können.

Jingle Bells ... Jingle Bells ... Es war Otto, und er saß auf der linken Schulter eines Weihnachtsmannes, den ich sofort als Hugo Sanders identifizierte. Neben ihm hockte ein ziemlich desillusionierter Siebziger mit weißblondem, akkurat gescheiteltem Haar, tiefschwarzer Sonnenbrille und Rollkragenpullover. Irgendwie kam er mir bekannt vor. Der Mann hatte sicherlich schon bessere Tage gesehen. Und dann fiel bei mir der Groschen: Das war doch Heiko! Der hatte damals einen Schlager nach dem anderen fabriziert. Nicht so mein Ding, aber sicherlich erfolgreich. Was machte der überhaupt hier oben im Norden? Kam der nicht aus der Eifel?

Ich drückte mich in die Ecke, damit mich keiner bemerkte.

»Okay«, hörte ich Sanders beruhigend auf ihn reinreden. »Du hast in letzter Zeit 'ne Menge Pech gehabt. Erst die verkorkste Tournee, dann das Finanzamt. Was du brauchst, ist ein Hit. Was fürs Herz ...«

Der Blonde nickte. Sanders bestellte eine Runde Rum. Dann zog er einen Vertrag aus der Tasche ...

Ich klappte das Taschenmesser auf und stürzte mich auf das Trio. Zunächst schnitt ich Otto die Kehle durch, dann widmete ich mich Hugo.

Er hob abwehrend die Hände. »Jürgen, wir können über alles reden ...«, beschwor er mich, bevor ich auch ihn endgültig zum Schweigen brachte.

Den Blonden ließ ich laufen.

Schneeweißer Tod

von Jürgen Schumacher

Der Brief steckte in meinem Briefkasten. Ohne Absender, nur ein dezenter Werbeaufdruck erinnerte an die Hansezeit Rostocks. Ich riss ihn auf, und zwei Fotos, die an eine Visitenkarte geheftet waren, fielen heraus. Eine deutlich jüngere Ausgabe von mir blickte mich auf dem ersten an, in der schiefergrauen, wattierten NVA-Winterjacke lässig an einen Tatra 813 gelehnt, der neben dem Ortsschild von Rostock stand, inmitten einer Schneewüste. Das zweite Foto zeigte wieder den Tatra, aber diesmal stand eine massige Gestalt davor. Auf eine Schaufel gestützt schaute sie missmutig in die Kamera. Ich erkannte ihn sofort, Titko. Wir begegneten uns zum ersten Mal im Sommer 1978 während der Grundausbildung, und zusammen wurden wir später nach Stavenhagen, eine kleine Stadt im Bezirk Neubrandenburg, versetzt. Im Laufe der Zeit lernten wir uns hassen, und er war der Erste, den ich mit einer Waffe bedrohte.

Die Visitenkarte wirkte wie selbst gedruckt und stammte von einer *Agentur Köber – Informationsbeschaffung aller Art*, mit Sitz in Stralsund. Auf der Rückseite stand in kleiner, zierlicher Handschrift, dass am Sonntag in Stralsund eine Gedenkfeier anlässlich des 30sten Todestages von Theo »Titko« Tilker stattfinden würde. Außerdem wies der Verfasser der Zeilen darauf hin, dass er sich wirklich freuen würde, wenn ich *als ehemaliger NVA-Kamerad* von Titko erscheinen würde, um meine Erinnerungen an ihn mit den anderen zu teilen.

Ich fing an zu schwitzen, lockerte meine Krawatte und starrte auf den Wandkalender, von wo aus mich der kommende Sonntag geradezu ansprang. Normalerweise wäre ich an diesem Samstagmorgen nicht im Büro gewesen. Da ich der Inhaber der Firma war, die hauptsächlich Unternehmen im Bereich Internetsicherheit betreute, blieb mir nicht anderes übrig, wenn Probleme auftraten. Die kurze Nachricht auf meinem Blackberry heute Morgen war eindeutig gewesen und ließ mir keine Wahl. Eigentlich hatte ein ausgedehnter Ausflug mit einer Bekannten auf dem Plan gestanden, aber dieses neue Projekt war zu wichtig und hatte mich meine Pläne ändern lassen.

Mittlerweile war mein Hemd so gut wie durchgeschwitzt, die Raumtemperatur schien gestiegen zu sein. Das Denken viel mir schwer, und nur mit Mühe unterdrückte ich den Impuls, einfach loszustürmen. Eine kurze Recherche im Internet brachte kaum etwas über die Agentur Köber zutage, außer dass sie eben Informationen »aller Art« beschaffte und ihr Büro in der Mönchstraße im Altstadtbereich von Stralsund hatte.

Der Routenplaner versprach mir eine maximale Fahrtzeit von vier Stunden, und dies trug dazu bei, den Entschluss zu fassen, mich umgehend auf den Weg nach Stralsund zu machen. Während der Fahrt kehrte langsam die Erinnerung an die Ereignisse von damals zurück.

Von Anfang an war ich mit Titko aneinandergeraten. Etwas schien ihn an mir zu reizen, ihn geradezu anzuspornen, mir in die Quere zu kommen. Ich wiederum erwiderte dieses herzliche Gefühl der Abneigung, wo ich nur konnte, und so unterstützten wir uns gegenseitig in unserer Privatfehde. Bis zu jenem Tag auf dem Schießplatz. Ich hatte schon scharfe

Munition erhalten, als eine Störung im Ablauf eintrat und ich wieder zurücktreten musste, ohne das Magazin vorschriftsmäßig abzugeben. Am Rand der Schießbahn stand Titko, sah mich und rief mir eine seiner üblichen Bemerkungen zu. Eine seltsame Art von Ruhe durchströmte mich plötzlich, öffnete einen Bereich in mir, in dem anscheinend schon sehr lange etwas gewartet hatte.

Ich führte das Magazin ein, lud durch, entsicherte und richtete die AK 47 auf ihn. Titko, gut einen Kopf größer als ich und bestimmt vierzig Kilo schwerer, schien zu schrumpfen. Er hob wie abwehrend eine Hand und stammelte etwas, das ich nicht verstand. Es war mir egal, und vielleicht wollte ich damals abdrücken, doch Berger, der Kamerad neben mir, drückte langsam den Lauf der Waffe nach unten und schüttelte einfach nur den Kopf. Es reichte, um mich zu beruhigen. Ich wandte mich ab, nahm das Magazin heraus, entfernte die Patrone aus dem Lager, drückte sie wieder in das Magazin und sicherte die Waffe. Kurze Zeit später wurde ich aufgerufen und die Schießübung lief weiter, als wäre nichts passiert. Anscheinend hatte niemand den Zwischenfall mitbekommen, es gab keine Konsequenzen für mich. Von da an ließ Titko mich in Ruhe, er schien geradezu bemüht, keinerlei Missstimmung zwischen uns aufkommen zu lassen.

Weihnachten und Silvester 1978 verbrachte ich in der Kaserne von Stavenhagen. Kurz vorher hatte ich eine intensive Einweisung im Bereich Berge und Räumgeräte erhalten. Gegen Ende des Jahres setzte starker Schneefall ein, der sich zu einer Katastrophe ausweitete. Der Ostseebereich der DDR versank meterhoch in einem weißen Chaos. Züge blieben liegen, die Fernwärmeversorgung in den Städten stand vor dem Zusammenbruch, weil die Braunkohle gefror. Ich gehörte zu einer Abteilung, die im Zuge eines Hilfseinsatzes der

NVA nach Wismar abkommandiert wurde. Ich war mit meinen Kameraden pausenlos im Einsatz, und nach einiger Zeit ging es weiter über Kröpelin, bis an die Stadtgrenze Rostocks. Viel mehr als Schnee sah ich in diesen Tagen nicht. Alles versank in den weißen Massen, durch die wir nur mit Mühe mit unseren Räumfahrzeugen Schneisen zu abgeschnittenen Ortschaften bahnten. Dass Titko auch zu der Abteilung gehörte, hatte ich schnell festgestellt, doch schenkte ich dem keine Beachtung. Das änderte sich, als ich der Räumung der Bahnstrecke Wismar-Rostock zugeteilt wurde und Titko mit zur Besatzung des Tatras gehörte, den ich fuhr.

Wir verbrachten Stunden damit, die Schienen zu räumen, damit die Reichsbahn-Lok, vor die eine altertümliche Schneefräse gekoppelt war, überhaupt vorankam. Mit der Dämmerung setzte wieder Schneefall ein. Nach einiger Zeit fiel mir auf, dass sich außer mir nur noch Berger und Titko in der Nähe der Fräse befanden. Titko schaute zu mir herüber, grinste und sagte etwas, das ich aber in dem Lärm, den die Fräse machte, nicht verstand. Er schien auf eine Reaktion von mir zu warten, kam dann auf mich zu und versetzte mir ansatzlos einen Stoß. Überrascht taumelte ich zurück, geriet ins Stolpern, fing mich wieder und steckte einen Hieb mit der Faust ein, der mich endgültig zu Boden schickte. Mit der Schaufel, die ich noch umklammerte, versuchte ich einen weiteren Angriff von Titko abzuwehren, aber er riss sie mir mühelos aus den Händen. Ich rollte mich zur Seite, und er versetzte mir einen Schlag mit dem Schaufelstiel, der mich an der linken Schulter traf. Für einen Moment verlor ich die Orientierung. Ich kroch ein Stück durch den Schnee, versuchte mich aufzurichten, was mir mühsam gelang, und erwartete einen erneuten Angriff. Doch Titko stand nur da, schien die Situation zu genießen. Verschwommen sah ich im dämm-

rigen Schneetreiben die Umrisse der Lok, die im Schritttempo die Fräse vor sich herschob. In meiner Tasche spürte
ich mein altes Klappmesser, das ich ständig mit mir herum-
trug. Nicht gerade die ideale Waffe mit seiner kurzen Klinge,
aber in diesem Moment war mir das egal. Langsam bewegte
ich mich auf Titko zu, der mit einem spöttischen Grinsen die
Schaufel hob. Direkt vor ihm ließ ich mich auf die Knie fallen,
rammte ihm die Klinge des Messers in den linken Oberschenkel und zog es mit einem Ruck nach unten.

Er schrie auf, machte einen Schritt nach hinten, knickte ein
und fiel auf die Gleise, nur wenige Meter vor den Walzen der
Fräse, die sich unaufhaltsam näherte. Er versuchte sich hoch-
zustemmen, schaffte es nicht, streckte eine Hand in meine
Richtung, fast wie damals auf dem Schießplatz. Dann verschwand für einen Moment alles unter einer Woge infernali-
schen Lärms. Auch Titko verschwand. Verwandelte sich in
eine rötliche Schneewolke, die sich in der Dunkelheit auflöste.

»Du verdammtes Schwein. Du hast ihn einfach umgebracht.«
Berger stand fassungslos neben mir. Starrte auf die Stelle, wo
sich vor wenigen Augenblicken Titko befunden hatte.

Ich hielt noch das blutige Messer umklammert und das
sprach nicht gerade für die klassische Notwehrsituation.

»Ich werde dich melden. Dafür gehst du für immer den Knast.«

Er hatte recht. Wie sollte ich das erklären? Auf keinen Fall
wollte ich einen Teil meines Lebens im Gefängnis verbringen.
In diesem Moment traf ich eine Entscheidung. Zwei Leben
zum Preis von einem. Schreckliche Unfälle passieren, und ich
musste damit leben.

Berger seufzte kurz, als ich ihm die Klinge direkt ins Herz
stieß. Ich zerrte ihn hinter der Fräse her, dann folgte er Titko
nach.

Ich verließ die Autobahn 20 vor Rostock und fuhr auf der B 105 in Richtung Stralsund. Dreißig Jahre verändern eine Landschaft, aber am meisten schien die Zeit nach der Wende bewirkt zu haben. Ich konnte mich an die Alleen erinnern, die es damals gegeben hatte und die anscheinend ebenso wie die alten, sehr rustikalen Straßen der modernen Verkehrsplanung gewichen waren.

Anfang 1980 hatte ich die DDR verlassen, über Ungarn mit einem westdeutschen Pass, der mich mein letztes Geld kostete. Nach dem Zusammenbruch der DDR hatte ich kurz daran gedacht zurückzukehren, aber diesen Gedanken schnell verworfen. Alles, was mit dieser alten Geschichte zusammenhing, war von mir sehr erfolgreich verdrängt worden. Es hatte damals keine Konsequenzen für mich gegeben. Die Sache war anscheinend als tragischer Unfall unter vielen behandelt worden.

Am späten Nachmittag erreichte ich Stralsund, verfuhr mich und machte ungewollt eine längere Stadtrundfahrt, bei der ich mehrmals unter den beeindruckenden Pfeilern der neuen Rügenbrücke landete, bis ich schließlich die Mönchstraße fand. Ich stellte den Wagen ab und machte mich auf die Suche nach Köbers Agentur. Beim ersten Mal lief ich vorbei, bis mir gegenüber des Katharinenklosters ein kleines Schaufenster neben einem Torbogen mit einer roten Tür auffiel. Auf einigen anscheinend selbst gedruckten Plakaten bot die Agentur Köber ihre Dienste zur Beschaffung von *Informationen aller Art* an. Wenn man den Aussagen trauen durfte, war sie in anscheinend in der Lage, Personen und verlorene Daten innerhalb kürzester Zeit ausfindig zu machen. Die Plakate waren vergilbt, und in den Ecken des Schaufensters sammelte sich der Staub.

Ich probierte die rote Tür, gelang in einen kleinen Hinterhof und stand vor einem Anbau, an dessen Tür ein Zettel verkündete, dass es hier zum *Office* der Agentur Köber ging. Ich trat ein und befand mich in einer schmuddligen Bude, mit einigen verbeulten Aktenschränken aus Metall an den Wänden.

Hinter einem wuchtigen Schreibtisch, der den Rest des Raums fast zur Gänze füllte, saß ein untersetzter, schwammig wirkender Mann, dessen Alter ich nur schwer schätzen konnte. Er bearbeitete die Tastatur eines Laptops mit beachtlicher Geschwindigkeit, grunzte eine Art Begrüßung, als er mich sah, ließ sich aber sonst nicht weiter stören. Zwischen einigen Postern von Bogart im Trenchcoat hing ein Plakat in Schwarz-Rot-Gold mit dem Fahneneid der NVA. Ein Geruch nach Tabakrauch hing in der Luft. Erst dann bemerkte ich die qualmende Zigarette in dem geschmacklosen Aschenbecher aus Metall, der wie ein Anker geformt war. Ich hielt Köber seine Visitenkarte hin.

Er nahm sie, drehte sie herum, überflog kurz den Text und lehnte sich lässig in seinem Stuhl zurück, warf die Karte auf den Tisch. »Und, was wollen Sie?«

»Auskünfte. Ist doch Ihr Metier.«

Er schüttelte den Kopf. »Sie verwechseln da etwas. Ich bin nur der Bote gewesen.«

Ich hatte keine Lust auf ein Quiz mit einem übergewichtigen Datensammler. Ganz im Gegenteil. Ich wollte endlich eine plausible Erklärung.

Nur mit Mühe unterdrückte ich den Impuls, loszubrüllen. »Was ist mit Titko?«

Er schüttelte wieder den Kopf, diesmal unterstützt von einem Schulterzucken, was mein Bedürfnis, ihm in sein feistes Gesicht zu schlagen, nur steigerte.

»Vielleicht sagt Ihnen Tilker mehr.«

»Ja, den Namen hat er erwähnt.«

»Er?« Ich beugte mich vor, stützte mich dabei auf den Schreibtisch. »Wenn Sie nur der Bote waren, warum sagen Sie mir nicht, wer hinter dieser Nachricht steckt?«

Es gab wieder keine Reaktion, und so langsam verlor ich die Reste meiner Geduld. Ich packte den Aschenbecher, ließ ihn auf die Tischplatte krachen, sodass der Laptop einen Satz machte.

»Nur die Ruhe.« Köber schnaufte. »Wie ich schon sagte, ich bin nur der Überbringer der Nachricht. Es gibt da jemanden, der Ihnen die Zusammenhänge viel besser erklären kann.« Er machte eine Handbewegung zur Tür. »Hinten im Hof geht es runter zum alten Luftschutzbunker des Blocks. Ich benutze einen der Räume als Aktenlager, dort werden Sie schon erwartet. Ist nicht zu verfehlen, steht groß *Köber* an der Tür.«

Einen Moment zögerte ich. Diese Wendung des Geschehens gefiel mir nicht besonders. Ich bedachte Köber mit einem ernsten Blick und verließ das Büro. Die angerostete, graue Stahltür am anderen Ende des Hofs war nur angelehnt und bewegte sich mit gut geölten Scharnieren.

Eine breite Betontreppe führte nach unten in eine Art Vorhalle, von der wieder schwere Eisentüren abgingen. Das Pappschild mit Köbers Namen war nicht zu übersehen, und als einzige der Türen war sie nur angelehnt. Ich zog sie auf und trat ein. Der Raum war nur spärlich beleuchtet von einer schwachen Birne, die an einem Kabel von der Decke hing. Ich konnte Regale an den Wänden erkennen, einen Stuhl und einen Tisch, auf dem ein Ordner lag. Kurz zögerte ich, dann trat ich näher und hinter mir fiel die Tür mit einem eigenartigen, saugenden Geräusch zu.

Ehe ich reagieren konnte, trat ein älterer Mann aus dem Zwielicht, das ihn bis jetzt verborgen hatte, und richtete eine Pistole auf mich.

134

»Schön, dass Sie gekommen sind.« Er kam mir entfernt bekannt vor, aber mir fiel kein Name ein.

»Haben Sie eine Ahnung, wer ich bin? Aber vielleicht erinnern sie sich an meinem Bruder. Sie sind ihm einmal begegnet. Gefreiter Berger.«

Jetzt wusste ich, wem ich da gegenüberstand. Titko spielte bei dem Ganzen überhaupt keine Rolle. Dreißig Jahre hatte ich Ruhe gehabt, konnte mein Leben ohne Komplikationen führen, und nun brach an einem Tag scheinbar alles zusammen. So wie es aussah, war ich in eine Falle gestolpert.

Bergers Bruder brach in ein bellendes Husten aus, das seinen Körper schüttelte. Berger hatte manchmal von ihm erzählt, Bilder gezeigt. Wie hieß er gleich? Paul? Erwin? Mir fiel es nicht ein. Er hielt weiterhin die Pistole auf mich gerichtet.

»Lungenkrebs, zu viele Zigaretten, seitdem ich sie suche.« Seine Stimme klang eigenartig knarzend. Er bemerkte meinen Blick. »Vergessen Sie es. Die Tür kann nur von außen geöffnet werden, und Köber fährt noch heute in seinen verdienten, langen Urlaub. Also lassen sie uns die verbleibende Zeit nutzen.« Mit der Waffe deutete er auf den Tisch mit dem Ordner. »Lesen Sie. Dann erspare ich mir den Monolog und schone meine Stimme.« Er hustete wieder, und es hörte sich wie ein verunglücktes Lachen an.

Der Ordner trug sinnigerweise die Aufschrift *Schnee*.

Als Erstes las ich die alten Unfallprotokolle der NVA und der damaligen Volkspolizei, die nicht viel hergaben, nur dass es zwei Tote gegeben hatte, aber zwischen den Zeilen schwang schon ein gewisser Verdacht gegen mich mit. Interessanter waren da die Unterlagen der Staatssicherheit. Dort wurde wesentlich ausführlicher über diesen Vorfall berichtet. In diesem Zusammenhang spielte meine sogenannte Republikflucht, kurze Zeit nach diesen Ereignissen, eine nicht unerhebliche Rolle, aber letztlich hatten sich keine konkreten Beweise gegen mich ergeben. Dann stieß ich auf die Unterlagen, die Bergers Bruder selbst zusammengetragen hatte: erst als Leutnant bei der Kripo der Volkspolizei und dann nach der Wiedervereinigung als Kommissar bei der Kripo Stralsund. Er hatte nicht an den Unfalltod seines Bruders geglaubt und mit Akribie versucht, die vielen Widersprüche in den Akten und Aussagen zu lösen. Erst nach dem Ende der DDR konnte er seine privaten Ermittlungen ausdehnen. Er brachte es bis zum Kriminalhauptkommissar, arbeitete all die Jahre verbissen daran, den Tod seines Bruders aufzuklären. Durch mein promptes Erscheinen hatte ich für ihn die letzten Zweifel an meiner Schuld aus dem Weg geräumt.

Ein erneuter Hustenanfall ließ mich aufsehen.

Berger sah mich an, dann zog er ein Kästchen aus seiner Tasche, das wie eine Fernbedienung aussah.

»Ich habe nicht mehr lange, sagen jedenfalls die Ärzte. Und ich wollte nicht gehen, ohne diese Sache mit ihnen geklärt zu haben.«

»Was wollen Sie? Soll ich ein Geständnis ablegen?«

»Nein. Jetzt nicht mehr.«

Wieder ein Husten, doch die Pistole hielt mich auf Distanz.

»Ich könnte sie erschießen, aber gestatten sie mir etwas Theatralik.« Berger drückte auf seine Fernbedienung und ich hörte aus einer Ecke des Raumes ein zischendes Geräusch.

»Kaliumcyanid und Schwefelsäure. Wirkt schnell. Einfach tief einatmen.«

Er lächelte, als er starb, aber es galt nicht mir, vielleicht dachte er an seinen Bruder.

Viel Zeit bleibt mir nun nicht, um den Rest dieser Geschichte in meinen Blackberry zu tippen, vielleicht die Dauer eines Atemzugs.

Das Haus im Lieper Winkel

von Zoe Beck

Annika Bartels warf wütend ihr Handy in den Fußraum des Beifahrersitzes. Dann blieb sie mit verschränkten Armen sitzen, um sich zu beruhigen.

Sie schaffte es nicht.

Von draußen klopfte Marten Köhler gegen die Scheibe und sah sie fragend an. Der Ruck, mit dem sie die Fahrertür ihres BMWs aufstieß, ließ ihn zurückstolpern.

»Woa, langsam, Bartels. Du weißt, dass du eben geblitzt worden bist?«

Auf der Kastanienallee zwischen Rankwitz und Liepe, sie war weder blind noch dämlich. »Wo ist er?«, fragte sie beim Aussteigen, ohne Köhler anzusehen.

Köhler war zwar hinter ihr gefahren, aber er hatte trotzdem schon mit den Kollegen in Uniform vor Ort gesprochen, weil sie noch mit ihrer Schwester telefoniert hatte. Jetzt folgten sie einer Uniform zum Eingang der turmlosen Kirche.

»13. Jahrhundert«, musste Köhler unbedingt klugscheißen. »Der Glockenstuhl steht neben ...«

»Wo ist er?«, wiederholte sie genervt und sah sich auf dem alten Friedhof der Dorfkirche um: moderne Skulpturen von der rostigen Sorte zwischen alten Grabsteinen. Das gefiel ihr.

Köhler hielt ihr die Tür auf. »Hier lang.«

»Ist er *in* der Kirche?«

Köhler nickte und wollte noch etwas sagen, verzichtete aber lieber, als er ihr Gesicht sah.

»Wie geschmacklos«, murmelte sie, und er würde noch ein paar Tage darüber nachdenken, ob sie ihn oder den Mörder meinte.

Die Lieper Dorfkirche war ein winziges altes Ding aus Feld- und Backsteinen. Innen ein paar mittelalterliche Fresken und ein bisschen barockes Mobiliar. Auch das gefiel ihr.

»Verdammt noch mal«, entfuhr es Köhler, als er über ihre Schulter auf die Leiche sah.

»Köhler«, tadelte sie desinteressiert und richtete ihren Blick nun ebenfalls auf den Toten. Jemand hatte ihm die Kehle aufgeschnitten. Vor dem Altar. Und ihn liegen lassen. Die ganze Komposition hatte etwas Poetisches, besonders durch die weiß gekleideten Kriminaltechniker, die mit sakraler Leichtigkeit und scheinbar geräuschlos ihre Arbeit machten.

»Dürfen wir schon?«, fragte Annika einen der Techniker. Er nickte und bedeutete ihr, dass der Mittelgang freigegeben war. Sie ging bis zur Absperrung auf den Toten zu. »Woher kenn ich das?«, fragte sie mehr sich als Köhler, was ihn allerdings nicht daran hinderte, ihr zu antworten.

»Du meinst, du kennst *ihn*?«

Sie schüttelte den Kopf. »Nicht *ihn*. Das ganze *hier*.«

»Na ja, du warst doch als Kind in Liepe. Hast du nicht mal gesagt, dein Vater hätte hier ...«

»Nicht *Liepe*! Ich meine das Ganze *hier*. Toter Mann, aufgeschlitzter Hals, Altar ...«

Köhler riss die Augen auf. »So was gab's schon mal?«, flüsterte er. »Also du meinst ... ein Serienkiller?«

Sie kniff die Augen zusammen und rieb sich den Nasenrücken zwischen Daumen und Zeigefinger. »Ja. Bei P. D. James. Aber frag mich jetzt nicht, wie das Buch heißt.«

Köhler beruhigte sich wieder, aber nur kurz. »Also du meinst, jemand bringt Leute nach literarischen Vorbildern um?« Er winkte den Techniker zu sich, der die Fotos machte. »Aufnehmen. Alles!«

Annika verdrehte die Augen und verließ die Kirche.

* * *

Beim Toten waren keine Papiere gefunden worden, und im Dorf erkannte keiner den Mann, als sie Fotos von ihm herumzeigten. Muss ein Tourist gewesen sein, hieß es.

»Hat man einen Wagen gefunden? Er sah nicht so aus, als wäre er mit dem Fahrrad unterwegs gewesen.« Sie saßen im Rankwitzer Hof und aßen zu Mittag.

Peters von der Polizeistation Usedom schubste seine Uniformmütze auf der Tischdecke herum. »Warum nicht mit dem Fahrrad?«, fragte er und versuchte, kritisch auszusehen.

»Weil er einen Anzug trägt«, versuchte es Annika im Guten. »Und rahmengenähte Schuhe für fünfhundert Euro. Deshalb glaube ich, dass irgendwo sein Wagen herumstehen muss. Und ich glaube auch, dass es ein eher großer und neuer Wagen ist.«

»Mhm«, machte Peters, starrte in seine Cola und versuchte weiter, kritisch auszusehen.

»Ich *meine* ja nur«, verteidigte sie sich.

»Ja. Klar. Kripo. Wir hier verstehen ja nichts von solchen Sachen.«

Sie schob den Rest ihres Steinlachses an Petersilienkartoffeln zur Seite. »Machen Sie mich jetzt persönlich dafür verantwortlich, dass bei einem Mord nun mal die Anklamer Kripo zuständig ist und nicht Sie?« Sie schüttelte den Kopf. »Ich brauche Sie, das wissen Sie. Sie kennen hier jeden.«

Er kippte das halbe Glas Cola in sich hinein, versuchte nicht zu rülpsen und nickte verkniffen. »Bartels«, sagte er schließlich und schielte an ihr vorbei. »Sind Sie zufällig verwandt mit den Bartels, die früher in Warthe gewohnt haben? Riesiges Anwesen, steht jetzt leider seit dreißig Jahren leer. Zwei Töchter hatte der alte Bar...«

»Wenn ich hier jemanden kennen würde, bräuchte ich Sie nicht«, unterbrach sie ihn scharf. »Also. Wer hat ihn gefunden? Nicht der Pfarrer, wenn ich das richtig verstanden habe.«

Peters schüttelte den Kopf. »Der Schulz hat ihn gefunden. Der ist zugezogen. Maler aus Westdeutschland. Sagt er jedenfalls. Spricht auch ganz anders, und manchmal ...«

»Der Schulz hat ihn also gefunden«, erinnerte sie ihn.

»Auf seiner Joggingrunde, gegen halb zehn. Der rennt jeden Morgen quer durch den Lieper Winkel.«

»Und macht Klimmzüge in der Kirche oder was?«

Peters zog die Augenbrauen hoch. »Liegestützen.«

Und sie hatte geglaubt, sie mache einen Scherz. »Die sind dann wohl heute ausgefallen«, bemerkte sie trocken. »Was weiß man über diesen Schulz?«

Der schlecht gelaunte Peters winkte ab. »Wie gesagt: Zugereist.«

»Aber wohnt in Liepe?«

»In Warthe. Nordwestlich von Liepe.« Er sah sie an, als warte er auf eine Reaktion, die nicht kam.

»Und niemand hat irgendetwas gehört oder gesehen?«, fragte sie stattdessen. »Auch Schulz nicht?«

Peters schüttelte den Kopf und trank den Rest Cola aus seinem Glas.

Der Mord musste geschehen sein, kurz bevor Schulz den Toten gefunden hatte. Keine Stunde vorher, denn vom Pfarrer hatte Köhler erfahren, dass der die Kirche um acht aufgeschlossen hatte. Was machte ein Kerl im teuren Anzug mitten in der Woche um diese Zeit auf der Insel? Geschäfte. Von weit her konnte er nicht gekommen sein, es sei denn, er hatte hier in der Nähe übernachtet.

* * *

Die Identität des Toten stand am frühen Abend fest. Um Zeit zu sparen hatte Annika zwei halbwegs vorzeigbare Portraits des Toten an die Fünf-Sterne-Hotels der Kaiserbäder gemailt. Sie hatte recht behalten: Rainer Wolf, Anlageberater aus Hamburg-Othmarschen, hatte ein Zimmer im *Kaiserhof* in Heringsdorf. Seine schwarze Mercedeslimousine (getönte Scheiben, Hamburger Kennzeichen) fanden sie allerdings nicht.

»Polen«, wusste Peters und wippte auf seinen Fußballen, während er mit Annika vor dem Hotel stand und auf das Meer sah. »Die Polen haben bestimmt seine Karre geklaut. So ein Mercedes geht immer.«

Annika runzelte die Stirn. »Aber da müsste man doch erst bis runter nach Stettin fahren, um über die Grenze zu kommen? Wäre das nicht ein bisschen auffällig, mit so einem Wagen quer über die Insel?«

Peters sah sie an, als hätte er selten so etwas Dämliches gehört. »Die haben Mittel und Wege. Und so ein Mercedes geht immer.« Er hörte auf zu wippen und hob den Zeigefinger. »Bestimmt hat die Autobande ihn auf dem Gewissen. Und zwar so: Sie stehlen den Mercedes. Er überrascht sie dabei. Sie bringen ihn um und fliehen mit dem Wagen.« Zufrieden sah er sie an.

»Mja«, machte Annika und versuchte sich an das letzte Seminar zum Thema Mitarbeitermotivation zu erinnern.

»Man muss in alle Richtungen offen sein, bei so einer Ermittlung.« Jetzt fing auch noch Peters mit Klugscheißen an.

Musste an ihr liegen, dass alle um sie herum früher oder später zu Klugscheißern wurden.

»Anwohnerbefragung in Liepe nach dem Mercedes. Und ich will diesen Schulz selbst sprechen«, sagte sie und malte Kreise mit ihrer Fußspitze in den Sand.

Peters schob die Hände in die Taschen seiner Uniformhose. »Bestimmt die Polen«, murmelte er und nickte der Ostsee zu.

* * *

Von dem Häuschen, das sich Schulz in Warthe gekauft hatte, sah man direkt auf den Peenestrom und mitten in die untergehende Sonne. Das gefiel ihr. Schulz auch. Er war Ende vierzig, sehr attraktiv und wusste es. Malte Bilder, die aussahen, als könnte man sie teuer verkaufen. Stilisierte Köpfe und Körper, alles dunkel auf dunklem Hintergrund, und über die gesamte Leinwand dann Schriftzüge in Gold oder Silber. Englisch, Französisch. Als hätte jemand auf eine noch viel größere Leinwand Gedichte geschrieben, und Schulz hätte sie wahllos ausgeschnitten und seine Bilder unter die Schrift gemalt.

»Was kostet so was?«, fragte sie und zeigte auf etwas vornehmlich Blaues.

»Das ist ein Schnäppchen. Zehntausend unter Freunden. Haben Sie Interesse?«

Annika rieb sich das Kinn. »Sind Ihre Bilder so teuer, weil sie besonders viele oder besonders wenige Käufer haben?«

Er lächelte. »Besonders viele.«

»Und die Inspiration kommt hier besser als anderswo?«

»Im Moment schon. Vorher musste es London sein, mittendrin. Davor New York, auch mittendrin. Jetzt brauche ich ganz weit außerhalb statt mittendrin. Am liebsten hätte ich mir das Haus dort drüben gekauft.« Er zeigte das Ufer hinauf in Richtung Achterwasser. Das Haus passte gar nicht in die Gegend: Er war dreimal so groß wie die anderen Häuser. »Steht immer noch leer. Aber der Besitzer wollte es damals nicht verkaufen. Wegen seiner Töchter, hieß es.«

Sie wechselte das Thema. »Sie waren also joggen.«

Schulz beschrieb ihr mit der Detailverliebtheit eines Malers, was er auf seiner Runde durch Liepe beobachtet hatte: unterm Strich nichts. Das ganze Dorf hatte sich nicht gerührt, als er wie jeden Morgen kurz nach neun die Hauptstraße entlanggelaufen war. Ob es normal war? Er dachte darüber nach und entschied: Ja, es war nie viel los um diese Zeit. Höchstens dem Postboten begegnete er manchmal. Heute aber nicht. Und Merle Wiedner, die in Quilitz eine Ferienwohnung vermietete, traf er üblicherweise auf dem alten Friedhof, weil dort eine ihrer Skulpturen stand. Sie grüßten sich dann kurz. Wiedner hatte sich, wie er andeutete, einmal Hoffnungen auf ihn gemacht – zwei verwandte Künstlerseelen. Doch Schulz hatte die Verwandtschaft nicht so intensiv gespürt wie sie. Sagte er.

»Sind Ihnen Geräusche aufgefallen?«, fragte Annika weiter. »Ein wegfahrender Wagen? Stimmen?«

Schulz schloss die Augen, schüttelte dann mit Gewissheit den Kopf. Nichts. Außer Vogelgezwitscher. Vielleicht das Klappern eines Storchs. Vielleicht der Schrei eines Hahns.

»Und es ist immer so ruhig?« Sie lächelte, um ihn nicht zu sehr zu verunsichern. »Das muss himmlisch sein.«

»Es kann so ruhig sein, wenn man ein Zeitfenster erwischt, in dem niemand spricht, kein Motor läuft, keine Musik an ist«, antwortete er, in ihren Augen viel zu nachdenklich.

Sie hatte das Gefühl, dass er sich gerade genau dieselben Gedanken machte wie sie.

* * *

143

Am nächsten Tag kam dann die Müllabfuhr nach Liepe. Annika hatte die Richterin anbetteln müssen, um die Genehmigung zu bekommen, noch vor dem Eintreffen der Müllwagen sämtliche Abfalltonnen im ganzen Ort durchsuchen zu lassen.

»Nur die Tonnen«, hatte die Richterin ihr eingeschärft, und genau das hatte Annika an die bedauernswerten Kollegen, die zum Wühlen eingeteilt waren, weitergegeben.

Sie machte sich Hoffnungen auf die Mordwaffe. Oder blutige Kleidung. Der Täter hatte den Mord ja kaum nackt begangen. Warum niemand von den rund hundertfünfzig Liepern eine blutbeschmierte Gestalt gesehen hatte, konnte sie sich nicht erklären. Oder doch so: Sie stehlen den Mercedes. Er überrascht sie dabei. Sie bringen ihn um und fliehen mit dem Wagen?

Sie fanden nichts in den Lieper Tonnen. Die ganze Müllaktion war umsonst gewesen. Aber wenigstens bekam sie am Mittag alle Informationen über Rainer Wolf. Seine Lebensgefährtin war aus Hamburg eingetroffen und wartete vor Annikas Büro bei der Anklamer Polizei. Das große, moderne Gebäude schien die Frau weder zu beeindrucken noch zu beruhigen. Sie weinte ohne Unterbrechung und konnte sich nicht vorstellen, dass irgend jemand etwas gegen ihren Rainer gehabt haben könnte. Er tat nichts Schlimmes. Er half den Menschen nur, ihr Geld besser anzulegen. Er hatte immer so gute Ideen für Geldanlagen.

»Er hatte noch nie Pech? Kein Kunde, der durch ihn Geld verloren hat?«

Nein, nicht durch Rainer, auf keinen Fall. Sein geschätztes Privatvermögen lag, Immobilien eingerechnet, bei sieben Millionen. Was machte so ein Mann morgens zwischen acht und neun in Liepe? Was brachte ihn um diese Uhrzeit in diesem Dorf um? Annika stellte ihr diese Fragen nicht. Sie fragte lieber nach dem Testament.

»Er war doch gerade mal vierundfünfzig«, weinte die Frau, deren Namen Annika immer wieder aufs Neue nachsehen musste, weil er so banal war: Julia Schmidt. Dreißig Jahre alt. Schlank und blond. Sicher wegen des Geldes mit ihm zusammen gewesen. Aber nicht wegen des Geldes zur Mörderin geworden. Sie profitierte mit keinem Cent von seinem Tod. Da es ihres Wissens kein Testament gab, erbte der Sohn aus erster Ehe. War hier ein Motiv? Ein junger Mann, der nicht warten wollte, bis die beste Zeit seines Lebens zum Geldausgeben vorbei war ...

»Seine Exfrau ist viel vermögender als Rainer es jemals war«, schluchzte (wie hieß sie doch gleich) Schmidt.

Aber eine reiche, lebendige Mutter garantierte noch kein eigenes Vermögen. Hingegen ein reicher, toter Vater ... Noch sah Annika den Silberstreif am Motivhorizont, als ihr die Frau erklärte, dass der Sohn querschnittsgelähmt sei. Seit seinem elften Lebensjahr. Ein Sportunfall im Skiurlaub. Daran war die Ehe zerbrochen. Schlimme Geschichte.

»Was hatte Herr Wolf denn auf Usedom zu tun?«, fragte sie Julia Schmidt zwischen zwei lauten Schnäuzern.

»Investitionen«, jammerte diese. »Ein Wellnesscenter. Er hatte die Pläne schon fertig und wollte es zum größten Teil selbst finanzieren. Andere Investoren hatte er noch nicht angesprochen.«

»Hatte er schon Land gekauft?«

Die verheulte Frau nickte und schüttelte zugleich den blonden Kopf. »Deshalb ist er doch hingefahren!«

Annika lehnte sich zurück. »Ihr Freund ist nach Usedom gefahren, um Land zu kaufen?«

»Um die Verträge zu unterzeichnen.«

»Wissen Sie, wo auf Usedom er Land kaufen wollte?«

»Natürlich. Da in der Nähe, wo Sie ihn ...« Sie brachte den Satz nicht zu Ende. Annika fischte das dritte Päckchen Taschentücher aus ihrem Schreibtisch.

Ein Anlageberater kaufte Land im Lieper Winkel, um ein Wellnesscenter zu bauen. Im Lieper Winkel. Der als Geheimtipp galt, als Tagesausflugsziel für die Touristen, die sich ansonsten hauptsächlich in den Kaiserbädern tummelten. Das konnte den Bewohnern nicht gefallen. Die liebten ihre Ruhe. Nicht nur um neun Uhr morgens, wenn Schulz seine Runde joggte.

Nachdem Julia Schmidt gegangen war, starrte Annika noch eine Weile aus dem Fenster, bis sie von dem hellen Sonnenlicht nur noch rote Kreise sah. Dann rief sie Peters an.

* * *

Köhler hatte noch schlechte Laune vom Mülltonnendurchwühlen. »Verbranntes Papier?«, schrie er sie an. »Ja bin ich denn blöd? Oder du? Erst sollen wir nach blutiger Kleidung und blutigen Messern suchen, und jetzt nach verbranntem Papier?«

Sie zuckte die Schultern und wartete auf Peters, der betont langsam auf sie zugeschlurft kam.

»Da weiß ich nichts von«, sagte er, als sie ihn auf mögliche Landverkäufe ansprach. Sie war mit ihm zur alten Dorfkirche gegangen. Gerade kamen sie an einer der rostigen Skulpturen vorbei, die von einer nicht mehr ganz jungen Frau dezent umarrangiert wurde. Merle Wiedner, dachte Annika.

»Ach nein? Da sollten Verträge unterzeichnet werden. Da muss doch was gelaufen sein.«

»Das kann ich mir nicht vorstellen. Wer soll denn so was machen?« Peters gab sich betont erstaunt.

Sie zuckte die Schultern. »Das frag ich Sie.«

Peters zog die Augenbrauen hoch. »Vielleicht hat Ihr Namensvetter verkaufen wollen. Der Bartels soll ja schwer krank sein. Und seine Töchter sind wohl bis aufs Blut verfeindet. Wer weiß, vielleicht hat er sich gedacht: Verkauf ich doch, dann wird das Geld aufgeteilt, bevor sie sich gegenseitig deshalb umbringen.«

»Ach, sie wollen beide das Haus?«, hakte Annika nach.

»Oder will es keine von ihnen?«, hakte Peters nach.

Annika hob die Hände, wie um ihn abzuwehren. »Ich habe irgendwie das Gefühl, dass wir keinen Schritt weiterkommen, wenn Sie die Befragungen hier durchführen.«

Peters schob die Hände in die Hosentaschen, legte den Kopf schief und sah sie an. Ohne mit der Wimper zu zucken.

Sie starrte zurück. Nach einer halben Minute sagte sie: »Das ist eine verdammt durchsichtige Sache, das alles.«

Er blinzelte immer noch nicht. »Ach ja?«

Merle Wiedner, das spürte Annika, hörte gespannt zu, was sie da besprachen.

»Ich weiß, was hier passiert ist, Kollege Peters. Ich weiß, dass jemand von hier Rainer Wolf umgebracht hat, und dass alle anderen im Dorf, inklusive Ihnen, davon wissen. Deshalb will niemand etwas bemerkt haben. Deshalb war weit und breit niemand auf der Straße, als Schulz zum Joggen herkam. Schulz sollte ihn finden, nicht wahr? Sie haben Wolf unter einem Vorwand in die Kirche gelockt, richtig? Was haben Sie ihm gesagt? Dass der Pfarrer ihn sprechen wollte? Den Rest haben sie so clever arrangiert, dass es keine Spuren mehr gibt. Den Wagen haben Sie längst über die Grenze bringen lassen. Gut, vielleicht ging Ihnen die Identifizierung von Wolf ein bisschen zu schnell, aber wirklich Angst mussten Sie nicht haben. Ich bin sicher, Sie haben an alles gedacht.«

Sie starrten sich weiter an. Peters verzog keine Miene. Lediglich für den Bruchteil einer Sekunde glitt sein Blick zu einem Punkt hinter ihr. Annika drehte sich um: Merle Wiedner war verschwunden. Über dem Friedhof lag eine betörende Stille. Nur die Vögel waren zu hören. Und das Klappern eines Storchs in der Ferne.

»Sie sagt den anderen Bescheid, nicht wahr?«

Peters sagte kein Wort. Sie hörte Köhler nach ihr rufen, aber sie antwortete nicht.

»Was haben Sie vor?«, fragte Annika leise.

»Nichts«, sagte Peters.

»Wo sind Wolfs Verträge?«

Er zuckte die Schultern, und sie zog ihr Handy aus der Hosentasche. »Soll ich meinen Vater anrufen? Er hat bestimmt ein Duplikat des Vertrags.«

Peters schüttelte den Kopf.

Sie dachte nach, dann fiel ihr die Antwort ein. »Verstehe. Der Notar. Auch einer von Ihnen.«

Keine Reaktion.

Vom Dorf kam Köhler angaloppiert.

»Abbruch«, sagte er ganz außer Atem. »Die haben den Mercedes von Wolf in der Nähe von Stettin gefunden. Also doch Autoklau mit Todesfolge.«

»Nein!«, rief Annika entrüstet. »Das glaub ich nicht!«

»Hör mal bitte zu, Bartels. Die Techniker haben weder in noch um die Kirche herum brauchbare Spuren gefunden. Die Befragungen haben auch nichts ergeben. Was willst du also noch? Außerdem sagt der Chef, wir sollen damit aufhören, den Leuten grundlos durch die Vorgärten zu trampeln.«

Annika drehte sich um, doch Peters war verschwunden. »Das kann doch alles nicht wahr sein!«

Wütend trat sie gegen Wiedners rostige Skulptur. Ein Metallteil löste sich ein wenig, und jetzt sah sie, was sie die ganze Zeit gesucht hatten, sah die Mordwaffe, ein messerscharfes Metallstück, das in der Skulptur von Merle Wiedner eingeklemmt war. Es hatte sich den entscheidenden Millimeter gelöst, als sie dagegengetreten hatte. Dieser Millimeter glänzte metallisch, während der Rest dunkelrot vom Rost schien. Annika beugte sich vor, um es besser sehen zu können. Dann zog sie ein Taschentuch aus ihrer Tasche und fuhr vorsichtig über eine winzige Stelle am Rand.

Farbe. Kein Rost, wie bei den anderen Teilen, die zusammen etwas darstellten, das sich Annika lieber nicht genauer erklären lassen wollte.

Wie arrogant, dachte Annika. Die Mordwaffe vor der Nase der Techniker zu verstecken. Wie abgebrüht.

Sie schob vorsichtig das scharfe Metallstück wieder zurück.

»Also – was jetzt?«, drängelte Köhler. »Und hör auf, diesen Schrott so anzuglotzen. Man könnte fast meinen, das Ding gefällt dir.«

Annika richtete sich wieder auf. »Ja, Köhler, es gefällt mir sogar sehr ...«

* * *

Sie fuhr die Kastanienallee entlang in Richtung Rankwitz. Wieder hatte sie ihre Schwester am Telefon, aber diesmal schrie Annika nicht. Und fuhr auch nicht zu schnell.

»Weißt du, ich hab mir das überlegt«, sagte sie und versuchte, nicht zu sanft zu klingen. »Mir geht es gar nicht um das blöde Anwesen in Warthe. In Wirklichkeit hänge ich kein bisschen mehr am Lieper Winkel. Lass es uns genau so machen, wie Vater es vorhatte: Du lässt dir alles überschreiben, und ich bekomme das Häuschen in Anklam.« Sie hörte ihrer Schwester einen Moment zu, während sie durch Rankwitz fuhr. Ihr Blick fiel auf den malerischen, kleinen Hafen, auf die Fischernetze, die dort hingen, auf das hohe Schilf, hinter dem der Peenestrom glitzerte. »Übrigens habe ich läuten hören, dass die Lieper gern ein bisschen mehr Tourismus in der Gegend hätten ... Doch, ein Wellnesshotel, das böte sich doch an ... Ich finde, du solltest das machen ... Bestimmt freuen sie sich, wenn es bei ihnen ein bisschen lebhafter zugeht.«

Zufrieden beendete Annika das Gespräch und legte das Handy ganz sachte auf den Beifahrersitz. Geschwister, dachte sie. Braucht nun wirklich niemand.

Muppet-Show in Usedom

von Elka Vrowenstein

Bankraub! Glaub ja nicht, dass das einfach ist. Schon gar nicht hier in unserem geschichtsträchtigen Städtchen Usedom. In der Stadt, die der Insel den Namen gab, so steht's hundert Pro im Prospekt.

Also Bankraub! Musst du total planen. Alles vorher checken und organisieren. Kann nicht jeder, sag ich dir. Musst du das korrekte Feeling dafür haben. Nicht, dass du am Ende im Anklamer Tor landest, was früher bekanntermaßen das Gefängnis auf unsrer naturgeschützten Insel war. Kleiner Joke meinerseits.

Du musst dich ja auch erst mal an diese abgefahrene Situation gewöhnen. Jedenfalls haste drei Wochen lang in diesem Schicki-micki-Café abgehangen. Jeden Tag. Hat dich 'ne Stange Euros gekostet. Für eine Tasse Kaffee löhnst du da locker so viel wie beim Aldi für zwei Pfund, sag ich dir. Aber um was anzuschieben braucht's halt erst mal 'ne Investition.

Außer dem Kaffee musst du dir ja auch 'ne Maske besorgen. Am besten gleich drei, sag ich dir, von diesen schwarzen Wollmützen. Im Reba, oben in Ahlbeck, an der Seestraße. Zum Üben. Ein Mann bereitet sich korrekt vor. Die Löcher müssen richtig sitzen, für deinen Mund und die Guckerchen. Und 'ne Knarre brauchst du auch, logo.

War schon cool, den Eingang der Sparkasse zu beobachten. Was und wer da so alles rein und raus spaziert: Touristen, Geschäftsleute, Omas, Muttis mit Kinderwagen. Sehr interessant, sag ich dir.

Bald steht dann dein Plan fest: Du musst es an einem Donnerstag durchziehen. Und zwar morgens, da ist in der Monetenbude tote Hose. Der ultimative Zeitpunkt, sag ich dir. Die Touristen, die das ganze Jahr über hier im Naturpark zwischen Peenestrom und Ostsee rumradeln, sind da noch beim Frühstück. Die Omis noch beim Einkaufen. Und die Muttis zu Hause.

Dein Plan ist einfach, aber genial. Kurz vor acht fummelst du am Geldautomaten rum. Dass sie dir dein Kärtchen schon vor Jahren eingezogen haben, juckt in diesem Falle niemanden. Du wartest, dass der Oberbankgonzo die Tür aufschließt. Dann: Maske aufsetzen. Dann: Rein in die Bude. Dann: Waffe rausholen, dem Kerl unter die Nase drücken.

»Geld her!«

Das musst du ausstoßen, wie'n Schuss. Laut, knallhart.

Leinentasche über den Tresen feuern. Merkst du was? Leinentasche, nicht Plastikbeutel!

Und zwar eine ohne Werbung drauf, sag ich dir! Sonst heißt es nachher: ALDI-Tüte und sie wissen, wo du einkaufst!

Clever, oder?

»Geld da rein, dalli, dalli«, das ist das Letzte, was du sagst. Alles andere läuft wie am Schnürchen. Planung ist die halbe Miete. Und Feeling der Rest, wenn du verstehst, was ich meine.

Für eine Dame wie mich war es eine ungewohnte, außerordentlich diffizile Sache, sich die adäquate Ausstattung zu besorgen. Denn wann hat man sonst schon mit der Frage der Maskierung zu tun? Ich habe mich, nach langem Abwägen, für Miss Piggy entschieden. Das war sicher zunächst einmal eine emotionale Wahl und vielleicht sogar ein wenig frivol – aber letzten Endes dann doch auch wohldurchdacht.

Also, nicht dass du meinst, von wegen »Rubensfigur«, im Gegenteil, du siehst ja, ich bin schlank und rank. Aber so ein wenig divamäßig komme ich schon manchmal daher. Hochhackige Schuhe wären bei der Sache allerdings nicht so passend gewesen, obwohl die meine Waden sehr fein betonen.

Zur Maske hätten farblich rosarote Turnschuhe gepasst, aber habe dann schließlich doch braune Pumps mit flachem, breitem Absatz im klassischen Schaftschnitt gewählt. Erstens konnte ich mich darin sehr flexibel bewegen, und zweitens gab es die in meinem zugegebenermaßen mittlerweile sparsam bestückten Schuhschrank.

Wenn dieser Sparkassen-Gonzo hinterm Tresen dann alle die schönen Euronen reingestopft hat, die Flasche, äh, Tasche schnappen, Mann, und rückwärts zur Tür. Aufmachen und raus. Die Peene-Straße hinunter grooven bis zur Randowstraße und da dann ab ins Grünzeug, das da so rund um den Schlossberg wuchert. Kleider wechseln. Leinenbeutel in Rucksack quetschen und als kulturinteressierter Tourist zum Steinkreuz schlendern.

Ein perfekter Plan. Meinst du doch auch, oder? Und wenn dein Plan so super ist, dann lässt er sich auch verändern, sag ich dir. Situativ anpassen, verstehst du?

Also etwa wenn du dir die drei Wollmützen mit deiner Schnipselei alle verhunzt hast. Da findest du im Keller bestimmt was. Zum Beispiel eine Maske aus den Zeiten, wo du dir noch jeden Samstag in der Glotze den Muppet-Quatsch reingezogen hast und zu Karneval immer als Frosch rumgelaufen bist. Meine Güte!

Und wegen dem großen Schießprügel musst du einen Mantel anziehen. Kennst du sicher noch, diese langen Dinger. Reichen bis zum Boden, so cowboymäßig eben.

Und noch was: Nie ohne Johnny. Ohne den läuft nix. Hat schon Müller-Westernhagen richtig erkannt. Wenn du mit Marius auf Tour warst, hat er den Walker nicht nur als seinen besten Freund besungen, sag ich dir. Da hast du nach jedem Gig mit der ganzen Band dem Johnny den Hals gebrochen und zwei, drei von seinen Brüdern gleich hinterher.

Das Bedrohungsinstrument bereitete mir den meisten Kummer. Frauen greifen, statistisch gesehen, meist zum Messer oder zu Gift. Das eine erschien mir von der Anmutung her ein wenig zu hausfrauenhaft, das andere eignete sich nicht so recht für das Bedrohungsszenario, das aufzubauen war. Aber da kam mir dein immer schon komplexer und widersprüchlicher Charakter zu Hilfe, denn du, der vormals so begabte und erfolgreiche Rockmusiker, einer der schnellsten Sologitarristen, die die deutsche Szene je gesehen hat, warst ja zu deiner Zeit auch ein passionierter Jäger. Nach unserer Scheidung hatte ich bei meinem Umzug in meine Geburtsstadt Swinoujscie – du nennst sie sicherlich immer noch beim deutschen Namen Swinemünde – deine Mauser-Repetierbüchse mitgenommen, aus Sentimentalität wahrscheinlich. Du erinnerst dich vielleicht, du hast sie immer die »kleine Janice« genannt. Jagen konntest du ja sowieso nicht mehr mit deinem gelähmten linken Arm, den du als Folge deines ziemlich halbherzigen Suizid-Versuchs zurückbehalten hattest.

Das war kurz nachdem ich dir gesagt hatte, dass ich dich verlassen würde, richtig? Da war Schluss mit wilden Rory Gallagher-Soli, auch wegen dem »*Too much Alcohol*«, nicht wahr?

Wenn du ehrlich bist, hatte dein Selbstmordversuch weniger mit meiner Person und unserer abhanden gekommenen Liebe zu tun, als vielmehr mit deiner Frustration über den negativen Verlauf deiner Karriere, über die ausgebliebenen Plattenverträge. Keine Konzerte mehr in ausverkauften Häusern und vor kreischenden Teenies, die nur eins in ihren pubertierenden Köpfen hatten – nämlich deine wahrlich beeindruckende Höschensammlung zu vergrößern. Jedenfalls war es eine gute Entscheidung von mir, das Gewehr mitzunehmen und aufzubewahren.

Der Mantel hat ja auch den Vorteil, dass er nicht nur lang ist, son-
dern auch tiefe Taschen hat. Da stopfst du eine Buddel locker rein.
Wenn du dann noch richtig Glück hast, ist der erste Donnerstag im
Oktober ein sonniger Tag so wie heute, und du sitzt nicht im Café
beim lauwarmen Latte zum Wucherpreis, sondern stehst wie abge-
checkt am Geldausspucker der Vorpommerschen Sparkasse.

Du hast alles im Blick. Du siehst, wie der hünenhafte Bankgonzo
mit blauem Anzug und blauer Krawatte zur Eingangstür kommt.
Du schaust ihn nicht an, sondern blickst völlig interessiert auf den
schwarzen Bildschirm vom Geldspucker. Aus den Augenwinkeln
siehst du den Schlüssel in seiner Hand. Er steckt ihn rein. Dreht
rum. Zieht raus. Stolziert zurück in den Schalterraum. Du bleibst
cool. Puls gleich null. Du nimmst einen kräftigen Schluck Johnny.
Schiebst dich vorwärts. Bevor du gegen die Tür drückst, holst du
die Maske unterm Mantel hervor. Zack, übers Gesicht. Gehst rein.
Ziehst aus dem Mantelfutter die Flinte.

Zwei große Schritte bis zum Tresen. Gewehr auf Gonzo gerich-
tet. Und dann hast du auf einmal ein Problem, sag ich dir. Mit
rechts hältst du den Schießprügel, und mit links ... ja, da ist ja tote
Hose, da baumelt der Arm schlaff runter. Also wie jetzt den Leinen-
beutel aus der linken Manteltasche holen?

Der Gonzo glotzt ängstlich und du musst jetzt, sag ich dir, ver-
dammt schnell situativ entscheiden.

Bei der Frage nach dem Behältnis für den Transport der
Beute schwankte ich zunächst zwischen Rucksack, großräu-
miger Handtasche und Shopper. Doch Miss Piggy mit Rucksack, nein, das wäre geschmacklos gewesen und eine Handtasche hätte nicht genug Fassungsvermögen gehabt. Ergo,
blieb nur ein Shopper. Hatte zwar etwas Altbackenes, aber
der elegante *Royal Shopper Plus North* mit Aluminiumgestell
und kugelgelagerten Rädern, den ich mir in besseren Zeiten

einmal geleistet hatte, strahlte dennoch eine gewisse Eleganz aus. Außerdem hatte er ein Schirmfach, in dem ich Janice griffbereit unterbringen konnte. Ich hatte der Aktion den Codenamen »Schatzinsel« gegeben. Du weißt, ich bin so. Ich brauche für alles einen Namen, eine Schublade, in die ich die Dinge einsortieren kann. Damit ich mich im Leben zurecht finde, im Gegensatz zu dir. Außerdem, du erinnerst dich sicherlich, gab es ja mal einen Film mit unseren Lieblingspuppen, der so hieß.

»Zurück an die Wand, Mann!«, brüllst du, und der macht das wirklich. Unter der Kunststoffmaske läuft dir der Schweiß in die Augen. Du stellst die Flinte zwischen die Beine, klemmst sie mit den Knien fest. Sieht aus, als ob du furzen wolltest. Leinenbeutel rausziehen und zu Gonzo rüber werfen.

»Geld ...«

Lauter!

»Geld da rein. Dalli!«

Ein leerer Leinenbeutel ist ziemlich leicht, eigentlich nicht dafür gemacht, durch die Luft geworfen zu werden. Du siehst also, wie er auf halbem Weg zu Gonzo schlappmacht und gemächlich vor dem Tresen zu Boden segelt. Bleibt wie ein Häufchen Elend liegen.

Du entscheidest situativ und nimmst die Knarre wieder zur Hand.

Drohst: »Aufheben!«

Das Wasser steht in der Maske. Und Gonzo bückt sich, greift danach. Nimmt ihn, geht nach links. Die Kasse. Er drückt auf einen Knopf neben der Kasse, dann gibt er auf einer Tastatur Zahlen ein. Das Geldfach öffnet sich, die Scheinchen lachen dich an. Gonzo scheint vor Angst wie gelähmt. Er bewegt sich langsam, wie in Zeitlupe. Ein violetter Schein fällt beim Umpacken zu Boden. Gonzo bückt sich und hebt ihn langsam, langsam auf. Klar. Er und

du wissen schließlich aus allen Kriminalfilmen, dass beim Bank-
überfall nur langsame Bewegungen erlaubt sind.

Der Beutel ist voll. Er legt ihn auf den Tresen. Du streckst ihm
den Flintenlauf entgegen.

»Dranhängen!«

Er: verblüfft.

Du: »Den Beutel. Ans Gewehr.«

Er: macht's.

Dein Herz rast, der Schweiß brennt, Johnny ruft.

Jetzt Phase zwei: Rückzug. Ein Schritt. Zwei Schritte. Die Tür in
die Freiheit.

Es lag auf der Hand, die Aktion »Schatzinsel« am fünften Oktober durchzuführen. Mit meinem VW Käfer, ja, immer noch
der von früher, machte ich mich auf den Weg. Von der Ostsee wehte ein schwaches Lüftchen durch Swinemünde. Ich
habe meinen Wagen auf der Grunwaldzka über die Grenze
gesteuert und bin gemächlich durchs Achterland am Stetti-
ner Haff entlang bis nach Zirchow gefahren. Ich hatte ja Zeit.

Auf der B 110 war nichts los, sodass ich zu früh in Usedom
ankam. Als ich über den Marktplatz fuhr, am Rathaus vorbei,
habe ich kurz an dich denken müssen. Immerhin haben wir
dort in dem traditionellen Hochzeitszimmer vor vielen Jahren einmal die Ringe getauscht. Doch die sentimentale An-
wandlung verflüchtigte sich ebenso schnell wie die Erinnerung an den anschließenden Albtraum.

Ich parkte vor der Adler-Apotheke. Bis zur »Schatzinsel«
war es ja dann nur ein Katzensprung. Ich war wohl ziemlich
nervös, anders kann ich mir nicht erklären, warum ich nicht
bemerkte, dass jemand an der Tür stand. Bevor ich eintrat,
habe ich mich noch vergewissert, dass kein anderer Anstal-
ten machte, die Vorpommersche Sparkasse zu betreten und

mich auch niemand beobachtete. Ich zog den Shopper nah an mich ran. Zog Miss Piggy hervor, holte tief Luft, streifte die Maske über, nahm *Janice* in die rechte Hand und stieß schwungvoll die Eingangstür auf und...

... und bevor du was checkst, rammt dir jemand volle Kanne die Tür in den Rücken. Du schreist, fluchst, stolperst und schlägst der Länge nach hin. Dein Schießprügel macht sich selbstständig. Der Hahn schlägt nach vorne, knallt auf den Schlagbolzen, der haut gegen das Zündhütchen, das Nitrozellulosepulver verbrennt den Filzpfropfen und überträgt die volle Kraft auf die Bleikugeln.

Du hättest doch besser den Abzug nicht gespannt. Der Sparkassen-Tresen sieht auf einmal aus wie ein Schweizer Käse. Der Beutel ist vom Lauf gesegelt, durch die Luft geflogen und auf den Boden geplatscht. Da liegt er nun, und ein paar Bündel Fünfziger sind rausgerutscht. Gut, dass du keinen Plastikbeutel genommen hast. Der wäre bestimmt gerissen.

Mein Schwung wurde abrupt gestoppt, beinahe wäre ich mit dem Kopf gegen die Glastür gestoßen und hätte dabei Miss Piggys Rüssel eingedrückt. Aber ich kam gar nicht dazu, mir darüber große Gedanken zu machen, weil da auch schon der Schuss krachte.

Und du glaubst nicht, wie erstaunt ich war, als ich im sich verziehenden Pulverdampf dann Kermit der Länge nach zu meinen Füßen vorm Tresen habe liegen sehen. Das, was sich Miss Piggy immer gewünscht hat.

Du siehst flimmernde Sternchen durch die Vorpommersche Sparkasse tanzen, und dann tauchen braune Latschen mit flachen, breiten Absätzen vor deiner Nase auf.

Ein Schwein bückt sich, greift nach deinem Leinenbeutel, hebt ihn auf, und bevor die Sau wieder aus deinem Gesichtsfeld ver-

schwindet, siehst du noch einen Einkaufwagen mit Aluminium-
gestänge und hellblauem Beutel.

Was Gonzo macht, kannst du nicht sehen.

Du zwingst dich, cool zu bleiben. Jetzt muss situativ entschieden
werden. Die Entscheidung ist klar – Plan B: Flinte greifen, aufrap-
peln, und nichts wie raus aus dem Laden.

Na ja, und den Beutel mit dem Geld aufzuheben und schleunigst die Lokalität zu verlassen, war eine Sekundenentschei-
dung. Weibliche Intuition gepaart mit weiblicher Kalt-
schnäuzigkeit, würde ich sagen.

Die grüne Maske runterreißen. Den Frosch in den Tiefen des Man-
tels verschwinden lassen. War ja nicht billig, dieses Teil. Vom Meer
weht eine salzige Brise herüber und die Usedomer Luft riecht sau-
ber und rein. Die Sonne knallt dir ins Gesicht.

Kaum Autos, noch weniger Volk unterwegs. Du schaust dich
um. Gehetzt, aber cool. Oben, von der Bundesstraße, biegt eine Bul-
lenschaukel in die Anklamer Straße. Hat der Gonzo etwa irgendei-
nen Knopf gedrückt, als er die Kasse aufgemacht hat?

Jetzt darfst du nicht auffallen, dich ja nicht umdrehen. Gehe
ruhig weiter. Gleich bist du in der Randowstraße. Dann rennst du
los. Scheiß langer Mantel. Schon zum zweiten Mal an diesem Tag
fliegst du auf die Fresse. Macht nix. Auf und weiter. Ein Gebüsch
bietet Schutz. Da vorne dein Versteck.

Hinhocken, durchatmen. Luft holen. Der Plan war perfekt,
sagst du dir, und könntest losflennen. Während du dich fragst,
wer verdammt nochmal das Schwein mit den braunen Schuhen
und dem Pelzmantel war, siehst du, wie jemand hinter dem
Denkmal mit dem Kreuz hervortritt. Eine Frau. Rosa Kostüm,
braune Pumps. Zieht einen Shopper hinter sich her. Kommt gera-
de mal direkt auf dich zu. Und dir geht ein Kronleuchter auf, als

du siehst, dass der Beutel am Shopper hellblau ist. Aber was dich
endgültig aus den Latschen haut, ist die Frau an sich. Das bist ja
du.

Ja, mein Lieber. Jetzt sitzen wir hier. Unter dem Kreuz, das
hier zum Andenken an die Christianisierung der Slawen
erreichtet wurde. Ich weiß, das geht dir im Moment, wie du
es wohl ausdrücken würdest, »am Arsch vorbei«.

Denn wir haben einen Beutel voll Geld vor uns stehen.
Deine Flinte beeindruckt mich wenig. Du zitterst ja wie Es-
penlaub. Hast dich wohl wieder mit Johnny unterhalten?
Unsere Ehe hat nicht funktioniert. Okay. Schwamm drüber.
Aber Aktion »Schatzinsel« hat doch gut funktioniert. Un-
geplanter Verlauf zwar, aber letztendlich doch sehr erfolgreich.

Ja, du hast recht, wenn wir teilen, was im Beutel ist, bleibt
nicht viel für jeden.

Nächsten Donnerstag ist der Usedomer Kürbismarkt ...

Da könnte die Muppet-Show in der Volksbank an der
Bäderstraße gastieren, was meinst du? Bevor sich unsere
Wege wieder trennen.

Auf eins muss ich allerdings bestehen. Dass dein Kumpel
Johnny zu Hause bleibt.

Der schreckliche Klaas

von F.G. Klimmek

Ich kann Hitze nicht vertragen. Ich brauche gemäßigte 20 Grad und eine leichte Brise. Deshalb habe ich seit eh und je Urlaub an der Ostsee gemacht.

Ganz oben im Norden gibt es ein kleines Dorf, dessen Namen ich Ihnen nicht verraten werde. Sein Heimatmuseum ist in einer winzigen ehemaligen Kirche untergebracht. Dort findet sich neben alten Rettungsbooten, antiken Möbeln und vergilbten Fotos auch ein Schwert mit breiter Klinge und stumpfer Spitze. Ein Richtschwert. Für die Dorfbewohner ist es eine Reliquie.

Ich werde Ihnen immer noch nicht sagen, wie das Dorf heißt. Aber die Geschichte des Schwertes will ich Ihnen gerne erzählen.

Solange sich die Menschen erinnern können, ist dieses Dorf reich. Früher durch Piraterie, heute durch Tourismus. Manche sehen da keinen Unterschied. Ich schon, weil dem Tourismus die Gewalt fehlt. Und Blut fließt höchstens noch bei einem Verkehrsunfall.

Das war früher ganz anders. Das Dorf war eine Hochburg der Seeräuberei. Die Dörfer ringsum waren ehrlich, lebten vom Fischfang und blieben arm. Nicht so unser Dorf. Über Generationen plünderten seine Bewohner die seefahrenden Kaufleute aus. Seine Piraten waren die schrecklichsten der ganzen Nord- und Ostsee. Doch der schrecklichste aller schrecklichen Piraten war der schreckliche Klaas. Er war noch schrecklicher als L'Onnois, Nau und Blackbeard zusammen. Einmal hat er einem gefangenen Kaufmann den Bauch

161

aufgeschnitten, den Darm herausgezogen und an den Mast genagelt. Dann hat er den bedauernswerten Mann mit einer Fackel zum Laufen getrieben, dass er sich selbst die Eingeweide herausriss. Als ob das Laufen nicht schon so anstrengend genug gewesen wäre. Einem englischen Offizier hat er die Ohren abgeschnitten und ihn gezwungen, sie aufzuessen, noch dazu ohne Pfeffer und Salz. Und einen seiner eigenen Mannschaft, der ihn um einen Taler betrogen hat, hat er vor eine Kanone binden und bei seiner Ankunft im Hafen mit ihm Salut schießen lassen.

Das haben andere Piraten auch gemacht. Aber keiner hat es so oft getan wie der schreckliche Klaas.

Alle im Dorf fürchteten sich vor ihm. Doch keiner wagte etwas zu sagen; denn er machte sie alle wohlhabend.

Nur einer wandte sich gegen ihn. Das war der fromme Hinnerk. Der war vielleicht gar nicht so fromm, wie man heute von ihm behauptet. Möglicherweise wollte er einfach nur anders sein als die anderen. Und das ging in diesem Dorf, in dem alle in der Gottesferne lebten, am besten mit Frömmigkeit. Jedenfalls, Hinnerk war der Einzige, der am Sonntag in die Kirche ging. Und weil dort keiner war, der ihn davonjagen konnte, blieb er gleich ganz da, Tag für Tag. Alle im Dorf lachten über ihn und nannten ihn, den man bis dahin nur als Hinnerk kannte, den verrückten Hinnerk. Und leben konnte er nur deshalb, weil ein paar mitleidige, alte Weiber ihn mit Essen und abgetragener Kleidung versorgten.

Das ging so jahrelang, bis die große Sturmflut kam. Sie hielt drei Nächte und drei Tage an, riss die Kais ins Meer, zerschmetterte die Schiffe im Hafen, und spülte das halbe Dorf weg.

Am ersten Tag war Hinnerk noch allein in der Kirche. Am zweiten Tag kamen die alten Weiber dazu und wollten nicht

mehr nach Hause. Am dritten Tag hatten sich alle Dorfbewohner in das Kirchlein gequetscht, sodass kaum noch eine
Makrele zwischen ihnen Platz hatte. Dies war ein guter
Vorwand für Hinnerk, Zuflucht auf der Kanzel zu suchen,
seine Gemeinde unter sich, die sich unbeholfen im Glauben
versuchte.

Nur einer fehlte. Das war der schreckliche Klaas. Der war
trotz des Sturms zum Hafen gegangen und sah zu, wie sein
Kaperschiff im Meer versank.

Als der Sturm auch nach drei Tagen noch nicht nachgelassen hatte, fing Hinnerk plötzlich an zu predigen. Dies ver-
wunderte ihn selber am meisten, da er über die Jahre kaum
noch gesprochen hatte.

Er redete sich seinen ganzen Zorn über das gotteslästerli-
che, geldgierige Mörderpack von der Seele, steigerte sich
mehr und mehr in Ekstase und verfluchte schließlich alle die-
jenigen, die jetzt noch immer nicht bußfertig waren. Die alle
sollten nach dem nun so plötzlich drohenden Tode auf ewig
im Höllenfeuer schmoren, wenn sie nicht auf der Stelle Um-
kehr und Besserung gelobten. Und dass dies nicht bloß ein
Lippenbekenntnis blieb, sollten sie dadurch der Welt und
Gott offenbaren, dass sie sich des Teufels in Menschengestalt
entledigten, ihres Verderbers, des schrecklichen Klaas.

So aufgepeitscht, den eigenen Tod und den Verlust ihrer
Häuser und Schiffe vor Augen, marschierte die geläuterte
Menge zum Strand, ergriff den schrecklichen Klaas und warf
ihn auf die Knie. Dabei übertönten sie mit ihren Psalmen
seine Flüche, die noch lauter waren als der tosende Sturm.

Ehrfürchtig machte man dem verrückten Hinnerk den Weg
frei, der mit einem Richtschwert in der Hand – der Himmel
mochte wissen, woher er es hatte – auf den schrecklichen
Klaas zuschritt und ihm mit einem einzigen wuchtigen

Schlag das Genick zerteilte, sodass der Kopf vom Rumpf sprang.

Beide Teile warf er in ein leckgeschlagenes Ruderboot, das das Meer an Land gespült hatte, und fuhr damit hinaus auf die brodelnde See, der er die Überreste des schrecklichen Klaas überantwortete.

Wenige Augenblicke später legte sich der Sturm, die See wurde glatt, und der verrückte Hinnerk kehrte in seinem Ruderboot voller Wasser wohlbehalten an Land zurück.

Von Stunde an hieß der verrückte Hinnerk bei allen Leuten nur noch der fromme Hinnerk. Das Dorf wandte sich für alle Zeiten von der Seeräuberei ab und trieb ehrlichen Handel mit seinen Nachbarn, bei denen es fortan hochgeachtet war. Man errichtete eine neue, große Kirche, die jeden Sonntag wohlgefüllt war. Ihr stand der fromme Hinnerk vor, der das Amt des Pfarrers mit Inbrunst versah.

Die kleine Kirche, das heutige Heimatmuseum, wurde eine Gedenkstätte für die Rückkehr zum Glauben, der das Dorf gerettet hatte, und in ihr wurde das Schwert ausgestellt, das den Teufel vertrieb.

Und jedes Jahr, so hat man es gelobt und auch gehalten, wird am Jahrestag der Errettung ein Spiel veranstaltet, das an das Wunder und die Tat des frommen Hinnerk erinnert. Die hohe Ehre, den frommen Hinnerk spielen zu dürfen, wird regelmäßig dem Bürgermeister zuteil, und die Aufführung lockte zeitweilig tausende von Besuchern an, fast so viele wie die Störtebeker-Festivals anderer Orte.

Das ist die Geschichte vom schrecklichen Klaas, wie man sie sich seit Jahrhunderten unverändert erzählt, sieht man von kleinen Ausschmückungen ab, die der Lauf der Zeit so mit sich bringt.

Und weil Sie mir bis hierher so aufmerksam zugehört haben, will ich Ihnen auch die kleine Variante nicht vorenthalten, die in jüngsten Jahren hinzugekommen ist. Möglich, dass Sie meine Reaktion darauf für überzogen halten, doch warten Sie lieber erst bis zum Ende.

Vor rund zehn Jahren – und auch heute noch – regierte das Dorf ein Bürgermeister mit Namen Tiedjen, der das Amt drei Jahre zuvor übernommen hatte. Er war kein stattlicher Mann, sondern für hiesige Verhältnisse unterdurchschnittlich groß, dabei dick und an die fünfzig Jahre alt. Vermutlich wegen seiner Stellung und durch sein geschicktes Auftreten gelang es ihm, die schönste Frau des Ortes, Sonja, für sich zu begeistern, sodass sie ihm nach nur wenigen Monaten der Bekanntschaft die Ehe versprach. Das mag nichts Außergewöhnliches sein bei einem mittellosen Ding und einem Bürgermeister, wären nicht von Anfang an leise Zweifel an ihrem Glück dadurch genährt worden, dass Sonja nicht einmal halb so alt wie er, dafür aber einen halben Kopf größer war.

Und weil sich der Bürgermeister trotz seiner anfänglichen Freude über seinen gelungenen Coup des nachts mehr das Verwaltungsgesetzbuch als das Kamasutra durch den Kopf gehen ließ, wollten schon nach kurzer Zeit die Gerüchte nicht mehr verstummen, dass Sonja den Aufmerksamkeiten anderer Männer nicht abgeneigt war, selbst zu einem Zeitpunkt, als der Termin für die Hochzeit immer näher rückte.

Nun kann es verständlicherweise kein Bürgermeister gebrauchen, dass er zum Gespött gemacht und seine Autorität auf diese Weise untergraben wird. Hinzu kam, dass es zu seiner Regierungszeit um das wirtschaftliche Wohl des Dorfes schlecht bestellt war. Das Mysterienspiel lockte nicht mehr allzu viele Touristen an, denn wer wollte im Zeitalter der Computeranimation schon sehen, wie einem schlechten

Laiendarsteller mit einem Plastikschwert ein dilettantisch gefertigter Pappmascheekopf von den Schultern geschlagen wurde? Und parallel dazu hatte Pit Hiddink verlauten lassen, dass er sein Geld lieber in den umliegenden Dörfern investieren wolle. Ihm gehörte das größte Hotel am Platze. Statt es zu renovieren und damit für die Urlauber wieder attraktiv zu machen, wollte er es abreißen und an seine Stelle Eigentumswohnungen für reiche Auswärtige bauen lassen. Die würden sich dort keine zwei Monate pro Jahr aufhalten. Also würde kaum Geld in das Dorf fließen, und das ärgerte den Bürgermeister mächtig.

Noch mehr erzürnte es ihn allerdings, dass Hiddink ihn völlig ignorierte und sich als wichtigster Mann im Ort aufspielte – was er ja tatsächlich auch war. Er hatte sich einen Bart wachsen lassen wie ein Pirat, spitz am Kinn herunter und mit weit herausragendem Schnurrbart, und stolzierte damit oft und gerne die Promenade rauf und runter, als wäre sie sein Eigentum. In den Kneipen des Dorfes warf er Flaschen an die Wände, spritzte mit Sekt herum und zerstörte nicht selten Tische und Stühle. Und dennoch war er ein gerngesehener Gast, weil er den angerichteten Schaden prompt doppelt und dreifach ersetzte. Mit seinen fünfunddreißig Jahren war Hiddink, wie jeder wusste, eben der reichste Mann der ganzen Gegend.

Was den Bürgermeister aber am meisten wurmte, war, dass Hiddink – und das wussten wiederum nur wenige – auch der Geliebte seiner Verlobten war. Da die beiden in dem sicheren Bewusstsein lebten, mit Jugend und Geld auf ihrer Habenseite das größere Potenzial zu besitzen als ein dicker, alter Mann, der nur ein Dorfbürgermeister war, nahmen sie es nach ersten Heimlichkeiten nicht mehr so genau, sodass sich der Kreis der Wissenden ständig ausweitete.

Schließlich wurde das Verhältnis so offensichtlich, dass einige Freunde den Bürgermeister beiseite nahmen und vertraulich fragten, ob es nicht besser wäre, die Hochzeit vollkommen abzublasen, weil er sich sonst weiter lächerlich machen würde. Deshalb musste sich unser armer Bürgermeister etwas einfallen lassen, wollte er nicht seine zukünftige Frau, seine Selbstachtung, und letztlich auch noch sein Amt verlieren.

Und er ließ sich etwas einfallen.

Dabei war die Sache in dem Moment gar nicht so dringend. Was Tiedjen nämlich nicht ahnte, war, dass sich Sonjas Affäre mit Hiddink dem Ende zuneigte. Und was Tiedjen und Hiddink beide nicht wussten, war, dass Sonja seit vierzehn Tagen ein Verhältnis mit mir hatte. Zwar war das Techtelmechtel mit Hiddink noch nicht ganz beendet und Sonjas neue Liaison mit mir noch nicht ganz sattelfest, doch werden Sie mir als kluger Geschäftsmann sicherlich darin beipflichten, dass es besser ist, zu fünfzig Prozent an einem florierenden Unternehmen beteiligt zu sein als zu hundert Prozent an einer Pleitefirma. Deshalb war ich mit meiner momentanen Situation ganz zufrieden, sah meine Zukunftsprognose doch ausgesprochen rosig aus.

Aber Tiedjen war so in die Idee verrannt, sich an Hiddink zu rächen, dass er für alles andere blind war. Gott sei es gedankt.

Tiedjen fasste den Plan, Hiddink öffentlich bloßzustellen und aller Welt vor Augen zu führen, dass dieser ein Nachfahre des schrecklichen Klaas war. Zwar nicht im biologischen Sinne – Hiddinks Vater war ein stinkreicher, aber schweinefetter und saudummer Viehzüchter aus der Gegend von Elmshorn –, sondern im ideellen. Doch das zählt heutzutage mehr, weil die Auswirkungen die stärkeren sind.

So kam ihm das jährliche Schauspiel vom schrecklichen Klaas gerade recht.

Natürlich war das Mysterienspiel von Anfang an Dreh- und Angelpunkt seiner Überlegungen; denn hatte es Hiddink nicht immer darauf angelegt, als der legitime Nachfolger des schrecklichen Klaas zu gelten? Und so kann es niemanden wundern, dass die Dorfbewohner sich darüber wunderten, dass das Spiel nun völlig umgestaltet wurde. Selbstverständlich wurde die eherne Regel, dass der Bürgermeister den frommen Hinnerk spielt, nicht angetastet. Aber sonst änderte sich einiges.

Zum Beispiel wurde an der Stelle am Strand, an der der schreckliche Klaas vom Leben zum Tode befördert werden sollte, eine Plane ausgelegt, um das herumspritzende Blut aufzufangen. Das war nur zu verständlich, denn schließlich hatte Tiedjen immer und immer wieder dafür plädiert, die Hunde vom Strand zu entfernen und auch sonst das Dorf sauber zu halten. Damit blieb er also nur seinem Programm treu. Und auch im geistigen Bereich sollte es sauber bleiben, weshalb die Historie ein wenig manipuliert werden und der schreckliche Klaas durch entsprechende Knebelung am Ausstoßen seiner gotteslästerlichen Flüche gehindert werden musste. Weniger verständlich war hingegen, dass selbst alteingesessene Dorfbewohner auch nicht die winzigste Rolle im Spiel mehr ergattern konnten, mochte ihr angestrebter Part noch so klein und ihr Einfluss im Stadtrat noch so groß sein. Nein, insbesondere die geläuterten Bürger, die den schrecklichen Klaas zum Ufer zerrten und für die Hinrichtung festhielten, sollten nach Verlautbarung des Bürgermeisters professionelle Schauspieler sein.

So ging zwar zunächst ein Murren durch die Masse der Dorfbewohner, das aber alsbald verstummte, als man sich darüber klar wurde, in welchem Ausmaß bereits die Zimmervorbestellungen beim örtlichen Fremdenverkehrsverein eingegangen waren.

Dergestalt in seinen pekuniären Bedürfnissen befriedigt, ließ das Dorf seinem Bürgermeister freie Hand.

Und der Erfolg gab ihm recht.

Die Aufführung war eine Sensation, insbesondere für die Insider. Denn der schreckliche Klaas hatte eine so verteufelte Ähnlichkeit mit Hiddink, dass der Maskenbildner direkt aus Hollywood stammen musste. Und auch der Schauspieler selber war von gleicher Qualität. Durch die Knebelung unfähig, auch nur einen Ton von sich zu geben, rollte er mit den Augen und grimassierte wie wild, als ginge es tatsächlich um sein nacktes Überleben. Er stemmte sich mit den Füßen in den Sand und tat alles, um sich dagegen zu wehren, zur Richtstätte geschleift zu werden. Und auch die Darsteller, die ihn zum frommen Hinnerk hinüberzerren mussten, machten ihre Sache gut, stabile Kerle mit brutalen Mienen. Sie verkörperten ihre Rollen so überzeugend, dass Wim, mein Vermieter, sogar noch Wochen später steif und fest behauptete, er habe einen von ihnen schon mal bei einem Wochenendausflug in Hamburg auf der Reeperbahn als Türsteher einer Bar gesehen. Aber das war natürlich reiner Unsinn und zeigte nur, wie hervorragend die Leute gespielt hatten.

Am besten jedoch war Tiedjen selber, der förmlich über sich hinauswuchs. Lange ließ er den schrecklichen Klaas vor sich knien und eine fromme Litanei über ihn ergehen, die er leider so leise sprach, dass niemand von uns ein Wort verstehen konnte. Es müssen aber wahrhaft ergreifende Worte gewesen sein, denn der schreckliche Klaas erbleichte zusehends und rollte die Augen noch wilder, wenn das überhaupt möglich war. Dann endlich schwang der fromme

Hinnerk das Schwert in weitem Bogen und ließ es so gekonnt durch den Hals des schrecklichen Klaas fahren, dass der Kopf zunächst langsam nach vorn kippte, um sodann in anmutigen, kleinen Bögen über den Strand zu rollen. Dieser bemerkenswerte Trick fand seine Krönung darin, dass auch noch Theaterblut in einer Fontäne aus dem Stumpf schoss, als der Körper nach schier unendlich langen Augenblicken in sich zusammengesunken war.

Kaum war das Aufstöhnen, das wegen der lebensechten Darstellung durch die Menge ging, verstummt, als der fromme Hinnerk die Ecken der Plane auch schon über dem zwiegeteilten schrecklichen Klaas zusammengeschlagen und mit seinem Packen im Boot aufs Meer hinausgerudert war. Dort, nur noch ein kaum wahrnehmbarer Punkt am Horizont, versenkte er alles in der Ostsee und ruderte unter dem Applaus der begeisterten Menge ans Ufer zurück.

Diese perfekte Form der Darbietung hat auch noch in den nachfolgenden Jahren eine große Besuchermenge angezogen, obwohl kurioserweise danach das Mysterienspiel wieder in der altgewohnten und für meinen Geschmack hausbackenen Form stattfand. Warum das so war, weiß ich nicht. Ich kann insoweit nur vermuten, dass es auf Drängen der Dorfbewohner geschah, die wieder mitspielen und so aktiv am Erfolg teilhaben wollten.

Noch kurioser fand ich allerdings, dass man von Hiddink nie wieder etwas gehört und gesehen hat. Natürlich gab es jede Menge Gerüchte. So soll er sich durch das Schauspiel so blamiert gefühlt haben, daß er sich einfach nicht mehr im Ort sehen lassen wollte. Nur merkwürdig, dass er sich auch um sein Hotel nicht mehr gekümmert hat, das nur kurze Zeit darauf unser umsichtiger Bürgermeister von einem Verwandten Hiddinks für einen nicht allzu hohen Preis kaufen konnte.

Sonja, die vierzehn Tage lang aus einem mir unbekannten Grund nur verheult herumgelaufen war, mied plötzlich jeden Kontakt mit mir und war keine vier Wochen später mit dem Bürgermeister verheiratet. Wie man hört, wurde sie die treueste Ehefrau, die man sich vorstellen konnte.

Ich selber habe das Dorf bald verlassen.

Wie gesagt, das alles ist jetzt zehn Jahre her. Ich kann immer noch keine Hitze vertragen, aber seitdem mache ich dennoch lieber Urlaub im Süden.

Begraben im Koloss von Prora

von RICHARD LIFKA

Und wenn du weg willst, musst du gehn
ich hab schon viele abhaun sehn
Wolf Biermann

Er schleicht durchs herbstlich-braungrüne Gras, sucht Schutz hinter jedem Baum. Sein Blick wandert unstet hin und her, erfasst das Wogen des Grases, die Bewegungen der Äste im Wind. Er atmet schwer, er ist nicht mehr in dem Alter und auch nicht mehr in Form für solche Touren. Das schwache Herz sendet stechend Warnsignale.

Er stützt sich mit der Hand gegen eine alte, schief gewachsene Birke und wartet, dass sein Puls sich beruhigt. Weiter rechts ragen hinter dürren Sträuchern zwei graugrüne Metallzylinder aus dem Boden. Getarnte Luftschächte. Niemand weit und breit.

»Das Gefängnis war die Hölle. Jede Nacht habe ich wachgelegen und mir das Gehirn zermartert, warum du mir das angetan hast.«

Matthias Woschitz fummelte nervös eine Zigarette aus der Packung, steckte sie an, inhalierte tief. »Ich war überzeugt davon ...«, er stieß den Zeigerfinger auf Müllers Brust, der sich auf dem Sofa zurücklehnte, »dass du es warst. Es gab keine andere Erklärung. Warum wurdest du, du, der Wehrdienstverweigerer und Bausoldat, so schnell in den Reisekader aufgenommen? War mein Kopf der Preis dafür?«

Hauptkommissarin Ulrike Volk und ihr Kollege Helmut Tonbecher saßen sich gegenüber und sprachen über den vorläufigen Bericht der KTU. Ein Obdachloser hatte auf der Suche nach einem trockenen Schlafplatz in einem alten Bunker die Reste einer männlichen Leiche entdeckt. Lediglich die Hoffnung auf einen ordentlichen Kaffee hatte ihn dazu bewogen, über die »Schmale Heide« oberhalb der Prorer Wiek zur Museumsmeile zu tippeln, um dort auf dem Revier von seinem Fund zu erzählen. Und seine Hoffnungen waren mit ein paar belegten Brötchen zum Kaffee sogar noch übertroffen worden.

Hinter der nächsten Birkengruppe liegt der Eingang. Dass es den noch gibt, denkt er. Das Gelände fällt ab, ein Weg mit überwucherten Katzenkopfsteinen führt in eine künstlich ausgehobene Senke. Verwitterte Holzpanelen stützen links und rechts das Erdreich. Die Frontseite ist mit Backsteinen zugemauert, an manchen Stellen hängt noch weißer Putz. In der Mitte eine rostige Eisentür.

Woschitz setzte sich neben seinen Freund, legte ihm sanft die Hand auf den Oberschenkel: »Wieso haben sie dich schon im Herbst '79 nach Westdeutschland fahren lassen? Reisekader! Du! Ledig, keine familiären Bindungen ... Ich wollte es nicht glauben. Da setzte sich der Stachel des Misstrauens bei mir fest, diese vage Frage, ob das der Lohn für einen Verrat gewesen sein könne, eine Frage, die bohrte und bohrte. Tag um Tag – zehn Jahre lang.«

Die Hauptkommissarin fasste zusammen: »Es handelt sich um einen etwa fünfzig- bis sechzigjährigen Mann. Vor etwa zehn Jahren zu Tode gekommen, weitgehend skelettiert. Am

Hinterkopf weist sein Schädel eine etwa fünf Zentimeter lange, vertikale Berstungsfraktur mit Eindrückung von Fragmenten auf. Spricht für Einwirkung stumpfer Gewalt und könnte die Todesursache gewesen sein. Beim Toten im Bunkerraum eine alte Pistole und ein Spaten.« Sie legte den Bericht zur Seite: »Noch nicht viel, oder?«

Tonbecher schaute seine Kollegin über den Rand der schmalen Lesebrille an: »Was erwartest du, nach einem Tag? Lass uns für heute Schluss machen.«

Er zögert, schaut sich um, macht einen kleinen, zaghaften Schritt, schaut sich wieder um; rechts, links, blickt nach hinten. Nichts, außer zum Sterben bereite Natur. Jetzt erst fällt ihm auf, dass kein Vogel zwitschert und sogar der Wind plötzlich schweigt. Totenstille.

Wolfgang Müller erhob sich und richtete die Hermes-Krawatte: »Ach, Matthias. Ich habe so viele Dinge getan, für die ich mich heute noch schäme. Aber ich hatte damals nur ein Ziel: ab in den Westen. Dafür habe ich geschleimt und gebuckelt, habe Berichte über Kollegen, Nachbarn und Bekannte geschrieben – außer über dich. Dich habe ich niemals erwähnt. Keiner wusste von unserer Liebe.«

Er ging zum Fenster und schob die Gardine zur Seite. Aus dem dritten Stock des Sassnitzer Hotels reichte der Blick weit über die Bucht hinweg, bis hinüber zur bewaldeten Hügelkette der Prora. Wie zu sich selbst sagte er: »Es war eine glückliche Fügung, dass wir uns in Prora trafen.«

Tonbecher saß am Schreibtisch, schlürfte Milchkaffee und verteilte die Krümel eines Frühstücks-Croissants auf der Tastatur seines Dienstcomputers, als Ulrike Volk mit ihrer

Tochter hereinkam. Marion Volk war ihrer Mutter wie aus dem Gesicht geschnitten, sie war ebenfalls Polizistin und arbeitete in der Kriminaltechnik. Sie wedelte mit einer grauen Aktenmappe und verkündete stolz: »Wir haben bei der Bunkerleiche eine halb verrottete Brieftasche mit Ausweisen gefunden. Es ist ein gewisser Ullrich Walther, aus Berlin.«

»Sicher?«, fragte der Hauptkommissar.

»So sicher wie Ihr Bart grau ist.« Marion Volk legte ihm den Bericht auf die Tastatur. »Viel Spaß damit!«

»Ganz schön kess, deine Tochter«, meinte Tonbecher, nachdem Marion gegangen war. »Keinen Respekt vor reiferen Herren.«

Ulrike Volk griff nach dem Bericht, bevor ihr Kollege reagieren konnte.

Nun steht er vor der schweren Eisentür. Es kommt ihm vor, als ob von irgendwoher Gitarrenklänge herüberwehen. Die Tür ist nur angelehnt, trotzdem muss er sich fest dagegenstemmen, um sie zu öffnen. Die Scharniere quietschen. Die Gitarre wird lauter. Wieder sein Herz. Aber er muss dort hinein. Muss diesen Wahnsinnigen treffen, der ihn anonym angerufen hat, muss wissen, was er will. Dabei war alles schon so lange her. Eine Geschichte aus einer anderen Welt.

Müller zog die Gardine bis auf einen schmalen Spalt zu und wandte sich um. »Ich glaube, wir haben es damals ganz gut geschafft, das mit uns zu verbergen.« Er lächelte schwach. »Zwei Bausoldaten, auf derselben Stube untergebracht ... da hat sich damals kaum jemand etwas dabei gedacht. Sechsundsiebzig!« Er ging auf Woschitz zu: »Glaub mir, es ist mir so schwer gefallen, mich nicht bei dir zu melden. Weder während meiner Blitzkarriere im Osten, noch nach der Flucht in den Westen. Ich habe immer an dich gedacht, wollte dich aber auch nicht gefährden. Dass du in Bautzen saßt, habe ich nicht gewusst ...«

»Überreif, würde ich sagen. Und Herr? Na ja, Interpretationssache«, frotzelte Ulrike Volk gut gelaunt. »Außerdem ist meine Tochter nicht kess, sondern ehrlich und direkt, genau wie ihre Mutter. Jedenfalls wissen wir jetzt, wer der Tote im Luftschutzkeller war. Ist doch was!«

Sie schlug die Akte auf, las, und loggte sich dann ins Informationssystem der Kripo ein. »Sein Sohn hat im Oktober '99 eine Vermisstenanzeige erstattet«, sagte sie nach einer Weile. »Deckt sich in etwa mit dem errechneten Todeszeitpunkt.«

Eine Treppe führt hinunter in die Tiefe. Betonwände, abgetretene Stufen, ein wackliger Handlauf. Vorsichtig steigt er hinab. Es wird dunkler und die Musik lauter. Gitarre, ein Mann singt dazu. Feuchte Kälte weht ihm entgegen. Dann ein Absatz. Links eine Tür. Durch den Schlitz am Boden schimmert Licht. Die Musik kommt von dort. Er greift in die Manteltasche, fühlt das beruhigende Metall. Ein Klickgeräusch, die Waffe ist entsichert.

Matthias Woschitz schlug ein Bein über das andere. »Und dennoch stand die Stasi, schon drei Tage nachdem du vergessen hattest, in die sozialistische Republik zurückzukehren, bei mir vor der Tür und hat erst die Wohnung auseinandergenommen und dann mich. Die Verhöre waren endlos und tödlich, tödlich für meinen Geist und mein Selbstbewusstsein. Als sie mich verurteilten, war ich ein Wrack, mit gebrochenem Rückgrat und ermordeter Seele. Sie behaupteten, ich hätte von deinen Fluchtabsichten gewusst, hätte dir geholfen und so weiter. Sie hatten keine Beweise, nur diese Berichte dieser Person – »Vertrauensperson!« –, die nie auftauchte, deren Name nie genannt wurde.«

»Vertrauensperson?«

»Genau. Und der wusste auch von den Liedertexten.«

Gegen Abend fasste Ulrike Volk zusamen: »Ullrich Walther, 3.4.1957 in Rostock. Bis zur Wende NVA-Offizier ... danach Geschäftsmann in Berlin. Im- und Export. Fährt Juli 1999 zum Urlaub nach Rügen. Seitdem verschwunden. In der Waffe, die wir in der Nähe des Skeletts gefunden haben, fehlt eine Patrone ... es handelt sich um eine Tokarew TT-33, typische NVA-Pistole. Auch der Spaten bei dem Toten, wahrscheinlich das Mordwerkzeug, ist NVA-Material ... zwei Buchstaben sind am Griff eingeritzt ... hier, das ist interessant. Walther hat vom 1. November 1976 bis Ende April 1978 seinen Wehrdienst bei der NVA abgeleistet. Rate mal, wo?«

Vorsichtig schiebt er die Tür auf. Jetzt erkennt er den Sänger: *Ich halt mich fest hier, bis mich kalt / dieser verhasste Vogel krallt ...*

»Hast du das wirklich vergessen? Wie wir uns heimlich den Mitschnitt des Kölner Biermann-Konzerts besorgt haben, nach seiner Ausbürgerung ...« Matthias Woschitz stand auf, ging ins Schlafzimmer und kam mit einem alten Tonbandgerät zurück. »Unser altes Bändi II. Haben sie nie gefunden. Hatte ich bei einem Bekannten in der Gartenlaube versteckt.«

»Verdammt, das hatte ich völlig verdrängt.« Müller massierte sich mit den Fingerspitzen die Augenwinkel. »Wie ausgelöscht. Jetzt kommt alles wieder hoch. Vorher hatten uns

Wolf Biermanns Lieder überhaupt nicht interessiert. Aber nach seinem Rausschmiss haben wir nächtelang, immer wenn wir Ausgang hatten, auf deiner Bude die Texte rausgehört und abgeschrieben ...«

» ... und mit der Schreibmaschine in der Schreibstube auf Durchschlagpapier vervielfältigt. Ulli hat dabei Schmiere gestanden ...«

»Ulli?«

Woschitz drückte auf *Start*.

Helmut Tonbecher blies einen einsamen Croissant-Krümel von der Tastatur: »Wenn du so fragst, würde ich doch glatt sagen: Walther hat auf der schönen Insel Rügen gedient, genauer gesagt im Koloss von Prora. Das passt. Der Fundort der Leiche ist nämlich ein ehemaliger Luftschutzbunker dieses Kraft-durch-Freude-Bauwerks.«

»KdF? Das war doch eine Nazi-Organisation?«

»Die haben das Ding 1935 geplant und bis 1939 daran gebaut, ohne fertig zu werden. Zwanzigtausend Menschen sollten an der Prorer Wiek zwischen Sassnitz und Binz gleichzeitig ihren verordneten Urlaub ableisten können. Nach 1949 hatte die NVA da ihre Technische Unteroffiziersschule, außerdem wurden dort Soldaten aus politisch befreundeten Entwicklungsländern ausgebildet. Und in den Achtziger Jahren waren in Prora bis zu fünfhundert Bausoldaten stationiert.«

Ein kahler Raum. In der Mitte ein Holztisch. Darauf ein Handscheinwerfer; grelles, stechendes Licht. Daneben ein tragbares Tonbandgerät. Erinnerungen! Die Spulen drehen sich: *Und wenn du weg willst, musst du gehen / ich hab schon viele abhaun sehn / aus unserem halben Land ...*

Matthias stoppte das Band. »Ich hatte noch ein paar Abschriften davon, unter der Schublade vom Küchentisch festgeklebt. Ein gefundenes Fressen für die Staatssicherheit. Hat mir außer der Anklage wegen Beihilfe zur Republikflucht noch eine wegen öffentlicher Herabwürdigung eingebracht.«

»Alles an den Haaren herbeigezogen. Ein perfides Netz aus Lügen und Verleumdungen, um dich zu vernichten.«

»Du kannst dir vorstellen, dass ich wissen wollte, wissen musste, wer mich verraten hatte. Das war mein Strohhalm, an den ich mich klammerte, um in Bautzen nicht vor die Hunde zu gehen. Und dann diese Ironie – ich komme aus dem Gefängnis und zwei Tage später fällt die Mauer. Doppelte Freiheit. Aber ich konnte weder die eine noch die andere genießen, ehe ich wusste, wer mein Leben zerstört hatte. Als Erstes habe ich mich auf die Suche nach dir gemacht und mich gleichzeitig um die Stasi-Akten gekümmert.«

»Du bist ja bestens informiert«, unterbrach Ulrike Volk ihren Kollegen. »Woher kommt's?«

»Ich dachte, du kennst meine Personalakte? Geboren '59 in Leipzig ...«

»Oh ja, stimmt«, murmelte Ulrike Volk. Und nach einer Pause, die eine Sekunde zu lang geriet: »Aber was, in Gottes Namen, sind Bausoldaten?«

»Die DDR war das einzige Land im Ostblock mit einem waffenlosen Wehrersatzdienst.«

»Kriegsdienstverweigerer in der DDR?«

»Wenn du mit deinen Gewissensgründen durchkamst, warst du ein anerkannter Pazifist. Und deine Karriere war im Eimer.«

Blöde Kälber soll man binden / Schleifen, schlachten, so ist es recht ... Eine Hand kriecht aus dem Dunkel und drückt die

Stopptaste. Die Musik verstummt. Stille, bis auf Walthers schweres Schnaufen. Das Licht blendet ihn.

»Wer sind Sie? Was wollen Sie?«

Stille.

»Wollen Sie Geld? Warum zerren Sie diese alte Sache ans Licht?«

Immer noch Stille.

Dann hinter ihm ein Geräusch.

»Ich war auf Rügen«, sagte Matthias. »Bin hinaus nach Prora gefahren, habe ehemalige Kameraden ausfindig gemacht und mit ihnen gesprochen. Und ich war auch in dem alten Luftschutzbunker, in dem wir uns damals heimlich getroffen haben. Ich bin hinuntergegangen, und dabei ist mir klar geworden, wer die ›Vertrauensperson‹ war. Weil sie der Stasi von dem Bunker erzählt hatte. Und außer dir später wusste kein anderer davon.«

Wolfgang Müller nahm Matthias in die Arme und küsste ihn auf den Mund. »Du weißt, wer es war?«

»Ja«, sagte Woschitz und strich Müller über die Wange. »Es war unser Türsteher in Prora. Der kleine, fette Ulli, der so in dich verliebt war.«

»Ulli?« Müller schüttelte den Kopf. »Aber da war doch nichts mit ihm und mir ... nichts Richtiges. Nicht mehr, nachdem ich dir begegnet war.«

Er machte sich los und ging zum Fenster. Er schob die Gardine zur Seite und starrte schweigend über die Bucht.

»Klar, ich hab ihn abserviert, eiskalt, wegen dir«, murmelte Müller. »Aber ich ...«

»Wir waren damals gerade zwanzig.« Woschitz trat hinter ihn und schlang seine Arme um ihn. »Völlig unreif, verblödet vom scheiß Kasernenleben und blind vor Liebe. Wir Spatis

180

waren doch der letzte Dreck. Was stand da auf der Klowand? *Drei Worte genügen – nie wieder Rügen?*«

»Und wieso waren die trotzdem in einer Kaserne?«, fragte die Hauptkommissarin. »Wenn sie doch Verweigerer waren?«

»Bausoldaten!«, korrigierte Tonbecher. »Das war sozialistischer Doppeldenk: Sie haben die Verweigerer genauso eingezogen wie die anderen und sie in die Uniform gesteckt. Nur hatte sie auf den Schulterklappen keine Sterne, sondern einen Spaten. Deshalb wurden sie auch ›Spatis‹ genannt. Wurden auf Baustellen eingesetzt oder im Küchen-, Garten- und Heizungsdienst. Ich habe in Königs Wusterhausen im Heizungskeller dafür gesorgt, dass es den Herren vom Grenztruppenkommando schön warm unterm Arsch war.«

»Herr Hauptkommissar. Welche Worte aus ihrem Staatsbeamtenmund! Sie haben verweigert?«

»Lassen wir das«, sagte Tonbecher. »Viel interessanter ist doch die Frage, was Ullrich Walter vor zehn Jahren hier bei Prora gewollt hat. Und wieso ihn jemand mit einem Spaten erschlagen hat.

Woschitz hatte sich umgewandt und sah Müller an.

»Ich hab den Scheißkerl in Berlin ausfindig gemacht. Ist ein erfolgreicher Unternehmer geworden, sozial und politisch engagiert. Verheiratet! Vorbildlicher Staatsbürger. Hat den Verdienstorden vom Bürgermeister bekommen. Öffentliche Verleihung. Ich hab hinten gesessen. Am liebsten hätte ich mich auf ihn gestürzt und ihn auf der Stelle erschlagen.«

Wieder Stille. Der Schweiß läuft Walther in die Augen. Sein Herz flattert, sein Puls rast. Aus dem Dunkel tritt ein Schatten hervor.

Dem Hauptkommissar saß Matthias Woschitz gegenüber. Ulrike Volk schien mit irgendeiner Akte beschäftigt.

»Ich möchte mich für die Unannehmlichkeiten entschuldigen«, sagte Tonbecher. »Aber vieles hat auf sie hingedeutet. Die Aussagen Walthers ehemaliger Kameraden, dass Sie Ende der Neunziger in Prora waren und sich nach ihm erkundigt haben, waren die ersten Hinweise. Dazu die Initialen M.W. im Griff des Spatens, den wir im Bunker gefunden haben. Aber wie es auch sei – Ihr Alibi für die infrage kommenden Wochen 1999 wurde bestätigt. Wir haben uns also getäuscht. Sie können gehen. Auf Wiedersehen.«

Ullrich Walther zieht die Pistole, zielt auf den Schatten.
Der Schuss zerreißt die Stille.
Der Spaten spaltet seinen Hinterkopf.

Am Silvesterabend 1999 standen Matthias Woschitz und Wolfgang Müller auf dem Balkon von Müllers Wohnung in Berlin-Mitte. »Alles geht einmal zu Ende. Auch das 20. Jahrhundert« Matthias prostete Wolfgang zu. »Wir haben die alten Geschichten begraben. Schauen wir nach vorn.«

»Ja, schauen wir nach vorn!«, sagte Müller und küsste ihn. »Ich suche übrigens einen persönlichen Referenten für meinen Stab. Was meinst du?«

Tonbecher hatte das Fenster geöffnet und starrte hinaus. In der Hand hielt er den Brief mit dem Landeswappen, der mit der Hauspost gekommen war. Am Horizont schoben sich graue Wolken über die Ostsee.

»Ein ungeklärter Fall mehr«, murmelte er. »Meinetwegen. Ich mag diese alten Geschichten nicht immer wieder ausbuddeln.«

Ulrike Volk schaute von ihrer Akte auf. »Das habe ich jetzt nicht gehört.«

»Habe ich was gesagt?«

»Wenn der Staatsanwalt meint, dass das Alibi von Woschitz durch Staatssekretär Müllers Aussage ausreichend bestätigt ist, dann ist das so. Ende Gelände. Wir sind ja nur die Hilfsbeamten.«

Tonbecher faltete den Brief zusammen.

»Was war das?«, fragte Ulrike.

»Die Mitteilung, dass ich zum Dienststellenleiter des Dezernats sieben befördert worden bin.«

Ulrike hob die Augenbrauen: »Tolle Karriere für einen Verweigerer.«

»Interpretationssache«, brummte Tonbecher, zerknüllte den Brief und versenkte ihn treffsicher im Papierkorb.

Der Gast von Zimmer 316

von Jacques Berndorf

Ganske war Erster Kriminalhauptkommissar und machte den Eindruck, als ob er nicht bis drei zählen könne. Er konnte so gut den Verlegenen spielen, dass er den Leuten, die er verhören musste, oftmals leid tat – und dass sie dann mehr sagten, als sie eigentlich wollten.

»Sie müssen fahren«, sagte sein Vorgesetzter Kischkewitz in seinem Eckbüro im Polizeipräsidium. »Nach Ribnitz-Damgarten, morgen früh. Wir müssen den Mann überführen und hierher bringen – ohne dass wir mit den Kollegen in Meck-Pomm erst groß über Amtshilfe und Unterstützung verhandeln müssen. Sie verstehen?«

»Schon recht«, murmelte Ganske unglücklich.

Vierundzwanzig Stunden später stand er in einem ziemlich zerknitterten Anzug und mit einer Kunstlederaktentasche vor der efeubewachsenen Fassade eines Gesundheitshotels in der Bernsteinstadt. »Mehr als Wellness« gab es hier, wie die Prospekte versprachen, hier konnte man Geist und Körper reinigen, Energie schöpfen und die Batterien wieder aufladen. Mit optimierter Ernährung und betreut von ausgebildeten Heilpraktikern. Zehn Minuten entfernt schlugen die Ostseewellen an den Strand, und über allem strahlte ein postkartenblauer Himmel. Was wollte man mehr?

Ganske betrat das Hotel und erkundigte sich an der Rezeption bescheiden: »Kann ich bitte Herrn Moormann sprechen?«

Das Mädchen hinter dem Counter sah ihn etwas mitleidig an, wie er es gewohnt war, und erwiderte mit mecklenburgischem Zungenschlag: »Sind Sie ... ich meine, sind Sie ...«

»Ich bin von einer rheinland-pfälzischen Behörde«, sagte Ganske sehr bescheiden.

»Ich melde Sie an«, erklärte das Mädchen, war aber offensichtlich noch immer nicht sicher, ob Ganske vielleicht ein Schnorrer war: »Zimmer 316.«

Er fuhr mit dem Lift in den dritten Stock und klopfte betont leise an die Tür Nummer 316.

»Herein!«, brüllte Moormann.

Moormann brüllte, wie Reiche so brüllen, wenn sie sich sehr wohl fühlen und die Umwelt ihnen zu Füßen liegt.

»Mein Name ist Ganske«, sagte Ganske. »Ich muss Ihnen leider eine traurige Nachricht überbringen.«

»Woher kommen Sie denn?«, fragte Moormann. »Und wieso traurige Nachricht?«

»Aus Trier. Ich bin Kriminalkommissar und habe die Pflicht, Ihnen mitzuteilen, dass Ihre Frau verstorben ist.«

»Meine Frau ... verstorben?«, wiederholte Moormann fast tonlos. »Tot?« Sein Gesicht war starr. »Wie ist das passiert? Autounfall?«

Ganske schüttelte den Kopf.

Sie waren an den Strand gegangen. Luft, hatte Moormann gemeint, als nach Ganskes Mitteilung die Farbe langsam in sein aschfahles Gesicht zurückgekehrt war, er brauche jetzt Luft.

Also waren sie jetzt an der Luft, an der gesunden Ostseeluft. Der Himmel strahlte immer noch postkartenblau. Ein paar Strandwanderer waren unterwegs. Und Moormann und Ganske. Der Mann bewegte sich seltsam geduckt, den Blick auf den Boden geheftet.

»Was ist passiert? Erzählen Sie schon!«

»Vor vier Tagen wurde sie leblos in ihrem Bett aufgefunden.«

»Herz? Infarkt? Mann, sagen Sie doch was!«

»Herz«, sagte Ganske. Das war ein schwieriger Punkt. Er blieb stehen und malte mit der Spitze seines Schuhs ein unbestimmtes Muster in den feuchten Sand. »Sie hat wohl zu viel geraucht. Nikotinvergiftung, verstehen Sie? So eine kleine, schlanke Person ...« Ganske ließ den Rest des Satzes in der Luft hängen.

Moormann sagte laut: »Ha!« Dann zerrte er einen kleinen silbernen Flachmann aus der Brusttasche seiner Sportjacke und genehmigte sich einen großen Schluck. Ganske roch Rum. »Wollen Sie auch?«

»Ich trinke nie«, sagte Ganske. »Warum haben Sie eben ›Ha!‹ gesagt?«

Moormann trank den Rum wie Wasser, verstaute den Flachmann wieder und erklärte dann: »Sie hat wie eine Verrückte geraucht. Ich habe ihr immer gesagt, sie soll den Unsinn lassen. Gesundheit ist etwas Wertvolles. Man muss es bewahren.« Für einen Moment versank er im Anblick der Wellen, die sich über den Sand kräuselten. »Deshalb komme ich mindestens einmal im Jahr hierher. Die Seele baumeln lassen. Mich um mich kümmern. Die Batterien aufladen. Wie oft habe ich ihr gesagt, sie soll mitkommen. Doch sie wollte nicht. Hat sich stattdessen selbst immer weiter ruiniert. Was habe ich auf sie eingeredet ...«

»Ich kann es mir lebhaft vorstellen«, sagte Ganske unglücklich. »Ihre Leber war ja auch schon stark angegriffen. Sie nahm doch diese Leberkapseln.«

»Seit Jahren!«, nuschelte Moormann. Er schritt kurz aus, den Strand empor, sodass Ganske fast Mühe hatte, ihm zu folgen. Oben setzte Moormann sich ins Gras. Ganske blieb nichts anderes übrig, als sich neben ihn zu setzen. »Früher oder später wäre es ohnehin geschehen«, sagte Moormann. »Wir beide werden zusammen nach Trier zurückfahren.«

»Das werden wir«, sagte Ganske zuversichtlich. Der Wind ließ ihn in seiner Jacke nun doch ein wenig frösteln. »Wissen Sie eigentlich, wie viele Gifte eine Zigarette enthält?«

Moormann hob den Kopf. »Nein, wieso?«, murmelte er. »Ich weiß es nicht.«

»Es sind viele Gifte.« Ganske nahm einen Zettel aus der Tasche und las ab: »Zigarettenrauch enthält sechshundert Bestandteile, Kohlenmonoxyd, Arsen, Phenole, Ammoniak und sogar Polonium. Würde der menschliche Körper die meisten dieser Gifte nicht ausscheiden, wäre jeder Raucher sehr schnell tot.«

Moormann hatte draußen auf der See ein Segelboot erspäht und verfolgte es mit seinen Blicken: »Was nutzt das alles?«, fragte er. »Wahrscheinlich war sie die ganzen letzten Wochen zu faul, sich ordentlich zu ernähren. Was hätte sie hier alles an Spezialitäten haben können, wenn sie nur einmal mitgekommen wäre. Boddenkieker Aalsuppe. Scholle. Mecklenburger Rippenbraten. Aber nein ... Was hat sie gewogen? Fünfzig Kilo? Sie war anorexisch, dazu das Leberleiden. Wahrscheinlich hat sie nichts anderes getan als im Bett zu liegen und sich ihre DVDs mit alten Filmen anzusehen. Und überhaupt nichts gegessen ... und nur geraucht – das muss ja mit der Zeit den stärksten Mann umbringen.«

»Oh, nein, nein«, widersprach Ganske. »Sie hat gegessen. Sie hat sogar ausreichend gegessen. Was glauben Sie, wie viel Nikotin notwendig ist, um einen Menschen zu töten?«

»Sie gehen mir auf die Nerven«, rief Moormann und sprang unbeherrscht auf. Seine Augen waren schmal.

»Hat die rheinland-pfälzische Polizei eigentlich so viel Geld, dass Sie extra einen Kommissar herschicken kann, nur um mir den Tod meiner Frau mitzuteilen?«

Ganske war ebenfalls aufgestanden. Er strich sich den Sand vom Hosenboden und schüttelte den Kopf. »Eigentlich nicht. Aber da Sie Ihre Frau getötet haben, muss der Steuerzahler für die Reise aufkommen.«

»Wie bitte?« Moormann sah Ganske an, als habe er einen Irren vor sich, einen Träumer, einen Clown. »Ich soll sie ... ermordet haben? Werter Herr, ich bin seit vier Wochen hier in diesem Hotel, um auszuspannen. Zu regenerieren. Man muss auf sich achtgeben, gerade in diesen Zeiten, wo immer voller Einsatz gefragt ist. Meine Frau ist ein paar hundert Kilometer von mir entfernt in Trier.«

»Sie haben doch eine Freundin, nicht wahr?«, fragte Ganske. »Sie arbeitet in einem chemischen Labor, in Trier.«

»Ja«, sagte Moormann, »unsere Ehe war seit einiger Zeit nicht mehr die beste.«

Ganske lüftete die Tarnung ein wenig. »Es ist ausgesprochen geschickt von Ihnen, wenigstens das zuzugeben. Warum haben Sie ausgerechnet Ihre Freundin in Trier die Spritze besorgen lassen?«

»Welche Spritze?« Moormann schien ganz konfus.

»Die Wegwerfspritze, in die Sie eine tödliche Dosis Nikotin aufgezogen haben.« Das war ein Bluff, das hatte die Freundin noch gar nicht zugegeben.

Moormann war nahe daran zu explodieren. Er stieß mit dem Fuß ein Stück Schwemmholz weg, ballte die Fäuste, riss sich aber zusammen und sagte höhnisch. »Aha, dann bin ich also nach Ihrer Meinung vor vier Tagen heimlich nach Trier gefahren und habe meiner Frau Nikotin gespritzt?«

Ganske lächelte sanft. »Nein, nein, das war ein Langzeitzünder. Schon vor Wochen haben Sie mit Hilfe Ihrer netten kleinen Freundin das Gift besorgt und mit der Spritze in eine der Leberkapseln Ihrer Frau gefüllt. Dann fuhren Sie hierher. Wie üblich. Ihr Gesundheitsurlaub. Und irgendwann musste Ihre Frau dann mal die Kapsel nehmen. Und sie nahm sie ja auch.«

Moormann vergrub die Hände in den Taschen. Zog die Schultern hoch. War auf einmal mit jeder Faser die reine Abwehr. Der Wind zerstrubbelte sein schütteres Haar. Die Wellen verliefen sich im Sand.

Ganske war wieder ganz der Schüchterne, Verlegene, als er murmelte: »Ich habe einen ziemlich strengen Vorgesetzten. Wären Sie bereit, Herr Moormann, mir zu helfen?«

»Wie bitte?« Moormann war überrascht.

»Na ja, er will mich vorzeitig pensionieren, weil er meint, ich sei altmodisch in meinen Methoden. Aber Sie können mir doch bestätigen, dass ich noch ganz auf der Höhe bin.«

»Hat meine Freundin das mit der Spritze und dem Nikotin wirklich zugegeben?«, fragte Moormann.

Er war leichenblass, und Ganske sagte hastig: »Mensch, gehen Sie mir bloß nicht ins Wasser!«

Moormann schüttelte den Kopf. Seine Schultern sackten herunter. »Ich habe gar nicht den Mut dazu. – Ich dachte, es sei wirklich eine todsichere Sache. Wie sind Sie nur drauf gekommen?«

Ganske lächelte. »Für Sie war ein bisschen der Teufel im Spiel, wissen Sie. An dem Tag vor vier Wochen, als Sie zu Ihrem Wellness-Urlaub hierher aufbrachen, da ging Ihre Frau zum Arzt. Und der sagte, sie stehe dicht vor einem Infarkt. Sie müsse das Rauchen aufgeben, aber natürlich ihre Leberkapseln unbedingt weiternehmen. Und es war doch merkwürdig für uns, dass jemand an einer Nikotinvergiftung gestorben sein sollte, der seit vier Wochen nicht mehr rauchte.« Ganske warf noch einen Blick aufs Meer. »Ich werde im Hotel Bescheid sagen, dass Sie auschecken und mit mir nach Trier zurückfahren, ja?«

Game over in Greifswald

von Karr & Wehner

Er stand gleich hinter Lindholz auf einem Parkplatz an der A 20. Plattland, mit Möwen überm endlosen Kappesfeld und Krähenschwärmen, die den Seevögeln den Acker streitig machten. Sina bemerkte als Erstes die Bizeps unter einem rostfarbenen Sweatshirt, dann die schmalen Hüften und langen Beine in den ausgeblichenen Jeans. Sie ging vom Gas. Er hatte kurzes, blondes Haar und einen Knackarsch, der sich sehen lassen konnte. Sina fuhr rechts ran und machte die Beifahrertür auf. Noch während sie ihn im Rückspiegel mit seinem kleinen Matchsack herankommen sah, fragte sie sich, ob es nicht ein Fehler war, ihn mitzunehmen.

»Danke.« Er warf den Beutel auf die Rückbank und kletterte auf den Beifahrersitz. »Wohin geht's?«

Gute Frage. Sina fädelte sich in den Verkehr ein. »Stralsund!«

»Genau meine Richtung.«

Der Blonde hatte gute Hände, schmal, die Finger lang und mit kurz geschnittenen Nägeln. Keine Ringe, keine Piercings. Er schwitzte ein wenig. Sina brachte den Wagen auf Touren. Die Automatikschaltung klickte. Sie stellte die Klimaanlage höher. »Heiß heute.«

Sina schätzte ihn auf achtzehn, höchstens zwanzig. Nicht der Studententyp, zu gepflegt. Kein Treckingrucksack, keine aufgerollte Isomatte. Nur diesen kleinen Matchbeutel.

»Was willst du in Stralsund?«

»Nichts Bestimmtes. Und Sie?«

»Das Gleiche.«

Er beobachtete sie. Seine Augen waren dunkle, gemusterte Kreise. Die Lüftung trocknete den Schweiß auf seiner Haut. Er strich sich übers Haar.

»Toller Wagen.«

»Chevrolet.«

»Muss eine Stange Geld kosten.«

»Stimmt.«

Sie brauchte den Wagen, um sich wohlzufühlen. Auch wenn er mit all seinem Chrom und seinem protzigen Ami-Outfit alle Welt auf sie aufmerksam machte. Ohne den Chevy hätte sie sich nackt gefühlt. Sie gab ein Vermögen für Reparaturen aus und bezahlte klaglos das Superbenzin, das die Maschine in amerikanischer Großzügigkeit gallonenweise schluckte.

Der Wagen war ihre Fluchtburg, ihre Versicherungspolice für einen schnellen Abgang. Im Kofferraum hatte Sina ihre Beretta versteckt, gut eingeölt und geladen, im Fach unter dem Reservereifen. Für Notfälle. Zuletzt hatte sie die Pistole vor zwei Jahren bei dem lästigen Spediteur in Schwenningen gebraucht.

Sina nahm ihre Handtasche von der Mittelkonsole und verstaute sie im Seitenfach der Tür. Immerhin steckten ihr Geld und ihre Kreditkarte darin – alles, was sie nach ihrem Abgang aus Marks Appartement noch hatte. Mark, dieses Miststück.

»He, da war die Abfahrt!«

Sie zuckte zusammen.

»Nach Stralsund«, sagte er. »Schon vergessen?«

Sie sah zu ihm hinüber. Er hatte sich im Sitz zurückgelehnt. Seine Brustmuskeln zeichneten sich mit feuchten Rändern unterm Sweatshirt ab.

»Ich hab's mir anders überlegt.«

191

Er sagte eine Weile nichts.

»Willst du aussteigen?«, fragte sie. Es war ein Fehler gewesen, ihn mitzunehmen. Sie brauchte Ruhe zum Nachdenken. Und er machte sie nervös.

»Schon in Ordnung«, sagte er. »Ich hab's mir eben auch anders überlegt. Wohin geht's jetzt?«

Sinas Nackenhaare stellten sich auf. Rechts rauschten die Stallanlagen einer ehemaligen LPG vorbei, links erstreckten sich Felder. Rüben ohne Ende. Der Horizont ein leichter Bogen, der im Dunst verschwand.

In einer Stunde konnten sie in Greifswald sein. Von da aus konnte man weitersehen. Wolgast vielleicht, oder Usedom, die polnische Grenze in Schrittweite. Ein Platz war so gut wie der andere, um einen neuen Anfang zu machen. Hinter ihr zog eine Gewitterfront auf. Der Himmel lag jetzt aschgrau über den Feldern. Die Luft aus der Klimaanlage schien elektrisch aufgeladen. Güllegestank wehte herüber, so erbärmlich, dass die Filter der Klimaanlage nicht mehr mitspielten. Die ersten Regentropfen zerplatzten auf der Scheibe. Sie stellte die Wischer auf Intervall. Der Blonde spielte am Radio herum.

»Lass das!«

»Tut mir leid.«

Er legte die Hände auf den Schoß. Sehr schöne Hände. Ein feiner Haarflaum auf der gebräunten Haut. Er war sicher ziemlich geschickt.

Sie entspannte sich. Kein Grund zur Unruhe. Kein einziger Streifenwagen weit und breit.

Es waren mindestens drei gewesen, die bei Mark auf sie gewartet hatten, als sie im Morgengrauen nach Hause gekommen war, die Jacke überm Arm, todmüde und aufgekratzt zugleich. Die Nacht hatte sich gelohnt. In der Handtasche hatte sie die elf Hunderter, die sie den Messemenschen im Hinterzimmer der *Spiegel-Bar* in der Altstadt von Rostock beim Poker abgenommen hatte. Dazu die goldene Krawattennadel mit dem Brilli, die der Betonbau-Spezialist aus Rheine am Schluss noch unbedingt hatte setzen wollen.

Als Sina Marks Wohnungstür aufschloss, wollte sie nur noch einen doppelten Cognac, eine heiße Dusche und sich dann für ein paar Stunden auf dem Bett langmachen. Im Wohnzimmer dudelte die Morgenshow der *Ostseewelle* aus dem Radio. Ärgerlich wollte sie gerade nach Mark rufen, als sie im Spalt der Schlafzimmertür den Schuh sah. Ein schwarzer Schnürschuh, in dem ein Fuß in einer Tennissocke steckte. Im Garderobenspiegel entdeckte sie das Bild des Mannes, der zum Schuh gehörte: blaue Hose, hellblaues Hemd, dunkler Binder, die Sheriffmütze auf dem Kopf und die P6 schussbereit.

Sina hatte sich keine großen Gedanken darüber gemacht, ob Mark sie nun verpfiffen hatte oder ob die Bullen von alleine darauf gekommen waren, dass sie bei ihm untergekrochen war.

Sina schlüpfte aus den hochhackigen Schuhen und wich auf Zehenspitzen zur Wohnungstür zurück. Behutsam drückte sie die Klinke herunter und glitt ins Treppenhaus. Sie schob den Schlüssel von außen ins Schloss, zog die Tür zu und drehte den Schlüssel. In der Wohnung polterte etwas. Das Radio wurde ausgestellt, ein Mann fluchte. Mit ihren Schuhen in der Hand hastete sie die Treppe hinunter. Bei einem kurzen Blick aus dem Fenster sah sie den hellen Vectra auf der anderen Straßenseite. Eine Frau in Zivil klebte gerade das Blaulicht aufs Dach. Ein Uniformierter kam über die Straße zum Haus gerannt.

Sina stieß die Kellertür auf, lief über die kalten Steinstufen hinunter in die Waschküche. Dort gab es eine Tür zum

Hinterhof. Sina sah keine Polizei, schloss die Hoftür behutsam hinter sich ab und durchquerte den Hinterhof. Sie kletterte auf die Mültonnne, schwang sich über die Mauer in den Nachbarhof und huschte an einer Sperrmüllhalde vorbei bis zur Toreinfahrt auf der anderen Seite des Blocks, wo der Chevrolet stand. Glück im Unglück, dass sie ihn vorhin in der erstbesten Lücke geparkt hatte.

Ihr stand der Schweiß auf der Stirn, als sie sich hinters Steuer klemmte und den Zündschlüssel drehte. Sie ließ den Chevy aus der Seitenstraße rollen und schlüpfte ungesehen von den Bullen vor einem Möbelwagen in den laufenden Verkehr. Zehn Minuten später war sie auf der A 19. Sie war davongekommen. Gerade noch.

Keine Frage, Mark hatte sie verpfiffen. Entweder hatte er sie loswerden wollen, oder die Belohnung hatte ihn gereizt. Sie hätte ihm nichts von dem Haftbefehl erzählen dürfen, der wegen des fetten Speditionsunternehmers gegen sie lief, dem sie mit zwei Kugeln aus ihrer Beretta klar gemacht hatte, dass sie nur Karten und nicht seine Sex-Sklavin spielen wollte. Seitdem war sie der Staatsanwaltschaft Wismar zweitausend Euro wert.

Sina ließ sich mit dem Chevy im Vormittagsverkehr nach Süden treiben. Jetzt nur nicht auffallen. Und aufpassen. Vielleicht hatten die Bullen trotz ihres dilettantischen Einsatzes noch ein paar Straßensperren aufgebaut.

»Auch eine?«

Sina schreckte zusammen.

»Oder rauchst du nicht?«

Er hatte sich eine Zigarette zwischen die Lippen gesteckt und hielt ihr die Packung hin. Gauloise blondes.

»Danke.«

Als er ihr die Filterlose zwischen die Lippen steckte, berührten seine Fingerspitzen ihren Mund. Sie roch seinen

Schweiß. Er war so jung und so verdammt eingebildet. Ich könnte deine Mutter sein!, dachte Sina. Aber vielleicht machte ihn das ja gerade an. Und sie vielleicht auch.

Sina drückte den Zigarettenanzünder ein und wartete, bis er wieder aus der Halterung klackte. Sie reichte ihn hinüber. Der Zigarettenrauch mischte sich mit dem Duft ihres Parfüms. Sina gähnte.

»Wenn du müde bist, kann ich auch fahren.«

»Ich komm ganz gut allein zurecht.« Sie bewegte die verspannten Muskeln im Nacken und dachte: Wenn ich dich zu was brauche, dann sag ich es dir schon.

Sie wurde das Gefühl nicht los, dass mit diesem Straßenkater etwas nicht stimmte. Aber gerade das reizte sie an ihm. Sie wollte wissen, was er vorhatte, weil sie nun mal gern auf Risiko spielte. Bei Mark war es genauso gewesen. Eine Nacht mit ihm wäre okay gewesen, aber sie hatte es ja genau wissen wollen und war zu ihm gezogen.

Sina sah zu ihrem Straßenjungen hinüber. Er hatte die Lehne zurückgekippt und die Beine auf dem Sitz angezogen. Seine Augen waren geschlossen und sein Atem ging ruhig. Sie glaubte nicht, dass er schlief. Eine Ader pochte zwischen den Sehnen am Hals. Seine Zigarette verglomm im Aschenbecher. Sina drückte sie aus.

Mark war auch so ein Hübscher gewesen. Im Bett sehr ausdauernd und einfallsreich. Dass er gelegentlich auch mal einigen solventen älteren Herren seinen Hintern hinhielt, hatte ihr nichts ausgemacht. Eher schon, dass er im Tennisclub seine Fähigkeiten auch an verschrumpelte Gesellschaftsziegen verkaufte.

Es gab kaum etwas, was sie nicht zusammen gemacht hatten, und die Sache mit dem Babyöl war das Höchste gewesen. Allein der Gedanke daran erregte sie wieder.

Plötzlich bemerkte sie die Hand des Blonden an ihrer Brust. Er streichelte sie sanft durch den Stoff ihrer Bluse. Sina spürte die Reaktion.

Der Blonde lächelte. »Vielleicht finden wir ein Plätzchen, wo wir ungestört sind?«

»Mhh«, machte sie.

Ein Schild wies auf die nächste Ausfahrt hin. Duvendejk, Ferienanlage. Niederländische Freizeit-Kolonie in Meckpom.

Sina zögerte. Seine Hand lag jetzt auf ihrem Schenkel, glitt langsam unter ihren Rock und dann streichelte er sie genau da, wo sie es gern hatte. Sina spannte sich unter der Berührung.

Ein Traktor mit einem Gülletank kroch vor ihr her. Sina setzte den Blinker und überholte. Unglaublich, wie sich die Gegend in den letzten zwanzig Jahren verändert hatte. Nur gelegentlich glaubte sie, etwas wiederzuerkennen – ein verrottetes Ortsschild, ein Wäldchen. Etwa hier war es gewesen, irgendwo zwischen Klein Bisdorf und Griebenow, Anfang der Neunziger. Damals war ein Bauer mit einer Ladung Mist auf dem Hänger vor ihnen hergetuckert. Und Kilometer um Kilometer war der dicke Baulöwe mit seinem Mercedes hinter dem stinkenden Gespann hergerollt.

Die Baulöwe hatte eine richtige HiFi-Anlage im Wagen gehabt, mit CD-Wechsler und Lautsprechern hinten und vorn und in den Türverkleidungen, aus denen die Pet Shop Boys mit *Go West* kamen.

Viel besser als die Babette-Kofferkiste, mit der Sina im Schlafzimmer auf Mittelwelle die RIAS-Hitparade gehört hatte. Der Dicke hatte sie gleich hinter Greifswald mitgenommen. Sina hatte am Straßenrand gestanden und den Daumen hochgehalten, weil sie raus wollte. Sie war neunzehn, alt genug, um allein zurechtzukommen. Ihre Mutter war 1979 gestorben, als ihr Vater gerade seinen Job im neuen Kernkraftwerk in Lubmin bekommen hatte. Die Tante, zu der sie dann kam, war in der Partei und der GDSF und versuchte Sina davon zu überzeugen, dass die Täterä das Beste war, was es jemals auf deutschem Boden gegeben hatte. Und wenn sie weiter RIAS hörte und mit den Jungs von der Friedensbewegung in der Kirche rumhing, würden die imperialistisch-revanchistischen Aggressoren aus der BRD sie über kurz oder lang ins Verderben stürzen. Pornografie, Drogen, Alkohol, die Tante trank Wodka nur aus Wassergläsern wegen der ewigen brüderlichen Verbundenheit mit den sowjetischen Freunden.

Sina seufzte. Der Blonde heizte ihr mit seinen Fingerspielchen ganz schön ein. Bestimmt wollte er etwas von ihr. Geld wahrscheinlich. Oder einfach ein Abenteuer. Vielleicht fehlt ihm noch eine naturblonde Endvierzigerin in seiner Sammlung.

Sie ging vom Gas. Das Getriebe klickte. Sie langte hinüber und strich über seine Jeans. Unter ihrer Hand pochte es vielversprechend.

Er lächelte. »Ich mach's dir so gut, dass du noch im Grab daran denkst.« Selbstbewusst.

Im Rückspiegel sah Sina die wütende Lichthupe eines Porsche aufflackern.

Der Baulöwe war damals mit seinem Mercedes auf eine Lichtung in ein Wäldchen gefahren. Er war vielleicht Mitte fünfzig gewesen. Die Haare hochgeföhnt, die Haut auf der Sonnenbank gebräunt. Am Ringfinger steckte ein Ehering.

Angeblich wollte er nach Greifswald, um einen tollen Vertrag abzuschließen, mit der Treuhand, Strandhotels an der Ostsee. Beim Schalten griff er Sina ans Knie, schob ihr den Rock hoch und schnalzte mit der Zunge.

Sina empfand kaum etwas. Sie hatte in Bieneks HO-Gaststätte in Schönwalde, wo sie manchmal bediente, schon ganz

andere Sachen erlebt. Da hingen ein paar abgewrackte Vor-
stadt-Matratzen herum, mit denen die Arbeiter aus dem
Plattenbau vorzugsweise für ein paar Devisen im Hinterzimmer alles machen konnten. Sina hatte sich nicht in ihre Geschäfte eingemischt und sich lieber mit den Skatspielern
beschäftigt, die sie regelmäßig abzockte.

Der Dicke in seinem Mercedes hatte gemeint, dass sie sehr
schöne Finger habe. So schlank und beweglich. Und bestimmt unheimlich geschickt.

Sina fühlte sich unbehaglich. Der Baulöwe war ein anderes
Kaliber als die Kerle aus Bieneks Kneipe. Er ließ den Mer-
cedes auf der Lichtung ausrollen. Weit und breit keine
Menschenseele.

»Machen wir eine kleine Pause.«

Er stieg aus, kramte im Kofferraum und brachte eine Decke
zum Vorschein, die er auf dem Boden ausbreitete.

»Komm her, setz dich.«

Ihre Brust rieb sich an seinem Arm, als sie sich an ihn lehnte. Sein Körper war weich, ein bisschen wabbelig. Er bekam
einen roten Kopf.

Ob sie denn nicht ein bisschen lieb zu ihm sein wolle?

Er wartete nicht auf ihre Antwort. Seine Hände schoben
sich unter Sinas Bluse. Er küsste sie und wollte mit der Zunge
in ihren Mund. Sie drehte den Kopf zur Seite.

Er drückte sie auf den Boden. Sie wand sich unter ihm. Er
nannte sie seinen kleinen Wildfang, streifte ihren Rock ab,
nestelte an seinem Gürtel herum bis die Schnalle aufsprang
und schob seine Hosen herunter. Er hielt sie an den Hand-
gelenken und presste ihre Arme nieder, während er sich auf
sie legte.

Sina wurde heiß. Er rieb sie mit den Fingern, schob sich in
sie, zerstieß den Widerstand und bewegte sich keuchend.

Blut lief Sina warm die Schenkel hinunter. Über seine Schulter hinweg sah sie die Stoßstange des Mercedes. Der dicke Mann stieß heftig zu.

Sina krallte sich mit der Hand in den Boden, spürte Gras und Erde und dann plötzlich den Stein zwischen den Fingern. Sie umklammerte ihn, spannte den Oberkörper, riss den Arm hoch und schlug zu. Der Dicke zuckte stöhnend zusammen. Sie schlug noch einmal zu und traf ihn diesmal am Hinterkopf. Die Lippen des Dicken zuckten, im Blick seiner aufgerissenen Augen mischte sich Lust, Schmerz und Angst. Dann sackte er auf sie. Blut sickerte über seine Stirn und tropfte Sina aufs Gesicht. Sie schob ihn von sich herunter, rollte zur Seite und starrte ins flirrende Licht. Es dauerte ein paar Minuten, ehe sie begriff, was geschehen war. Langsam stand sie auf.

Der tote Mann hatte außer seinem Ehering noch eine Krawattennadel und eine goldene Uhrkette. Sina steckte alles ein, schleifte die Leiche an den Rand der Lichtung und häufte trockene Zweige darüber. Dann stieg sie in den Mercedes. Die Ledersitze rochen süßlich. Sie drückte ein paar Knöpfe an der HiFi-Anlage. *Go West* meinten die Pet Shop Boys

Sie ließ den Motor an, legte den Gang ein und fuhr los. Sie fuhr nach Westen, an Rostock vorbei, passierte Lübeck, schlug einen Bogen um Hamburg und steuerte Hannover an. Wenn sie tankte, bezahlte sie mit dem Geld aus der Brieftasche des Dicken, später versetzte sie den Ring, die Krawattennadel und die Uhrkette. Das Geld, das sie bekam, reichte bis Mühlhausen. Dort verkaufte sie den Wagen für ein paar Tausender an die Besitzerin einer Bar, in der sie ein paar Tage gearbeitet hatte. Sie stellte sich an die Straße, ließ sich von einem Werbefuzzi aus Frankfurt in seinem 320er BMW nach Süden mitnehmen und kam zwei Wochen später an der Riviera an.

Sie saß ein paar Tage in den Bistros von Cannes herum, schlenderte über die Croisette, genoss die Sonne und legte sich einen leichtes Sommerkleid und neue Schuhe zu. Als sie Geld brauchte, ging sie ins Spielcasino und setzte sich an den Blackjack-Tisch. Zuerst gewann sie, ein paar Francs, doch dann verlor sie ihr letztes Geld.

Beim Hinausgehen musterte sie die Männer an der Bar, um sich ein Quartier für die Nacht auszusuchen. Rivette prostete ihr mit seinem Champagnerglas zu. Sina setzte sich zu ihm. Mit seiner altersfleckigen Haut und seinen wässrigen, blauen Augen machte er nicht den Eindruck, als würde er noch große Ansprüche an eine Begleiterin stellen. Rivette nahm sie in sein Appartement mit, ein mit Möbeln zugestelltes Loch im billigsten Viertel der Stadt. Sina war überrascht, dass er nicht mit ihr schlafen wollte. Sie saßen auf dem kleinen Balkon, schauten über die Stadt und tranken billigen Wein. Er erzählte von den Blackjack-Tischen in Monte Carlo und den Hinterzimmern in Paris, in denen er gespielt hatte. Sina lehnte sich an seine Schulter und hörte zu. Sie war müde und ein wenig betrunken. Rivette streichelte ihre Hände und fragte, ob sie bei ihm bleiben wolle. Später konnte Sina sich nicht mehr daran erinnern, was sie darauf geantwortet hatte. Sie war eingeschlafen und am nächsten Morgen neben Rivette im Bett aufgewacht. Er hatte sie nicht angerührt. Er hatte sie niemals angerührt.

Von Rivette erfuhr Sina in den nächsten beiden Jahren alles über Karten, über Einsätze und Risiken, Gewinne und Verluste. Rivette war ein Fuchs, und Sina hatte lange nicht verstanden, warum er sich ausgerechnet sie als Schülerin ausgesucht hatte. Sie, eine Frau und noch dazu eine Deutsche, die mit ihrem Akzent auffiel, sobald sie den Mund aufmachte.

Erst später war Sina klar geworden, dass es genau diese Dinge waren, die Rivette interessiert hatten. Mit ihrem Körper, ihrer Sprache, nahm Sina den Leuten das Misstrauen. Niemand glaubte, dass diese hübsche Deutsche mit ihrem grässlichen Akzent die Karten geschickter mischte als andere. Später, als man wusste, dass sie professionell spielte, war sie eine Herausforderung für die Männer gewesen. Sie hatten sie sogar geholt, um sich zu beweisen, wie clever sie waren.

Kurz vor Levenhagen riss die Wolkendecke wieder auf. Die Möwen machten jetzt den Krähen den Platz auf den Feldern streitig. Sina lächelte dem Straßenkater auf dem Beifahrersitz zu. Seine Hand lag wieder zwischen ihren Beinen. Sehr gute Hände, sehr bewegliche Finger. Er hätte es ihr auf keine bessere Art beweisen können. Alles, was er brauchte, war ein bisschen Training. Noch mehr Geschicklichkeit, und niemand würde es merken, wenn er sich die Asse zusammenschob. Er hatte etwas, was die Blicke anzog. Seine Augen vielleicht. Oder seine Haltung. Gelassen, ohne lässig zu wirken.

»Bist du abgehauen?«, fragte sie.

Er zuckte nur mit den Schultern. »Das willst du doch gar nicht wirklich wissen.«

Die Frauen würden ihn lieben, in Greifswald und anderswo. Die kleinen Kreise von Managerfrauen, die einmal in der Woche im Gesellschaftsraum des Tennisclubs ihre Spielrunde abhielten. Oder die Ladys im Nadelstreifenmini, die nach einem harten Bürotag im Afterwork-Club beim Backgammon etwas relaxten und nach dem Kick für die Stunde nach Mitternacht Ausschau hielten. Keine würde darauf achten, was dieser hübsche Bengel mit seinen Fingern anstellte, wenn er sie aus seinen Kulleraugen ansah.

Zwei, drei Jahre Ausbildung vielleicht. Zuerst die Karten. Aufnehmen, abdecken, mischen, sortieren. Karten merken. Karten drehen, Karten verschieben, Karten manipulieren. Dann Backgammon. Die Steine, die Würfel, die Strategien. Sie konnte ihn erst einmal als Begleiter mitnehmen. Die Kerle würden ihn für ihren Lover halten und nicht weiter beachten. Gelegentlich konnte er dann auch mal ein Spiel alleine machen. Er würde lernen, wie man eine Partie aufzog. Wie man Spielern das Gefühl gab, unschlagbar zu sein. Und wie man sie dann zur Hölle fahren ließ. Sie würden ein gutes Team abgeben, am Spieltisch und im Bett, da war sie ganz sicher.

Sina verzog den Mund. Die Tankanzeige näherte sich dem roten Bereich. Mit der Reserve schaffte sie vielleicht noch fünfzig Kilometer. Bis dahin würde sie sich sicher mit ihrem Straßenkater einig werden. Ein Stopp an einer abgelegenen Stelle, ein Wort über das Geschäftliche und dann ein kleiner Test seiner Fähigkeiten.

Sina lenkte den Chevy hinter Boltenhagen von der Landstraße auf einen Feldweg und holperte an einem Weidezaun entlang bis zu einer Buschgruppe, die der Seewind landeinwärts gebogen hatte. Die Sonne hing flimmernd über der Horizontlinie. Kein Mensch war zu sehen.

Sie stellte den Motor ab.

Der Blonde lehnte sich zurück. »Du kennst dich hier aus, ja?«.

»Lange her.« Sina beugte sich zu ihm hinüber und streichelte seinen Hals. Ihre Hände glitten unter das Sweatshirt. Sie küsste ihn, er stöhnte leise.

»Lass uns rausgehen«, murmelte er und fummelte an ihrer Jacke herum.

Sina glitt auf ihren Sitz zurück, entriegelte den Kofferraum, stieß die Wagentür auf und stieg aus. Das Gras war trocken und warm. Sie ging um den Wagen herum. Ehe sie den Kofferraumdeckel hochklappte, sah sie durchs Rückfenster, wie er sich übers Haar fuhr. Sina räumte den Werkzeugkasten beiseite und holte die Pistole aus ihrem Versteck. Nicht, dass sie Angst hatte. Sie war nur vorsichtig. Sie steckte die Waffe in ihre Jackentasche und linste, während sie nach der Decke griff, am Kofferraumdeckel vorbei durchs Rückfenster. Der Blonde fledderte gerade ihre Handtasche. Das Geld hatte er wohl schon eingesteckt, das Schminkzeug und das frische Kartenspiel warf er achtlos beiseite, das goldene Feuerzeug steckte er ein.

Geräuschvoll ließ Sina den Kofferraumdeckel zuklappen. Er fuhr herum, starrte sie für ein Sekunde an. Sie wollte nach der Pistole greifen, aber da hatte er schon den Zündschlüssel herumgedreht und den Schalthebel heruntergerissen. Mit aufheulendem Motor machte der Wagen einen Satz nach hinten und riss Sina mit der Stoßstange von den Beinen. Sie spürte nicht einmal einen Schmerz, als sie auf den Boden schlug. Sie kämpfte gegen die Reifen, die ihr die Luft aus den Lungen drückten, als sie über ihren Brustkorb rollten. Ihre Beine gehorchten ihr nicht, sie sah noch, dass sie den linken Schuh verloren hatte und ihre Nylons mit Dreck verschmiert waren, und dann erst registrierte sie den Schmerz des gebrochenen Knochens.

Sie wollte sich aufrichten, schmeckte Blut und Erde, japste nach Luft. Er hatte den Chevy zum Stehen gebracht, Sina lag vor dem Wagen, sah die schmutzigen Reifen und einen Schimmer seines blonden Haares hinter der Windschutzscheibe.

Das Spiel geht an dich, Kleiner, dachte sie. Gib den Wagen nicht unter zehntausend ab ...

Dann traf sie die Stoßstange.

Hop oder Top

von Birgit C. Wolgarten

Die Rügenbrücke ist doch ein architektonisches Meisterwerk. Was meinst du?«

Leo Westermann klopfte mit den Fingerspitzen auf das Lenkrad. Es war Februar, in vier Tagen begann im Rheinland der Karneval, und er war, wie jedes Jahr zu dieser Zeit, im Auto auf dem Weg zu Deutschlands größter Insel. Missmutig dachte er darüber nach, dass er wohl der einzige Kölner war, der seit fünfunddreißig Jahren an den tollen Tagen nicht mehr in seiner Heimatstadt gewesen war.

»Einmal am Rhein ... du glaubst, die ganze Welt ist dein ... es lacht der Mund ... zu jeder Stund ...«

»Nun sag schon, ist die Rügenbrücke ein tolles Bauwerk, ja oder nein?«, hörte er seine Frau ungeduldig fragen.

»Ja!«

Das Seufzen unterdrückte er geflissentlich. Er hatte es sich abgewöhnt, ihr zu widersprechen. Schlimmer als ein langweiliger Jasager zu sein, war die Vorstellung, mit ihr nicht enden wollende Diskussionen führen zu müssen.

Sie hatten den Strelasund hinter sich gelassen, die Wintersonne blendete ihn, während er nun auf der B 96 in Richtung Sellin fuhr. Er klappte die Sonnenblende herunter. Immer geradeaus, rechts Bahnschienen, links weite Felder und Wiesen und irgendwo das Meer, noch versteckt hinter Hügeln und Bäumen. Kaum Abwechslung bis kurz vor Bergen, wo die Straße nach Sellin und Göhren rechts abzweigte. Dreimal im Jahr fuhren sie nach Rügen, und das seit genau fünfzehn Jahren und sieben Monaten. Nicht, dass es vorher besser gewesen wäre – die zwanzig Jahre zuvor hatte Irmgards erklärtes Ziel Garmisch geheißen, bis der Arzt ihr wegen ihrer Bronchien das Seeklima empfohlen hatte: »Die dünne Luft in den Bergen kann tödlich sein für Asthmatiker, Frau Westermann. Sie täten besser daran, ans Meer zu fahren.«

Und Leo hatt dem Arzt sogar noch zugestimmt – in der Hoffnung, nun jedes Jahr mehrere Male im Flugzeug sitzen und die Strände dieser Welt für sich erobern zu können. Welch fataler Fehler! Seitdem saß er jedes Jahr zu Karneval, an Ostern und am ersten September im Auto, überquerte den Strelasund – zugegeben, durch die Brücke staute es sich wenigstens nicht mehr so elend wie früher über den Damm – und fuhr mit Irmgard auf die Ostseeinsel.

Neben ihm klatschte seine Frau in die Hände, ihre zahlreichen Armreifen klirrten wie bei einer Zigeunerin. »Da, die erste rügensche Seemöwe hat uns begrüßt, hast du sie gesehen?« Sie rammte ihm ihre knochigen Ellenbogen in die Seite. »Hast du sie gesehen?«

Rügensche! Was bitte war eine rügensche Seemöwe? Mein Name ist Fritz Möwe, wohnhaft Nordstrand, Sandhügel 4 in Göhren auf Rügen. Was für ein Unsinn!

»Nun sag doch schon, Leopold, ja oder nein?«

Ja oder nein? Er setzte den Blinker und fuhr nach links, Richtung Sellin. Was ja oder nein? Egal!

»Ja!«

* * *

»Irmgard!«

»Heidrun!«

Leo Westermann gab dem Portier des Cliff-Hotels die Schlüssel seines Mercedes und bat ihn, die Koffer zu holen.

Sie standen an der Rezeption des Fünf Sterne-Hauses, und er versuchte, die Begrüßungsszene zwischen seiner Frau und ihrer Urlaubsfreundin, Heidrun Mertens aus Bielefeld, zu ignorieren. Die beiden sich wiegenden Gestalten erinnerten ihn an Dick und Doof. Irmgard, klein, früher einmal zierlich, heute nur noch knochig, und Heidrun, die im Speisesaal einen King-Size-Stuhl brauchte, schienen außer sich vor Wiedersehensfreude.

»Geht es dir gut, Schätzelein?«, säuselte seine Frau direkt hinter ihm, während er auf die Übergabe des Zimmerschlüssels wartete. »Es tut uns so leid mit deinem Werner.«

Leo zuckte zusammen. Natürlich, Werner, ihn hatte er fast vergessen. Der einzige Lichtblick im tristen Einerlei ihrer Urlaube war vor drei Monaten an einem Herzinfarkt verstorben. Saukerl, ihn hier jetzt mit den beiden Hyänen allein zu lassen. Mit Werner Mertens hatte man wenigstens abends ab und zu an der Bar ein vernünftiges Gespräch führen können. Für ihn als Leiter der größten Sparkassenfiliale Kölns war es natürlich immer sehr interessant gewesen, sich mit dem Autohändler über Wirtschaft und Politik zu unterhalten.

»Wie gerne wäre ich zu dir nach Bielefeld gekommen«, schnatterte Irmgard weiter, während Heidrun nun Leo an ihren gigantischen Busen drückte. »Aber unsere Angelika erwartete genau zu dem Zeitpunkt ihr drittes Kind. Ich hoffe, du hast Verständnis dafür.«

Kurz bevor Leo die Luft ausging, ließ Heidrun endlich von ihm ab. »Aber nein, Irmgard, das ist kein Problem. Martin, unser Ältester, hilft, wo er nur kann. Tanja studiert ja noch Jura, viertes Semester.« Sie winkte die Empfangsdame zu sich herüber. »Meinen Zimmerschlüssel bitte – sie kann ich nicht mit den Geschäften behelligen. Schon schlimm genug, dass sie ihren Vater verloren hat. Martin wird alles verkaufen, na ja, für mich wird es wohl reichen. Das Leben geht für uns alle weiter, Irmi. Werner war immer ein fröhlicher Mensch, er hätte nicht gewollt, dass wir Trübsal blasen.«

Leos Handy gab einen kurzen, melodischen Ton von sich.

Irmgard drehte sich zu ihm um, sah ihn strafend an. »Leopold! Wir sind im Urlaub, mach das Ding aus!«

Mit einem entschuldigenden Achselzucken blickte er die Empfangsdame an. *Romina Becker* las Leo auf dem Metallschildchen, das die junge Frau über der Brusttasche ihrer dunkelblauen, akkurat sitzenden Dienstkleidung festgesteckt hatte.

»Guten Tag, Herr Westermann, hatten Sie eine angenehme Fahrt?«

»Ja, danke!« Wer schickte ihm eine SMS? Er bekam nie Nachrichten per SMS. Er war kein großer Freund dieser Form der Kommunikation. Wer etwas von ihm wollte, sollte ihn gefälligst anrufen.

Sie reichte ihm eine Art Scheckkarte. »Ihr Zimmerschlüssel. 415, gleich neben dem Zimmer von Frau Mertens, also alles wie immer. Ihr Gepäck ist schon auf dem Weg nach oben. Wir wünschen Ihnen einen angenehmen Aufenthalt, Herr Westermann.«

Er nahm den Schlüssel und bemühte sich um ein Lächeln. Was konnte schließlich das junge Ding für seine Misere? Er folgte den beiden Frauen zum Aufzug. Der dicke Teppich verschluckte seine Schritte, während der Flur aus unsichtbaren Lautsprechern nonstop mit irgendwelchen leisen Klängen beschallt wurde. Vor der Tür des Lifts siegte schließlich seine Neugier. Er drückte die Aktivierungstaste seines Handys, und das Display zeigte ihm grell: *SMS/1 Nachricht. Bitte öffnen.*

»Hm, im Prinzip eine gute Idee, aber die Seebrücke gehört doch nicht mehr zum Cliff-Hotel, kann man dann dennoch an dem Kurs teilnehmen?«, plapperte Irmgard vor ihm.

Leo hatte keine Ahnung, wovon sie sprach. Er drückte ein paar Tasten, aber nichts bewegte sich auf dem Display. Auch ein Grund, warum er keine SMS mochte. Vielleicht war er aber auch einfach nur zu blöd dafür. Lisa, seine Enkelin, die hätte jetzt gewusst, wie das funktionierte, und selbst Irmgard kam mit den winzigen Dingern zurecht.

Heidrun winkte ab. »Na und?« Sie drückte auf die Taste für den Aufzug. »Wer fragt danach? Der Kurs ist ja auch nicht in, sondern an der Seebrücke und hat nichts mit dem Cliff-Hotel zu tun. Chi Gong ist für jedermann und für jedes Alter, und das Wetter soll vorerst so bleiben. Es soll sogar wärmer werden. Ich werde mich jedenfalls da anmelden.«

Ah! Jetzt tat sich etwas im Display. *Hallo Leo! Hattest wohl keinen Empfang, muss dir was Wichtiges mitteilen ...* Und jetzt? Wie kam man weiter runter? Das nervte einfach nur.

»Was meinst du, Leopold, sollen wir uns auch anmelden? Könnte uns doch guttun.«

Mit der Taste müsste man ...

»Leopold Westermann, nun sag schon!«

Gefunden! Der Text scrollte weiter. Die Aufzugtür öffnete sich, sie traten ein.

Erinnerst du dich an das Radioquiz von Freitag? Eben haben die angerufen. Wir haben gewonnen! Karneval in Rio.

Seine Finger jagten nun über die kleine Tasten, während der Aufzug in den vierten Stock hochfuhr.

»Leopold!«

Nur noch Kofferpacken und ab dafür. Der Flieger startet am Donnerstagmorgen ab Frankfurt. Eis dich einfach los von deinem Rügen und ... Der Aufzug ruckte, die Türen öffneten sich. *... melde dich bei mir. Die Tickets liegen am Flughafenschalter für uns bereit.*

Irmgard drückte ihm die Hand mit dem Handy nach unten. »Nun pack doch endlich das verdammte Ding weg. Was ist jetzt?«

Mechanisch öffnete er die Zimmertür. Rio de Janeiro, zwölf Stunden lang die Welt von oben betrachten, rhythmische Sambaklänge. Prachtvolle, strassbesetzte Kostüme auf Wagen voller Blumen, lebendige Farben.

»Leo!«

Er starrte aus dem Fenster ihres Zimmers auf das Meer in seinem gräulichen Winterkleid.

»Ja oder Nein?«

Auf dem Tisch am Fenster lag, neben einer einzelnen Rose und zwei kleinen Täfelchen Schokolade, eine Karte. *Willkommen im Cliff-Hotel. Willkommen auf Rügen, Deutschlands schönster Insel.*

»Ja!«

* * *

Binz scheint nie zu schlafen, dachte Irmgard und schaute auf das geschäftige Treiben der Flaniermeile, die sie mit heruntergelassenen Seitenfenstern entlangfuhr. Alles wie immer, dachte sie, und doch ist irgendwie etwas anders als sonst.

An der Ecke ein Buchladen, dahinter reihten sich Bars, Restaurants, Cafés und Hotels. Wenn sie im September herkamen, und manchmal auch schon zu Ostern, standen Tische und Stühle draußen, Straßenmusiker waren unterwegs, Karaokegesänge ertönten aus der einen oder anderen Bar, Klänge, Töne, verschiedene Essensdüfte, alles vermischte sich zu einem einzigen pulsierenden Rhythmus, während vor ihnen die blaugrüne Ostsee träge ihre winzig kleinen

Schaumkronen an den Strand warf. Jetzt, um diese Jahreszeit, war es zwar ruhiger, aber dennoch lebhaft und bunt. Irmgard war es egal, augenblicklich war ihr sowieso fast alles egal. Sie liebte zwar »ihre« Insel und war glücklich, insgesamt sechs Wochen im Jahr hier verbringen zu dürfen, doch hier und jetzt hatte sie einen Kloß im Magen. Intuitiv spürte sie, dass etwas nicht in Ordnung war, und auf ihre Intuition hatte sie sich schon immer verlassen können.

Tief atmete sie die salzige, frische Seeluft ein, die ihren Bronchien so guttat. Sie bog in die Hauptstraße ein und parkte den schweren Wagen vor ihrem Lieblingsjuwelier. Sie liebte Armreifen, und an ihrem Handgelenk war noch genügend Platz. Beim letzten Mal hatte sie einen Reif gesehen, der ihr sehr gut gefallen hatte, den aber hatte ihr Heidrun vor der Nase weggeschnappt. Was jetzt glücklicherweise nicht geschehen konnte, da Heidrun sich in Bergen von einem jungen Masseur behandeln ließ. Na ja, jetzt wo Werner tot war ... Ein Schelm, wer Böses dabei dachte.

Sie hatte Leopold zwar gefragt, ob er mitkommen wolle, aber sie hatte ihn nicht besonders ermuntert, sie zu begleiten, und Leopold hatte sich dann auch entschlossen, im Hotel zu bleiben. Da konnte er sich ein wenig ausruhen, das war gut für ihn, denn sein Herz war nicht mehr das kräftigste.

Möwen kreischten über ihr auf. Schöne Tiere, wer weiß, wo es sie hinzog. Vor zwei Jahren hatte Leopold nach Schweden gewollt. Im Tourismuscenter von Sellin war ihm plötzlich die Idee gekommen, ein Fährticket zu kaufen und einen Abstecher nach Trelleborg zu machen. Aber so etwas kam für sie natürlich gar nicht infrage. Sie war hier, um sich zu erholen und ihre Bronchien zu pflegen, und nicht für irgendwelche Spritztouren ins Blaue.

Sie stand vor der glitzernden Auslage, fand aber innerlich keine Ruhe. Irgendetwas war passiert. Leopold hatte sich im Lauf der letzten Jahre verändert, es schien, als habe er zu nichts mehr richtig Lust. Dabei machte sie doch nun wirklich alles für ihn, sie hielt das Haus in Ordnung, pflegte den Garten und hielt ihr Gewicht, und das schon, seit sie sich vor fünfunddreißig Jahren kennen gelernt hatten. Etwas, das man von ihm nicht behaupten konnte. Doch darüber sah sie großzügig hinweg, denn er hatte ja auch seine Vorteile. Als Filialleiter einer Bank verdiente er nicht schlecht, und sie verstand es bestens, das Geld so auszugeben, dass man etwas davon hatte. Dazu gehörten eben auch die sechs Wochen Rügen im Jahr in einem der First-Class-Hotels der Insel. Bis gestern war sie im Prinzip mit ihrem Leben zufrieden gewesen und hatte geglaubt, alles im Griff zu haben. Doch jetzt ...

Ihr Blick fiel auf einen schmalen Armreif in Weißgold mit Diamantsplittern. Sie öffnete die Ladentür.

»Guten Tag, Frau Westermann, wieder auf der Insel?« Die ältliche Verkäuferin lächelte sie geschäftstüchtig an.

Irmgard nickte und bat darum, sich den Armreif etwas genauer ansehen zu dürfen. Sie musste wieder an Leopold denken. Eigentlich gab es nur eine Sache, die sie auf den Tod nicht ausstehen konnte, und das war Geheimniskrämerei. Aus diesem Grund hatte sie ihre Augen und Ohren stets überall. Oder doch nicht?

»Ein schönes Stück, nicht wahr? Passt ausgezeichnet zu den anderen Armreifen.«

Sie streifte ihn über ihr Handgelenk, ihr Blick fiel auf das Preisschildchen: *1200 Euro.* »Ja, finde ich auch!«

Es musste mit der SMS zu tun haben, überlegte sie weiter. So etwas bekam Leopold eigentlich nie. Er war viel zu ungeduldig, um sich mit Textnachrichten abzugeben, und benutzte sein Handy nur dazu, wozu es ursprünglich einmal entwickelt worden war: zum Telefonieren.

»Packen Sie es mir ein, bitte!«

»Die Rechnung geht dann an das Büro Ihres Mannes?«

Sie nagte auf ihrer Unterlippe. Seit er diese SMS bekommen hatte, schien sie nur noch Luft für ihn zu sein.

»Nein, ich zahle mit Kreditkarte.«

Was, wenn er eine andere hatte? Sie verließ das Geschäft und stieg in den Mercedes. Ihr Blick fiel freudlos auf das kleine, schmale Päckchen, das sie neben sich auf den Beifahrersitz gelegt hatte. Leopold war ein Mann im besten Alter. Sie ließ den Motor an, setzte den Blinker und fuhr los. Er war zwar etwas rundlich, sah aber dennoch passabel aus. Auch andere Frauen hatten Augen im Kopf.

Sie kam an dem kleinen, weiß getünchten Bahnhofsgebäude vorbei. Hier fuhr nur ein Zug, der »Rasende Roland«, und Leopold gehörte nur einer Frau, nämlich ihr! Wie auf Stichwort kam ihr der Rasende Roland entgegen, dampfend und schnaufend die schwarze Lok, dahinter die grünen Waggons. Niemand schrieb Leopold eine SMS, weder seine Freunde noch die Kinder oder Enkel. Also von wem ...

Eine Geliebte! Eine Geliebte, die ihm mitgeteilt hatte, sie könne es ohne ihn nicht mehr aushalten. Irmgards Gedanken schlugen Kapriolen, als sie die Abzweigung zum Jagdschloss Granitz passierte. Sie musste sich Klarheit verschaffen. Für die Alleenstraße, deren Hügel an den Seiten auch im Spätsommer noch grün und saftig waren, hatte sie keinen Blick mehr. Niemand würde ihren Leopold bekommen. Niemand, niemals.

* * *

»Das macht 37,50!« Der Taxifahrer stellte die Uhr ab und sah Leo auffordernd an.

»Stimmt so!« Der Fahrer nahm dankend die beiden 20-Euro-Scheine entgegen und wünschte ihm einen guten Tag.

Den werde ich haben, dachte Leo, während er durch das Wäldchen in Richtung Kreidefelsen ging. Eine einfache Holztreppe führte steil nach unten. Er kannte die Felsen bisher nur vom Meer aus.

Mit Irmgard war er noch nie hier gewesen. Ihr Asthma und die Tatsache, dass man diesen Treppenmarathon nicht nur hinunter-, sondern auch wieder hätte hinaufklettern müssen, hatte sie davon abgehalten. Hinzu kam, dass sie fürchtete, nach seinem Herzanfall, den er im letzten Jahr gehabt hatte und seitdem er regelmäßig sein Digitalis nehmen musste, würde er mitten auf den Treppen tot umfallen. So ein Blödsinn.

Rügen oder Rio? Irmgard oder endlich frei leben? Frei sein von ihr und ihren ewigen Nörgeleien und Wünschen, frei von dem Zwang, dreimal im Jahr nach Rügen zu müssen. Sie konnte das Haus behalten, ihm reichte ein einfaches Wohnklo. Ihre gemeinsame Tochter Angelika brauchte ihn nicht mehr, sie hatte eine eigene Familie und würde ihn sicher verstehen.

Er war unten angekommen, der weiße Steinstrand war klein und schmal, das Meer suchte sich seinen Weg in Richtung Felsen. Es schien, als fordere es seinen Tribut, und in der Tat brachen ja immer wieder Felsenstücke ins Meer. Eine frische Brise wischte seine Gedanken beiseite, in der Ferne sah er ein Segelschiff. Die raue Landschaft inspirierte ihn. Er musste noch drei Jahre arbeiten, dann war Schluss. Und weil er es immer verstanden hatte, sein Geld gut anzulegen, würde es für ihn und seine Wünsche reichen.

Vielleicht würde er sich ein Wohnmobil kaufen und damit durch Europa touren. Der Gedanke gefiel ihm ausnehmend gut. Sein Handy klingelte. Er sah auf das Display. Irmgard!

»Ja?«

Verzerrt hörte er ihre Stimme. »Wo bist du? Ich denke, du ruhst dich aus?«

Schuldbewusst ging er den Weg zurück zu der Treppe. »Ich bin bei den Kreidefelsen, bin mit dem Taxi hergekommen.«

»Bei den Kreidefelsen? Was machst du denn da?«

Mit dir telefonieren, leider! »Ich wollte sie mir einmal aus der Nähe ansehen. Er ist wirklich wundervoll.« Langsam stieg er die Treppe hoch.

»Soll ich dich abholen?«

Die Treppe war wirklich sehr steil. Ihm schwindelte ein wenig.

»Wir könnten auf der Selliner Seebrücke Kaffee trinken, es ist ja noch früh genug. Außerdem hättest du das Taxi gespart. Was ist, Leopold?«

Da war er wieder, dieser genervte Unterton, als sei er ein ungezogener Bengel.

»Leopold, ich habe dich was gefragt. Ja oder nein?«

»Ja!«

Er war oben angekommen und sah noch einmal zurück.

Nein, es musste sich dringend etwas ändern. Er würde sie verlassen, und irgendwie musste er ihr das klar machen. Aber wie? Er überlegte und hatte eine Idee. Die Zeit, bis sie kam, würde er nützen, um das erste und hoffentlich letzte Mal in seinem Leben eine SMS zu schreiben.

Rolf sollte wissen, dass er mit nach Rio fliegen wollte. Mit einem Mal fühlte er sich ruhig. Ruhig und gleichzeitig voller Kraft. Es gab kein Zurück mehr.

Auf der Selliner Seebrücke würde er bei Kaffee und Kuchen mit Irmgard reden. Dort würde sie ihm keine Szene machen können, und er würde auch nicht tot umfallen vor Aufregung, denn dafür sorgte schon sein Digitalis. Er schlenderte durch den kleinen Wald und behielt dabei den Parkplatz im Auge. In Gedanken führte er mit ihr ein längst überfälliges Gespräch. »Was ist Leopold, willst du mich verlassen? Ja oder nein?«

»Ja!«

* * *

Sie liebte die Seebrücke und die Aussicht auf das Meer vom Café aus. Aber heute hatte sie keinen Blick dafür. Sie saß in einer Ecke auf einer kleinen, gemütlichen Jugendstil-Couch. Neben ihr blubberte das Wasser eines in die Wand eingelassenen Aquariums, ihr gegenüber saß ein unruhiger Leopold. Er war blass, ungewöhnlich blass.

»Ist dir nicht gut?« Sie bemühte sich, ihrer Stimme einen besorgten Klang zu geben.

Er gab ihr keine Antwort, rührte stattdessen sinnlos in seinem stark gesüßten, schwarzen Kaffee herum.

Wie sie das hasste! »Ich habe dich etwas gefragt. Du kannst mir wenigstens antworten. Ist dir nicht gut, ja oder nein?«

»Ja!«

»Aha! Na ja, kein Wunder. Statt dich auf dem Zimmer auszuruhen, wanderst du herum. Das ist bestimmt nicht gut für dein Herz. Weißt du außerdem, wie gefährlich die Steilküste ist? Du hättest von einem herabstürzenden Felsbrocken erschlagen werden können.«

»Ich muss mal auf die Toilette«, murmelte er und stand auf.

Sie sah ihm hinterher und dann auf den Tisch. Neben seiner Tasse lag sein Handy. Er musste wirklich mit den Gedanken woanders sein, wenn er sogar sein Handy vergaß.

»Darf's noch was sein, Frau Westermann?«

Irmgard schüttelte den Kopf. »Nein danke, Helga, aber schön, dass Sie nachfragen. Ich muss nur noch einmal Ihre Toilette benutzen und dann, denke ich, fahren wir gleich wieder. Mein Mann«, sie blickte in Richtung Toilette, »ist in letzter Zeit arg niedergeschlagen.«

Die Bedienung folgte ihrem Blick. »Na, da kann man ja nur hoffen, dass es ihm hier bei uns bald wieder besser geht.« Die Kellnerin ging weiter zum nächsten Tisch und Irmgard griff nach Leos Handy und öffnete das elektronische Postfach. Sie schaute in die gesendeten Objekte. Ihr Blick hastete über die Zeilen, ihr Atem stockte. Er hatte eine andere, und mit ihr wollte er in Rio ein neues Leben anfangen. Was würden die Nachbarn sagen? Wie würden alle denken? Und wie sollte ihr Leben in Zukunft aussehen? Ihr Blick wanderte zur weiten Ostsee und dann zu ihrer Handtasche. Es gab nur eine Möglichkeit.

* * *

Leo lehnte sich gegen das Waschbecken, sein Herz klopfte, als wolle es aus der Brust springen. Fünfunddreißig Jahre waren eine lange Zeit, lange genug, um genau zu wissen, was Irmgard gerade machte.

Sie hatte jetzt die Zeilen vor Augen, die er vor etwa einer Stunde Rolf gesendet hatte. Er betätigte den Wasserhahn, ließ das Wasser über seine Hände laufen und betrachtete sein Gesicht im Spiegel. Ein bisschen blass war er um die Nase, aber ansonsten schien ihm sein Spiegelbild sagen zu wollen, dass er im Großen und Ganzen mit sich zufrieden sein könne.

Ihr direkt ins Gesicht zu sagen, dass es aus und vorbei war, hätte er sich niemals getraut. Deshalb las sie jetzt seine SMS.

Nein, wirf nicht mein Ticket weg, ich komme mit nach Rio. Ich verlasse Irmgard, ich packe heute noch die Koffer und bin morgen pünktlich am Flughafen. Freu mich auf einen Neuanfang!

Das Warum und Wieso konnte er Rolf im Flieger immer noch erklären.

* * *

»Und Sie sind sich ganz sicher?«

Kommissar Schneider von der Mordkommission Stralsund verschränkte die Arme vor der Brust und lehnte sich auf seinem Stuhl zurück. Was glaubte eigentlich dieser Praktikantenschnösel, wer er sei? Sherlock Holmes? Aber er hatte im Laufe der Dienstjahre gelernt, mit Frischlingen wie diesem umzugehen. »Ganz sicher! Es war Suizid.«

Der junge Mann ihm gegenüber wippte auf seinem Stuhl rastlos hin und her. »Darf ich die Leiche mal sehen?«

Das wäre ja noch schöner. Schneider schüttelte den Kopf. »Die haben wir schon freigegeben und wird gerade vom Bestatter nach Köln überführt.«.

Er klappte den Aktendeckel zu und tütete das einzige Beweisstück, ein Handy, ein. Bevor er nach Hause ging, wollte er es in die Asservatenkammer bringen.

»Einen Moment noch, ich interessiere mich für den Fall. Woher wissen Sie so genau, dass es Suizid war?«

Das Kerlchen war beharrlich. Wenn er auch später im Dienst so war, könnte ein guter Kripobeamter aus ihm werden.

»Ich meine, er starb doch an Gift, oder?«

Schneider nickte. »Er hat sich vergiftet.«

»Mit Digitalis auf der Selliner Seebrücke.«

»Genau so war es!«

»Aber wie bitte ist er an das Medikament gekommen?«

»Durch seine Frau!«

»Durch seine ... Frau? Aber dann war sie doch auch an dem ... Vorfall beteiligt, und es war vielleicht doch Mord?«

Herrje. »Nein, er war herzkrank und laut seiner Frau musste er regelmäßig in leichten Dosen Digitalis zu sich nehmen. Laut Aussage seiner Frau war er aber, was seine Gesundheit anging, etwas schluderig und aus diesem Grund hatte sie das Medikament immer bei sich. Sie fühle sich dann sicherer, behauptete sie. Ihre Freundin Heidrun Mertens und das Personal des Cliff-Hotels haben das bestätigt.

»Ja, aber ...«

»Hinzu kam, dass Herr Westermann an dem Nachmittag arg niedergeschlagen oder depressiv war, das ist sogar der Bedienung von der Seebrücke aufgefallen.«

»Dennoch, das ist doch alles noch kein Beweis für ...«

Schneider musste sich ein Grinsen verkneifen. Der Kleine würde mal richtig gut werden. »Stimmt! Den Beweis hat uns Herr Westermann selbst geliefert!« Er holte das Handy wieder aus dem Asservatenbeutel. »Und zwar damit!«

»Ist das sein Handy?«

Schneider winkte ab. »Ja, Frau Westermann sagte aus, als sie von der Toilette zurückgekommen sei, habe er mit dem Handy gespielt und irgendwie muss er dabei, ob durch Zufall oder aus Absicht, die Videokamera des Handys eingeschaltet haben. Schau genau hin und du wirst sehen: Es war, ist und bleibt Suizid.«

»Irgendwelche Nachrichten auf dem Handy? Mailbox? SMS?«

»Nichts. Nur das hier. « Er betätigte einen Knopf und auf dem Handydisplay erschien ein Video. Das Handy schien aufrecht auf dem Tisch zu stehen. Man sah eine Männerhand, die zu einer Tasse Kaffee griff und hörte dann ein schlürfendes Geräusch.

Dann sprach eine Frau, die aber nicht zu sehen war. »Musst du so schlürfen, Leopold? Im Übrigen möchte ich jetzt auch langsam gehen. Ich möchte zahlen.«

Die Männerhand stellte die Tasse ab, nun war nur das weiße Porzellangefäß auf seinem Unterteller zu erkennen. Im Hintergrund bewegte sich etwas, das aussah wie ein Männeroberkörper in einem dunkelblauen Pullover.

»Sag mal, hast du ...?«, die Männerstimme klang tief und nervös, sie wurde durch ein Husten unterbrochen.

»Habe ich was, Leopold?«

Das Husten wurde stärker und ging in ein Röcheln über.

»Habe ich was, Leopold?«

Eine zitternde Hand griff nach der Kaffeetasse, diese kippte um, ein Rest Kaffee ergoss sich auf die weiße Tischdecke.

»Leopold? Mein Gott, Leopold!« Im Hintergrund sackte ein Mann in sich zusammen, ganz kurz war sein graumeliertes Haar zu sehen. Deutlicher erkannte man jetzt eine drahtige Frauengestalt, die sich mit entsetztem Gesichtsausdruck über den Tisch beugte. Stühle rückten, Stimmen wurden laut.

»Leopold, sag mal, du wirst ... du wirst dir doch nichts in den Kaffee getan haben?« Als Antwort war immer noch nur ein starkes Husten zu hören. Und dann wieder die Frau, offenbar zu den Menschen, die sich um sie drängten: »Er hat gesagt, er wolle sich umbringen. Leopold, sag, hast du dir heimlich etwas in den Kaffee getan?« Jemand versuchte, den Oberkörper des Mannes anzuheben, und nun erschien deutlich das Gesicht ganz nah auf dem Bildschirm. Sein Gesicht war aschfahl, die Lippen blau.

»Leopold, ja oder nein?«

»Ja!«

Das Paradies

von Amanda Fuchs

Blaugrünrot lag die Landschaft bei Thiessow in der Augustsonne. Noch überwog das Rot des Klatschmohns das Blau der Kornblumen, das die Felder aussehen ließ, als habe jemand einen riesigen Farbeimer über dem Grün ausgegossen. Der Weg stieg leicht an, an der Kuppe ragten drei Bäume mit breiten Kronen in den graublauen Maihimmel. Oben tauchte ein Fahrradwanderer auf, mit einem bunten Helm und der Streckenkarte in einem Plastikschutz auf dem Lenkrad.

Plötzlich wieselte der Hund vom Weg ab und verschwand im Gebüsch.

»Jule?«, rief Raimund Olten.

Das Tier hörte nicht. Das war ungewöhnlich.

»Jule?«

Nichts. Jule blieb im Gebüsch. Da war etwas. Raimund Olten sah nach.

Krähen flatterten aus dem Feld, ein ganzer Schwarm.

Raimund brauchte einige Zeit, bis er wieder klar denken konnte. Es war kein schöner Anblick. Der Mann lag verkrümmt auf dem Boden, Blut rann aus der Platzwunde auf seiner Stirn. Neben dem Kopf ein Feldstein, blutverschmiert.

Raimund Olten zog Jule von dem Toten weg und ging zur Straße zurück. Bis zum Ferienhaus war es fast eine Stunde.

Dem Toten würde es egal sein, wie lange er warten musste.

* * *

Sie hatten sich im Juni hier niedergelassen, nachdem endlich alle Formalitäten für das kleine, reetgedeckte Haus auf der Halbinsel Mönchgut erledigt waren. Der Preis war erschwinglich gewesen, weil der alte Besitzer verkaufen musste. Die Lage war traumhaft.

»Unser Paradies!«, sagte Raimund Olten, als sie alles neu eingerichtet hatten und Anfang Juli zum ersten Mal länger als nur für ein Wochenende aus Dortmund heraufkamen. Jule tobte durch den Garten, sie standen am Zaun, schauten in den Abendhimmel, und er legte seinen Arm um Gila, weil er plötzlich den Eindruck hatte, als müsse er sie noch vollends überzeugen.

Ein Paradies würde das werden. Ein Segelboot würden sie sich anschaffen, der Hafen von Gager war nur ein paar Kilometer entfernt. Sie würden ihre Ferien hier verbringen, Freunde einladen, die Natur genießen. Hinterm Haus beim Wein sitzen und die Welt an sich vorbeiziehen lassen. Ein Altersruhesitz.

Schon auf ihren bisherigen Fahrten zwischen Dortmund und Rügen hatte es sich prima träumen lassen. Die Insel galt als Inbegriff des Naturschutzes, ein Magnet für alle Naturliebhaber, und jetzt sollte im Sommer auch noch die neue Hochbrücke bei Stralsund fertig werden. Bis zu fünfundzwanzigtausend Besucher könnten dann täglich auf die Insel kommen.

Raimund und Gila überlegten deshalb sogar, ob sie nicht zwischendurch vermieten sollten, entschieden sich dann aber schnell dagegen. Fremde Leute in ihrem kleinen Paradies – nein, lieber nicht.

Am Sonntag standen sie spät auf und machten am Nachmittag mit Jule einen ausgedehnten Spaziergang über die Halbinsel bis hinüber nach Thiessow. Die Sonne stand schon

tief, als sie auf der Hauptstraße an der Mönchguter Fischer-
klause vorbeikamen.

»Da gehen wir mal rein«, meinte Gila und schleppte ihren
eher unwilligen Raimund in das Lokal.

Die hintere Stube war ziemlich voll und ziemlich ver-
raucht, eine Menge Leute – »Eingeborene!«, meinte Raimund
leise zu Gila – saßen bei so etwas wie einer Versammlung
zusammen. Gila und Raimund kümmerten sich nicht groß
darum und widmeten sich erst einmal ihrem Fischteller.

Aber dann kam eine ältere Frau aus der Gruppe zu ihnen
herüber. »Elisabeth Fritsche, Sprecherin der Bürgerinitiative
gegen das Kohlekraftwerk Lubmin, aus Gager«, stellte sie
sich vor und winkte eine jüngere Frau heran. »Und das ist
Rebekka Garms, meine Stellvertreterin!«

Unterm Tisch hob Jule ihren Kopf und knurrte leise. Elisabeth Fritsche schob ihnen einen Flyer mit einem selbstgebas-
telten Logo hin. »Sie haben das Haus der Grubnows drüben
gekauft, nicht wahr?«

»Unser Paradies!«, sagte Gila.

»Unsere BI ist ziemlich frauendominiert, wir sind also richtig emanzipiert«, sagte sie und zwinkerte Gila zu, »aber wir
nehmen auch Männer auf.«

Raimund machte sich klein, entschuldigte sich, musste
dringend etwas Pils wegbringen. Als er zurückkam, kraulte
Rebekka den Hund, und Elisabeth Fritsche redete auf Gila
ein. Vom Kohlekraftwerk und seinen Auswirkungen auf die
Insel.

»Das haben wir ja noch gar nicht gewusst«, sagte Gila ohne
großes Interesse. »Wir sind ja wegen der Ruhe hier. Und der
Natur.«

»Genau«, meinte Rebekka Garms, »deshalb müssen Sie erst
recht bei uns mitmachen. Wir wollen doch unsere Heimat

nicht verkommen lassen!« Sie strahlte Raimund an. »Sie wollen doch, dass das hier Ihr Paradies bleibt!«

Natürlich wollten sie das, und deshalb dauerte es nur noch zehn Minuten, bis Gila den Aufnahmeantrag in die BI unterschrieb. Raimund blieb nichts anderes übrig, als dies auch zu tun, drei Frauen sahen ihn fordernd an, jede hielt ihm hilfreich einen Kugelschreiber hin.

Zwei Wochen später starteten Gila und Raimund am frühen Donnerstagnachmittag in Dortmund, denn Elisabeth Fritsche hatte ihnen gemailt, dass es sich lohnen würde, bei der Bürgeranhörung im Lubminer Sportzentrum zum Thema Kohlekraftwerk dabeizusein. Als Neu-Mönchguter, und als Neumitglieder der BI sowieso.

Sie kamen am späten Nachmittag auf der Halbinsel an. Gila fühlte sich abgespannt von der langen Fahrt, aber zugleich auch von einer nervösen Anspannung erfasst. Ihr Paradies empfing sie mit einem Garten, in dem alles in voller Blüte stand, mit etwas abgestandener Luft drinnen im Haus und einem halben Dutzend Flugblättern der BI im Briefkasten. Sie hatten einen kleinen Streit, weil Raimund unbedingt noch duschen musste, ehe sie losfuhren. Um Punkt halb sechs waren sie dann endlich in Lubmin.

Fast fünfhundert Menschen drängten sich in der Halle, die Polizei war mit zwei Wagen und sechs Mann da, auf dem Podium saßen acht Männer in dunklen Anzügen, weißen Oberhemden und schräg gestreiften Krawatten. Vor jedem jeweils ein Glas Wasser und ein Mikrofon.

Als Gila und Raimund in den Saal kamen und sich unsicher umsahen, dauerte es keine zwei Sekunden, da hatte Elisabeth Fritsche sie bereits gedibbert. Sie ruderte mit den Armen, winkte, hatte noch zwei Plätze für sie ziemlich weit vorn.

»Das ist aber schön, dass Sie gekommen sind, ich war mir nicht sicher!«

»Wir uns auch nicht«, murmelte Raimund.

»Aber es ist doch wichtig!«, sagte Gila.

»Natürlich!«, erwiderte Elisabeth.

Die BI aus Gager war mit vierzig Leuten fast komplett da, die meisten anderen kamen aus Lubmin und Umgebung, aber auch eine starke Abordnung aus Usedom machte sich bemerkbar.

Während Elisabeth Fritsche ihr erklärte, wer die Männer auf dem Podium waren, registrierte Gila, dass Raimund mit Rebekka Garms tuschelte, die neben ihm saß. Soviel sie hörte, wollte Rebekka wissen, wo sie Jule gelassen hätten. Was Raimund sagte, bekam sie nicht mit, aber dann lachte Rebekka, und Raimund lachte auch, und so, wie sie dann die Köpfe zusammensteckten, ging es bestimmt nicht mehr um den Hund, der im Ferienhaus geblieben war, weil sie nicht gewusst hatten, ob in der Halle Hunde erlaubt waren.

Dann fing auch schon die Diskussion an. Der Bürgermeister von Lubmin hatte die Moderation übernommen und begrüßte neben Vertretern von SPD, CDU und den Grünen auch einen Vertreter der BI und schließlich Peter Esbjerg, Sprecher von *Green Energy* aus Aarhus in Dänemark, der Firma, die »in unserem Lubmin, an unserer schönen Ostseeküste, ein wichtiges und notwendiges Kohlekraftwerk bauen möchte«.

Gila fuhr zusammen, als Elisabeth Fritsche neben ihr durchdringend auf zwei Fingern pfiff. Hinter ihr fielen die andere Leute von der BI ins Pfeifkonzert ein.

Es dauerte eine Weile, bis Esbjerg reden konnte, Gila sah kein Zeichen von Unmut oder Verunsicherung im schmalen Gesicht des Managers, während er darauf wartete, dass es wieder ruhig wurde. Schließlich zog er sein Mikro zu sich und sagte mit einem kleinen Lächeln: »Meine Damen und Herren, ich bin optimistisch, denn ich habe den Eindruck, dass Ihr Protest seit unserem letzten Treffen nicht zugenommen hat ...«

»Aber auch nicht abgenommen«, zischte die Fritsche Gila ins Ohr.

»... und ich möchte noch einmal betonen, dass das Kohlekraftwerk der Gegend zugutekommen wird. Angesichts der Ablehnung der Atomkraft hierzulande wird uns nichts anderes übrig bleiben, als auf die natürliche Ressource Kohle zurückzugreifen, um nicht völlig abhängig von ausländischem Gas zu werden.«

»Banal!«, rief Rebekka. Und: »Wir wollen etwas sagen!«

Dazu kam es allerdings nicht, weil erst einmal alle Partei- und sonstigen Vertreter auf dem Podium ihre Statements abgeben mussten.

Die Zahlen und Argumente rauschten an Gila vorbei, sie hatte sich noch nie mit diesen Themen beschäftigt. Viel interessanter als das Pro und Kontra zur Kohleverfeuerung fand sie diesen lässigen Manager, wie er sich mit scheinbar unendlicher Geduld alles anhörte, zwischendurch seinen Blick übers Publikum schweifen ließ, manchmal nickte und sich gelegentlich sogar etwas aufschrieb.

»So vergeht die Zeit – und nachher heißt es, die Zeit würde knapp«, murmelte Elisabeth Fritsche frustriert, als der Vertreter der Grünen lang und breit darüber referierte, welche Schadstoffausstöße das Kohlekraftwerk mit sich bringen würde.

Als dann endlich die »Fragen aus dem Saal« aufgerufen wurden, stand Rebekka Garms als Erste am Publikumsmikrofon. Sie wandte sich direkt an den dänischen Manager: »Ihre angebliche CO_2-Abscheidung ist doch völlig umstritten. Sie können doch nicht mit einer Technik argumentieren, die es noch nicht gibt.«

»Ich verstehe Ihren Einwand«, sagte Esbjerg. »Aber wenn man Strom und Wärme haben oder Auto fahren will, dann muss man dafür etwas opfern. Wir leben ja hier nicht im Paradies ...« Er stockte, und ein ironischer Funken glomm in seinem Blick, dann fuhr er fort: »Doch Ihre Halbinsel hier wird spätestens dann ein Paradies, wenn das Kohlekraftwerk kommt und Energie und Arbeitsplätze bringt.«

Rund um Gila brach ein Entrüstungssturm los, der Bürgermeister griff sich sein Mikrofon und ruderte mit den Armen. »Ruhe, Ruhe – oder ich lasse den Saal räumen!«

Ein paar Ordner hatten sich drohend vor dem Podium aufgebaut, von draußen kamen zwei Polizisten in den Saal.

»Das ist zynisch!«, brüllte Rebekka ohne Mikro in den Raum, und die beiden Saalordner steuerten auf einen Wink des Bürgermeisters auf sie zu.

In dem Durcheinander von Gebrüll, Geschrei und Gerangel, von immer mehr Polizisten, die hereindrängten, um das aufgebrachte Publikum hinauszudrängen, wäre Gila sicher zu Schaden gekommen, wenn Elisabeth Fritsche sie nicht energisch zur Seite gezerrt und in einem Pulk lautstark protestierender Bürgerinitiativler nach draußen geschoben hätte.

Vor der Halle verlief sich die Menge schnell, und Gila entdeckte schließlich auch Raimund und Rebekka an der Parkplatzzufahrt.

»Hitzig, nicht?«, sagte die Fritsche lächelnd, während sie zu den beiden gingen.

Gila wischte sich über die Stirn. »Ich schwitze richtig, und mein Herz klopft, dabei habe ich doch gar nichts gesagt oder gemacht.«

Raimund sagte etwas zu Rebekka, ehe er zu ihr kam. Einige Leute von der Gagerner BI scharten sich um sie, in der Nähe standen Mitglieder der BI Lubmin.

»Ich hab Durst«, erklärte Rebekka laut. »Gehen wir noch wohin?«

In dem Moment machte Gila in der Hallentür Peter Esbjerg aus, ruhig stand er zwischen den letzten Leuten, die aus dem Saal kamen. Gilas Herz klopfte. Sicher die Aufregung, sagte sie sich, und dann kam Esbjerg langsam die Stufen runter und zu ihnen herüber. Neben ihr zog Elisabeth Fritsche scharf den Atem ein.

»Schade«, meinte Esbjerg, »man müsste mal länger Zeit haben, um miteinander zu reden.«

»Dann gehen Sie doch mit uns ein Bier trinken«, forderte Rebekka ihn auf und blickte erst ihn trotzig und dann Elisabeth fragend an. »Am besten ins Kneipenschiff, das ist gleich um die Ecke.«

Alle nickten, und so zog das Häufchen zum Hafen ins Kneipenschiff. Über eine Planke mit Geländer ging es an Bord. Drinnen stellten sie ein paar Tische zusammen, und als sie saßen, stellte Gila fest, dass sie zwischen Rebekka und Esbjerg saß. Raimund hockte an einem der Tischenden etwas unglücklich bei den Lubminer Leuten.

Esbjerg hob sein Glas und stieß mit Gila an. Er konnte nicht nur gut Reden halten, er war auch ein amüsanter Gesprächspartner. Gila bewunderte seine Souveränität.

»Sie haben gelächelt, als ich vorhin vom Paradies gesprochen habe?«, meinte er.

Gila fühlte sich ertappt und erzählte von ihren eigenen Paradiesträumen auf der Insel.

Danach redeten sie von anderen Dingen, von Urlaub, von Dänemark, übers Segeln. Gila merkte überhaupt nicht, wie die Zeit verging. Von den Gesprächen der anderen bekam sie kaum etwas mit, und als Esbjerg sich nach einer knappen Stunde entschuldigte, alle in der Runde freundlich grüßte und weitere gute Zusammenarbeit versprach, schob er Gila noch seine Karte hin.

Als er fort war, bestellte sie einen Schnaps, stürzte ihn hinunter und versuchte sich einzureden, dass das warme Fließen zwischen ihren Schenkeln nur vom Alkohol stammen konnte.

Am Samstag fuhr Raimund nach Rostock zur Werft, um mit einem Konstrukteur die letzten Details für das Boot zu besprechen, das sie sich leisten wollten.

Gila sah ihm nach, wie er mit seinem BMW davonbrauste. Jule raste dem Wagen bis zur nächsten Kurve nach und kam mit blitzenden Knopfaugen und heraushängender Zunge zurückgetrabt. Gila nahm sie mit ins Haus und machte sich daran, die Bilder, die sie aus Dortmund mitgebracht hatten, im Wohnzimmer aufzuhängen. Am frühen Nachmittag, Gila hatte nach einem kleinen Imbiss gerade wieder Hammer und Nägel in der Hand, klingelte es.

Gila strich eine Haarsträhne aus dem Gesicht und machte auf, in der Erwartung, einen ihrer Nachbarn zu sehen. Draußen stand Esbjerg, mit diesem Lächeln, das ihr schon auf dem Podium aufgefallen war. Sein Mercedes stand weiter hinten an der Straße.

Esbjerg meinte, er sei nur zufällig in der Gegend gewesen. »Und da dachte ich mir, ich könnte mal einen Blick in Ihr Paradies werfen, von dem Sie gestern gesprochen haben.«

»Aber ... woher ...« Gila bemerkte halb erschrocken und halb verlegen, dass sie tatsächlich rot geworden war.

»Ich will ehrlich sein«, meinte Esbjerg, »ich habe Elisabeth Fritsche angerufen und nach Ihrer Adresse gefragt.« Er zögerte einen Moment. »Oder komme ich ungelegen?«

Gila fuhr sich über die Stirn, wo es schon längst keine Haarsträhne mehr wegzuwischen gab. »Nein. Ich meine ...«

Ob sie Lust habe, mit ihm einen Kaffe zu trinken, wollte er wissen. »Vielleicht an der Binzer Promenade?«

Gila überlegte hektisch. Sie musste sich umziehen, nein, sie musste sich erst frisch machen, sich dann umziehen ... und wenn Raimund früher zurückkommen sollte, würde er wissen wollen, warum sie Jule allein im Haus gelassen hatte ...

Sie erwiderte Esbjergs Lächeln. »Das ist eine nette Einladung ...«

»Aber?«

Jule lugte aus der Küche und Gila sagte: »Gehen wir ein bisschen mit dem Hund spazieren!«

Als sie kurz nach acht in der beginnenden Dämmerung wieder zurückkam, saß Raimund im Wohnzimmer vorm Fernseher und sah sich einen Spielfilm an. Er hatte eine Flasche Wein aufgemacht. Gila blieb in der Tür stehen.

»Trinkst du ein Glas mit?«, fragte er.

»Ja ...«, murmelte sie. »Gleich. Ich muss erst kurz duschen.«

Als sie eine halbe Stunde später mit frisch geföhnten Haaren wieder ins Wohnzimmer kam, schaute sie sich mit ihm den Rest des Films an, dessen Handlung sie nicht mehr verstand. Den Wein hatte Raimund allein ausgetrunken.

Weil sie getrennte Schlafzimmer hatten, begann der Streit erst am nächsten Morgen beim Frühstück. Gila kramte in ihrer Handtasche nach ihrem Handy und legte es auf die Fensterbank. Dann setzte sie sich. Raimund schlug die

Ostsee-Zeitung zu, faltete sie, legte sie neben seinen Teller.

»Wo warst du gestern?«

»Warum willst du das wissen?«

»Hab ich nicht ein Recht darauf?«

»Du erzählt doch auch oft nichts.«

»Das geht dich nichts an.«

»Dann geht dich dies auch nichts an.«

»Was hat der Däne hier zu suchen gehabt?«

»Wer?«

Er fixierte sie ein paar Sekunden, die Lippen zusammengekniffen. »Sein Mercedes hat vorn an der Straße gestanden. Und Rebekka sagt, dass er sich bei der Fritsche nach unserer Adresse erkundigt hat.«

»Rebekka?«

»Weich mir nicht aus«, fuhr er sie an. »Vorgestern noch bei den Ökos und heute schon mit der anderen Seite vögeln. Feine Umweltschützerin.«

»Ich kann machen, was ich will.«

»Mit dem?«

Raimund langte über den Tisch, die Ohrfeige brannte. Das hatte es bisher noch nicht gegeben. Reflexartig schlug sie zurück. Es tat ihr sofort leid. Sie stand auf, warf dabei krachend den Stuhl zurück und stürzte aus dem Haus. Im Garten summten Bienen um die Johannisbeerbüsche. Der Himmel war traumhaft blau, mit gemalten Schäfchenwolken. Irgendwo bei den Nachbarn planschten Kinder im Schwimmbecken.

Im Haus blieb es still. Gila setzte sich auf das Bruchsteinmäuerchen an der Terrasse. Sie musste nachdenken. Klar denken. Zur Ruhe kommen. Jule steckte den Kopf aus der Terrassentür, sah sie lange an und zog sich dann wieder ins Haus zurück.

Später hörte sie Raimund drinnen den Tisch abräumen und das Geschirr abwaschen. Und schließlich fiel die Haustür ins Schloss, und sie vernahm Jules aufgeregtes Kläffen, als Raimund mit ihr loszog.

Er kam am frühen Nachmittag zurück, Jule war vollkommen verdreckt und erschöpft und zog sich sofort in ihr Körbchen zurück.

Sie hatte angefangen, das Gästezimmer zu streichen, nur um etwas zu tun. Als Raimund in der Tür erschien, legte sie den Pinsel weg.

»Es tut mir leid«, sagte sie.

Es dauerte eine Weile, bis sich sein Blick veränderte. »Ja«, murmelte er. »Ja. Es ist gut.«

Dann nahm er ihr den Pinsel aus der Hand und machte da weiter, wo sie aufgehört hatte.

Sie bekamen nur einen kleinen Teil des Gästezimmers fertig. Immer wieder unterbrach Gila die Arbeit, ging in den Garten, schaute über den Hafen in die Ferne. Ihr war beklommen zumute, der Kloß im Magen wollte nicht verschwinden, sie brachte keinen Bissen herunter.

Sonntagmittag machten sie sich auf den Weg nach Dortmund. Auf der A 7 kurz vor Hannover, Raimund saß am Steuer, wurden sie von einem Polizeifahrzeug mit blinkendem Blaulicht überholt und herausgewinkt. Ein zweites Fahrzeug hielt sich dicht hinter ihnen. Alle drei Wagen kamen auf dem Standstreifen zu stehen. Von beiden Seiten näherten sich Uniformierte dem BMW zu. Raimund ließ das Seitenfenster herunter.

»Herr Olten, Raimund?«

»Ja.«

»Bitte steigen Sie aus.«

Alles in ihm war kalt.

»Raimund?«, fragte Gila. »Was ist passiert?«

* * *

Blaugrünrot lag die Landschaft bei Thiessow in der Augustsonne. Noch überwog das Rot des Klatschmohns das Blau
der Kornblumen, das die Felder aussehen ließ, als habe jemand einen riesigen Farbeimer über dem Grün ausgegossen. Der Weg stieg leicht an, an der Kuppe ragten drei Bäume mit breiten Kronen in den graublauen Maihimmel. Oben
tauchte ein Fahrradwanderer auf, mit einem bunten Helm
und der Streckenkarte in einem Plastikschutz auf dem
Lenkrad.

Plötzlich wieselte der Hund vom Weg ab und verschwand
im Gebüsch.

»Jule?«, rief Raimund Olten. Das Tier hörte nicht. Das war
ungewöhnlich.

»Jule?« Nichts. Jule blieb im Gebüsch. Da war etwas. Raimund sah nach.

Esbjerg saß im Gras, die Knie hochgezogen und kraulte
Jule. Als er aufsah und Raimund entdeckte, rührte sich kein
Muskel in seinem Gesicht. Raimund spürte, wie das Blut in
seiner Halsschlagader pulste. Die SMS auf Gilas Handy.
Unser Platz. Mittag. Peter.

Sie war gestern mit dem Hund unterwegs gewesen, Jules
Fell war voller Grassamen gewesen. Er hatte den Hund vo-
rauslaufen lassen. Raimund grinste bitter. Jule hatte den
Platz wiedergefunden.

Esbjerg kam langsam hoch, wischte sich die Hände an der
Hose ab. »Herr Olten. Was für ein Zufall ...«

Der Stein, den Raimund aufgehoben hatte, traf Peter Esbjerg an der Schläfe.

Krähen flatterten aus dem Feld, ein ganzer Schwarm.

Raimund brauchte einige Zeit, bis er wieder klar denken konnte. Es war kein schöner Anblick. Der Mann lag verkrümmt auf dem Boden, Blut rann aus der Platzwunde auf seiner Stirn. Neben dem Kopf der Feldstein, blutverschmiert.

Raimund zog Jule von dem Toten weg und ging zur Straße zurück. Bis zum Ferienhaus war es fast eine Stunde.

Dem Toten würde es egal sein, wie lange er warten musste.

Jule lief voraus. Sie kannte den Weg.

* * *

Raimund stieg aus, Gila hörte Handschellen klicken, dann brachten zwei Mann Raimund in einen der Wagen. Er ließ sich willenlos abführen.

»Tut mir leid«, sagte einer der Beamten zu Gila. »Ihr Mann ist vorläufig festgenommen. Er steht unter Verdacht, gestern Peter Esbjerg getötet zu haben.«

Gila bekam auf einmal keine Luft mehr.

»Ein Fahrradtourist hat ihn zur Tatzeit an der Stelle gesehen, an der man den Toten fand. Die Kripo Rügen wird Sie sicher noch als Zeugin befragen. Jetzt können Sie erst mal weiterfahren.«

Die Autoren

Petra A. Bauer, geboren 1964, lebt und arbeitet als Journalistin und Schriftstellerin in ihrer Geburtsstadt Berlin. Sie veröffentlichte zahlreiche Bücher, Reportagen, Kurzgeschichten, Glossen sowie viele andere Texte für Kinder und Erwachsene und schrieb die Berlin-Krimis *Wer zuletzt lacht, lebt noch* (2006) und *Unschuldsengel* (2009)
www.writingwoman.de

Zoe Beck, geboren 1975, wuchs zweisprachig auf und besuchte ein Internat in der englischen Grafschaft Berkshire. Ein Schulausflug zum Grab von Agatha Christie im nahe gelegenen Cholsey weckte ihr Interesse an Kriminalliteratur. Nach ihrer Klavierausbildung entschied sie sich gegen eine Pianistenkarriere und schreibt seitdem u.a. Kriminalromane. 2008 erschien *Wenn es dämmert*, der erste Teil ihrer Reihe von Schottlandkrimis.
www.zoebeck.net

Jacques Berndorf, gab 1936, wohnt mitten in der Vulkaneifel. Als Journalist hat er früher sämtliche Krisenherde der Welt bereist, und als Autor spannender Kriminalromane hat er in der Eifel eine späte Heimat gefunden. Seine Romane um den Ermittler Siggi Baumeister haben mittlerweile eine Gesamtauflage von drei Millionen erreicht.
www.jacques-berndorf.de

Anne Chaplet wohnt mit drei Katzen in Oberhessen, Frankfurt am Main und in Südfrankreich. In ihrem Pass steht der Name Cora Stephan, unter dem sie als promovierte Politikwissenschaftlerin und Historikerin zahlreiche Sachbücher verfasst hat. Für ihre Romane erhielt sie zweimal den Deutschen Krimipreis sowie den Krimipreis von Radio-Bremen.
www.anne-chaplet.de

Amanda Fuchs, geboren 1941 in Dortmund, lebt seit 1968 in Essen. Sie arbeitete von 1968 bis 1981 bei der Bundesfinanzverwaltung und studierte dann Germanistik, Geschichte und Erziehungswissenschaften und machte 1986 ihr Staatsexamen. Seitdem arbeitet sie im Kunst- und Kulturbereich als Autorin und Verlegerin.
www.straeter-kunst.de

Nina George, geboren 1973 in Bielefeld, lebt und arbeitet als Kolumnistin, Journalistin und Schriftstellerin in Hamburg, glaubt an Universumsbestellungen für Parkplätze, Liebe auf den dritten Blick und die therapeutische Wirkung von italienischer Provinzküche. Ihre Krimi-Karriere begann sie 1999 mit *Kein Sex, kein Bier und jede Menge Tote*, zuletzt erschien ihr Wissenschaftsthriller *Ein Leben ohne mich* (2008, unter Nina Kramer). Unter ihrem Pseudonym Anne West veröffentlichte sie bisher zehn Sachbücher rund um Liebe, Sex und den Wahnsinn Leben.
www.ninageorge.de

Peter Gerdes, geboren 1955 in Emden, lebt in Leer. Er studierte Germanistik und Anglistik und war anschließend als Journalist und Lehrer tätig. Seit 1995 schreibt er vor allem Kriminalromane und Stories, betätigt sich als Herausgeber und ist Leiter der »Ostfriesischen Krimitage«. Zuletzt erschienen von ihm *Der Tod läuft mit* (2007), *Der siebte Schlüssel* (2007), *Ein anderes Blatt/Thors Hammer* (zwei Krimis in einem Band, 2008) und *Sand und Asche* (2009).
www.petergerdes.com

Henrike Heiland, Jahrgang 1975, arbeitete nach ihrem Studium der Neueren Englischen Literatur als Producerin für internationale TV-Koproduktionen bei KirchMedia in München. Heute lebt sie als freie Drehbuch- und Romanautorin in Hamburg. Von ihr wurden bereits über 100 Comedydrehbücher für Kinder und Jugendliche u.a. für das ZDF verfilmt. Drei ihrer Kriminalromane spielen an der Ostsee.
www.henrikeheiland.de

Birgit H. Hölscher, geboren 1958, lebt in einem historischen Forsthaus in Mecklenburg. Seit 1998 ist sie freie Autorin und verfasst Erzählungen, Kurzgeschichten und Romane, in denen sie ihre Erfahrungen in Gefängnissen, in der Drogenszene und im Hamburger Rotlichtviertel St. Pauli verarbeitet. 2001 erhielt sie den Marlowe-Preis für die beste Kriminalgeschichte, und 2003 belegte sie den 3. Platz beim Wettbewerb um den Kurzkrimi-Preis des Festivals »Tatort Eifel«.

Karr & Wehner, geboren 1955 und 1949 in Saalfeld und Werdohl, leben im Ruhrgebiet und schrieben bisher zahlreiche Storys, Hörspiele und die »Gonzo«-Thriller *Geierfrühling, Rattensommer, Hühnerherbst* und *Bullenwinter*. 1996 erhielten sie den Friedrich-Glauser-Preis für den besten Krimi des Jahres und 2000 den Literaturpreis Ruhrgebiet.
www.karr-wehner.de

F.K. Klimmek, geboren 1949 in Wanne-Eickel, ist eigentlich Rechtsanwalt. Nebenher hat er sich der Herpetologie (Kriechtierkunde) verschrieben und ist ein profunder Kenner der Werke Sir Arthur Conan Doyles. Seine Krimiserie um den schrägen Ermittler Schmidt und seine ungewöhnlichen historischen Krimis haben ihm einen großen Fankreis beschert.
www.das-kriminalmuseum.de

Tatjana Kruse, Jahrgang 1960, lebt und arbeitet in Schwäbisch Hall, pendelt aber – der Liebe und der Leichen wegen – jeden Monat an die Ostsee. Seit 2001 schreibt sie Kriminalromane, zuletzt *Kreuzstich, Bienenstich, Herzstich*.
www.tatjanakruse.de

Richard Lifka, geboren 1955 in Wiesbaden, studierte Germanistik und Soziologie in Mainz und Frankfurt am Main und war von 1983 bis 1989 Lektor an der A.I. Cuza-Universität in Iasi/Rumänien für Literaturwissenschaft und Deutsche Kulturgeschichte. Seit 1990 arbeitet er als freier Autor und Journalist. Er veröffentlichte zahlreiche Stories und – als Teil eines Autorenteams – bisher sechs Kriminalromane.
www.lifka.de

Birgit Lohmeyer, geboren 1958, lebt und arbeitet in der Nähe von Wismar. Sie ist die Initiatorin der Wismarer Lesebühne *WortReich*, veröffentlicht belletristische und journalistische Texte (z. T. unter Pseudonym) und arbeitet als Dozentin für literarisches Schreiben.

Hartmut Mechtel, geboren 1949 in Potsdam, studierte Journalistik in Leipzig, war Redakteur der »Freien Erde« in Mecklenburg und seit 1978 Autor und freier Theater- und Literaturkritiker für Zeitung und Hörfunk. Er gehörte zu den Gründern der ersten und lange Zeit einzigen freien Theatergruppe der DDR (»theater Zinnober«) und trat auch als Schauspieler auf. Als Autor schreibt er Romane, Erzählungen, Dokumentationen, Fernsehspiele, Stücke, Hörspiele und Essays. 1997 erhielt er für seinen Thriller *Der unsichtbare Zweite* den Friedrich-Glauser-Preis, und 2001 wurde er für seine *Martin-Parr-Trilogie* mit dem Berliner »Krimifuchs« ausgezeichnet.
www.hartmut-mechtel.de

Jürgen Schumacher, geboren 1958 in Recklinghausen, lebt seit 1991 in Essen, schreibt Kurzgeschichten, Romane, und Drehbücher und ist Mitherausgeber der Literaturzeitschift »Der Storch«.

Uwe Voehl, geboren 1959, lebt in Bad Salzuflen und arbeitet nach einem Wirtschaftsstudium als Werbetexter und Schriftsteller. Bereits seit den 1970ern schreibt er Beiträge und Exposés für zahlreiche Romanheftserien. Seine Erzählungen und Kurzgeschichten wurden mehrmals mit Preisen ausgezeichnet. Zuletzt erschien von ihm bei KBV *Der Kuss der Medusa* (2009).

Elka Vrowenstein ist eine Autorengruppe, die sich seit 1998 konspirativ regelmäßig in Wiesbaden-Frauenstein trifft und gemeinsam Krimis konzipiert und formuliert. Ihr erster Roman *Wiesbadener Roulette* erschien 1999, es folgten *Wiesbadener Turnier*, *Wiesbadener Theater* und zuletzt *Formel Blau* (2005).

Birgit C. Wolgarten lebt im Rheinland. Sie veröffentlichte 2003 ihren ersten großen Kriminalroman *Land der Mädchen*. Die Protagonistin Katja Sommer löste zwei weitere Fälle auf der Ostseeinsel Rügen: *Und es wurde Nacht* und *Der Tod der Königskinder*.